숲의종족 클로네

4

이환 판타지 장편소설

FANTASY STORY & ADVENTURE

dream books
드림북스

숲의 종족 클로네 4 자각

초판 1쇄 인쇄 / 2010년 5월 4일
초판 7쇄 발행 / 2016년 7월 28일

지은이 / 이환

발행인 / 오영배
책임편집 / 편집부
펴낸 곳 / (주)삼양출판사 · 드림북스

주소 / 서울특별시 강북구 도봉로 173
대표 전화 / 02-980-2112 팩스 / 02-983-0660
편집부 전화 / 02-980-2116 팩스 / 02-983-8201
블로그 / blog.naver.com/dreambookss

등록번호 / 제9-00046호
등록일자 / 1999년 3월 11일

값 9,000원

ISBN 978-89-542-3664-5 (04810) / ISBN 978-89-542-3337-8 (세트)

* 지은이와 협의하에 인지는 생략합니다.
* 잘못된 책은 구입한 곳에서 바꾸어 드립니다.

숲의종족
클로네
4
자각
dream books
드림북스

숲의종족 클로네

Contents

제1장
깨달은 진실

1.

늦가을의 따가운 햇살이 쏟아져 내리고 있는 집무실. 아스란 제국의 황태자 에스테반 폰 아스란은 진지한 얼굴로 손에 들린 보고서를 읽어 내리고 있었다.

안의 내용인 즉, 최근 일후궁 키니시아를 비롯한 일황자 파의 귀족들이 보이는 은밀한 행보에 관련된 것이었다. 요즘 들어 부쩍 규합이 잦아진 일황자 파는 황태자에 대한 적의를 노골적으로 드러내고 있는 상태였다.

특히 일황자의 외가인 라칸 공작가는 황제가 쓰러졌을 당시 귀족원을 충동질하여 황태자의 폐위를 도모하기도 했다.

그때 일은 오해로 불거진 것이라 해명하며 무마시켰지만, 바보가 아닌 이상 그들 쪽에서 처음부터 황태자를 몰아내기 위해 계획한 것임을 모를 수가 없었다. 그러나 그것을 입증할 명백한 증거를 찾을 수가 없었기에, 아직까지 황태자는 그저 그들을 주시하고 만 있는 상태였다.

"라칸 공작가와 마탑이 모종의 관계를 맺고 있다라……. 이게 사실입니까?"

그의 질문에 보고서를 올린 남자가 묵묵히 고개를 끄덕였다. 얼굴 한쪽을 뒤덮은 탁한 적색의 머리칼과, 서늘하게 가라앉은 감청색 눈동자가 전체적으로 어두운 분위기를 풍기는 사내였다.

그의 몸에는 보안부를 상징하는 검은색의 제복이 걸쳐져 있었다. 목에 둘린 보라색의 스카프가 그의 보안부 내 직급이 꽤 높다는 것을 알려주고 있었다.

"오래전 라칸 공작가에서 상당량의 마정석을 은밀히 마탑에 공급한 적이 있습니다. 그 이후 마탑에서 여러 명의 마법사들을 공작가에 파견한 것으로 확인되었습니다. 정확한 거래조건은 알 수 없으나, 도움을 주고받는 관계임은 확실한 듯합니다."

"지원비를 받는 대가로 마탑에서 마법사를 파견하는 것은 이전에도 흔히 있었던 일입니다. 그것만으로는 딱히 수상하다고 할 수 없지 않겠습니까?"

마탑은 마법사들의 연합단체로서 출범된 이후 지금까지 어느 왕국이나 제국에도 속하지 않은 하나의 독립된 세력이었다. 대륙에 최초로 마법을 전파한 대마도사 에드위겐이 창시한 것으로, 모든 마법사들의 고향이자 근원이라 할 수 있었다.

기본적으로 마탑 출신의 마법사는 일반적인 마법사들보다 훨씬 뛰어난 능력을 가진 것으로 유명하다. 그러하다 보니 어디를 가도 환영을 받음은 물론, 재물을 주고서라도 영입하고자 하는 자들 또한 많은 편이었다. 그에 마탑에선 일정량의 지원비를 대가로 마법사들을 파견하는 일이 거의 관례처럼 이뤄지고 있는 상태였다.

황태자가 그 점을 지적하자 묵묵히 서 있던 검은 제복의 사내—에드밀이 이미 그러한 반응을 예상했다는 표정으로 입을 열었다.

"그렇긴 합니다만…… 라칸 공작가는 상황이 조금 다릅니다."

"다르다면?"

"보통 마탑에서 파견하는 조건 중엔 '한 가문 당 5서클 이상의 마법사는 세 명 이하'라는 규정이 있습니다. 이것은 한 나라나 귀족가문에서 고위 마법사를 독식하는 것을 방지하기 위해 마탑 내에서 자체적으로 결정한 조항입니다."

"그건 저도 알고 있습니다."

"그렇다니 말씀드리겠습니다. 지금 라칸 공작가에 머물고 있는 마탑 출신의 마법사는 10명 정도가 됩니다. 그런데 그들 전부가 5서클 이상으로 판단됩니다."

"……10명 모두가 말입니까?"

"예, 전하. 게다가 이건 아직 확실한 건 아니지만, 그들 중에 아무래도 램파스가 있는 것 같습니다."

"램파스?"

"마탑 수장의 후계자를 뜻하는 말입니다, 전하."

의아해하는 황태자에게 옆에 서 있던 호위기사가 조용히 설명을 덧붙였다. 황태자는 놀랍다는 표정으로 보고서와 에드밀의 얼굴을 번갈아 바라보았다.

"설마 마탑의 수장이 자신의 후계자를 라칸 공작가에 보냈다는 겁니까?"

"제가 조사한 바로는 그렇습니다. 보통 공식 행사에는 수장이 램파스를 대동하는 것이 관례인데, 최근엔 그의 모습이 보이지 않습니다. 또한 평소 즐겨 참석하던 학회나 티파티 자리에도 나타나지 않는다고 하더군요. 그가 마탑 안에서 부재중인 것만은 사실인 것 같습니다."

전혀 예상치 못했던 이야기에 황태자의 얼굴이 어둡게 가라앉았다. 램파스는 다음 대의 마탑을 이끌어갈 존재인 만큼 안팎으로 철저한 비호를 받는다. 그의 외출은 극히 제한된 선에서 이루어지며, 개인적으로 어느 한 가문에 소속될 수 없었다. 마탑의 수장이 그러한 관례를 깨트리고 후계자를 내보낸 것은 전대미문의 일이었다.

특히 이번 대의 램파스는 고작 여섯 살의 나이에 후계자로 지목되어 일찍부터 화제가 된 인물이기도 했다.

성년이 되기도 전에 5서클을 넘었다고 하던가. 인간이 도달할 수 있는 최고의 마법 경지가 7서클이라는 말이 나오고 있는 가운데, 이는 대단히 경이적인 성취였다.

세간에는 그의 마법 능력이 이미 수장의 성취를 뛰어넘었다는 소문도 돌고 있었다. 그런 그가 직접 움직였다면, 이미 마탑 전체가 라칸 공작가와 연관이 있다고 봐도 무방했다.

황태자는 심각한 표정으로 들고 있던 서류의 다른 부분을 훑기 시작했다. 그 안에는 라칸 공작가에 파견된 마법사들의 이름과 나이, 대강의 추정 서클을 기록한 내용이 담겨 있었다. 각 장마다 그들의 얼굴을 세밀하게 그린 초상화가 첨부된 채였다.

그 중에서 한 장의 초상화를 발견한 황태자의 눈동자에 이채가 서렸다. 대부분이 5-60대의 노인들인 가운데 유일하게 2-30대 정도의 용모를 가진 청년의 얼굴이 있었던 것이다. 황태자의 시선이 그림에 머물자 에드밀은 즉시 고개를 끄덕였다.

"그가 바로 램파스로 추정되는 자입니다. 현재 공작가에서 사용하는 이름은 '바엔.' 4서클로 알려져 있지만 실상은 그보다 훨씬 더 높은 클래스로 짐작됩니다. 평소엔 후드로 얼굴을 가리고 다닌다고 합니다."

"바엔이라……."

그는 약간 야윈 얼굴에 창백하리만치 흰 피부를 가지고 있었다. 짧은 흑갈색의 머리칼 아래로 음울하게 드리워진 짙은 흑색의 눈동자가 상당히 건조한 인상을 풍겼다.

황태자는 그림에서 시선을 떼지 않은 채 물었다.

"헌데 대외적으로 알려진 램파스의 모습과는 많이 다르지 않습니까? 그는 화사한 주황색의 머리칼에 푸른색 눈동자를 가졌다고 들었는데요."

"아아, 그 모습은 대중들에게 신비감을 주기 위해 마법으로 고친 겁니다. 아마도 지금 초상화가 본래 얼굴과 유사할 겁니다."

"마법으로 고쳤다고요?"

"예. 오래전 마탑을 방문했을 때 한 번 그를 본 적이 있습니다.

램파스로 뽑히고 나서 얼마 되지 않았을 때였지요. 제 기억에 의하면 그때 그는 분명 흑안에 금발을 가진 소년이었습니다. 지금은 갈색에 더 가깝긴 합니다만, 금발은 자라면서 색이 바뀌기도 하니 그리 특이한 경우는 아닙니다."

"으음, 그렇군요. 그대가 그렇게까지 말한다면 동일인물이 확실한 거겠지요. 이거 난감하게 되었네요. 노파심에 묻는 말입니다만 이들이 인연을 맺은 것이 언제부터라고 했지요?"

에드밀은 침착하게 대답했다.

"라칸 공작가가 마정석을 공급한 날짜를 기점으로 치면 약 십년 정도 됩니다. 하지만 교류가 잦아지기 시작한 것은 최근 몇 달 전부터입니다."

"몇 달 전이라면?"

"정확히 말씀드리면, 수도에 연쇄살인사건이 일어나던 때입니다."

"……!"

공교롭다고 해야 할까. 우연치고는 너무도 기가 막힌 시기에 황태자의 얼굴이 싸늘하게 굳었다.

"연쇄살인 사건이라……. 제 기억이 틀림없다면 그때의 범인은 마물족이었던 것 같은데 말입니다. 게다가 황제 폐하를 습격한 자와 동일한 놈이었지요."

"네. 맞습니다, 전하."

"과연. 일이 꽤나 재미있게 돌아가는군요."

그러나 대수롭지 않은 말투와는 달리 황태자의 얼굴은 무섭게 일그러져 있었다. 그에게서 풍기는 짙은 살기에 옆에 서 있던 호위기사가 꿀꺽 마른침을 삼켰다. 황태자는 들고 있던 보고서를 구기듯이 품 안에 갈무리하며 말했다.

"알겠습니다. 앞으로도 에드밀 군은 그들을 눈여겨 조사해 주십시오. 새로운 정보는 즉시 보고해 주셔야 합니다."

"예, 알겠습니다."

"그럼 이만 나가 보셔도 좋습니다. 혹시 이외에 또 내가 알아야 할 것은 없습니까?"

"아, 그다지 중요한 일은 아니긴 합니다만. 실은 조사 중에 한 가지 마음에 걸리는 것이 있었습니다."

"그게 뭡니까? 뭐든 좋으니 사소한 것이라도 전부 다 말해 보세요."

관심을 보인 황태자가 고개를 끄덕여 재촉했다. 그에 잠시 망설이던 에드밀이 조심스럽게 입을 열었다.

"혹시 듀이 폰 라반트라는 자를 아십니까?"

"듀이 폰 라반트? 잘 기억이 나지 않는군요. 그자가 누굽니까?"

"아마 보신 적은 있으실 겁니다. 최근 일황자 전하의 호위기사로 임명된 청년이니까요. 나이는 열아홉. 올해 초 아카데미를 졸업하고 기사 서임을 받았습니다."

그제야 황태자는 알겠다는 얼굴로 고개를 끄덕였다.

"아아, 기억납니다. 형님의 뒤에서 말없이 서 있던 그 젊은 기사 말이군요. 그런데 라반트라? 왠지 이름이 귀에 익네요."

"그러실 겁니다. 루스터 공작에게 오래전 죽은 딸이 있다는 걸 아십니까?"

"네, 물론 압니다. 제 사촌 누님인걸요. 왕래가 드물어서 그리 친하지는 않았지만 말입니다."

"그녀가 시집간 백작 가문의 이름이 바로 라반트입니다. 듀이 폰 라반트 군은 그녀가 낳은 아들이고요."

"이런, 그랬군요. 그녀에게 카밀 군 또래의 아들이 있다는 이야기는 들었습니다만."

황태자는 조금은 의외라는 표정을 지으며 중얼거렸다. 비록 교류가 잦지는 않았지만 그는 죽기 전 사촌 누나의 얼굴을 또렷이 기억하고 있는 편이었다.

당시 어렸던 그의 눈에도 그녀는 상당히 아름다운 여인이었다. 특히 그녀의 상징이라 할 수 있던 부드러운 애쉬 블론드의 머리칼과 초록빛이 감도는 파란색 눈동자는, 그녀 특유의 사랑스러움과 더해져 보고 있으면 감탄이 절로 흘러나올 정도였다.

그에 비해 듀이 폰 라반트는 준수한 얼굴이긴 했으나, 그녀의 아들이라 하기엔 눈에 띄는 매력이 전혀 없었다. 그나마 억지로 비슷한 부분을 꼽자면 푸른색 눈동자 정도일까. 하지만 서령에서 가장 흔한 눈동자 색이 푸른색임을 생각하면 그다지 특별하다고 할 수도 없는 점이었다. 오히려 조카인 카밀 쪽이 더 닮았다는 느낌이었다.

실제로 친자식이 아니니 당연한 결과였지만 황태자도, 보고한 남자도 거기까진 알지 못했다. 세간에 알려진 그녀의 아들이 듀이로 되어 있었기 때문이었다.

그가 장남이고, 첩의 아들이 정부인의 아들보다 더 늦게 잉태되었다는 사실에서 기인한 오해였다. 더구나 서류상으로도 그는 백작의 본처가 낳은 것으로 기록되어 있었기에 누구도 그 점을 의심하지 않았다.

'부친 쪽의 피를 더 많이 받았다 쳐도 너무 안 닮았군.'

황태자가 속으로 일말의 아쉬움을 삼키고 있을 때였다. 보고서를 올린 남자—에드밀 폰 프로스트가 조심스럽게 입을 열었다.

"그가 곧 혼인을 하게 될 것 같습니다. 상대는 일황자의 사촌 여동생인 라칸 공작 영애입니다."

"호오, 호위기사가 된 지 얼마 안 되지 않았습니까? 그런데 벌써 사촌 여동생과의 혼인을 주선하다니, 꽤나 형님의 마음에 든 모양이군요."

황태자는 대수롭지 않게 웃으며 대꾸했다. 그러자 에드밀은 가볍게 고개를 저었다.

"저도 처음엔 그렇게 생각했습니다만, 뭔가 다릅니다."

"다르다니요?"

"이 혼인은 이미 한참 전부터 정해져 있었습니다. 그것도 라칸 공작가에서 일방적으로 결정을 내린 듯합니다. 정작 듀이 폰 라반트 본인이 그 사실을 알게 된 것은 일황자 전하의 호위기사가 된 이후입니다."

"흐음. 그렇다면 처음부터 사돈이 될 것을 알고 형님께서 그를 호위기사로 임명한 것이겠군요. 라칸 공작가가 라반트 백작가와 이전부터 서로 안면이 있었습니까?”

“아니오. 딱히 이렇다 할 왕래나 교류 같은 건 전혀 없었습니다. 때문에 혼인첩(혼인을 청하는 서신. 귀족가문들끼리 주로 사용된다)을 받았을 때, 라반트 백작가에서도 상당히 당혹스러워 했다고 합니다.”

“하하! 형님이 상당히 서두르셨군요. 어지간히도 라반트 가(家)가 탐이 나셨던 모양이네요.”

황태자의 얼굴엔 비릿한 미소가 떠올라 있었다. 어차피 일황자의 속내야 뻔했다. 라반트 백작가와의 친분을 통해 루스터 공작을 꾀어 보려는 생각일 것이다.

그는 자신의 지지 세력을 얻기 위해서라면 사촌 여동생을 모르는 남자에게 시집보내는 것쯤은 아무렇지도 않게 여길 남자였다. 그러나 조소하는 황태자와는 달리 에드밀의 표정은 굳어 있었다.

“그건…… 일황자 전하의 생각이 아닌 것 같습니다.”

“무슨?”

“황자 전하께 라반트 경을 호위기사로 추천한 것도, 라칸 공작가와의 혼인을 주선한 것도 전부 그분의 모친이신 일후궁 키니시아 마마의 생각입니다. 오히려 일황자는 듀이 경이 아니라 카밀 군과의 혼인을 주선하고 싶어 했습니다. 그런데 일후궁 마마께서 그것을 반대하고 듀이 경을 추천했다고 하시더군요.”

“굳이 듀이 경을 선택했다는 겁니까?”

“예. 하지만 황자 전하는 끝까지 카밀 군을 포섭하기 위해 노력하셨습니다. 그러자 뒤늦게 그 사실을 안 일후궁 마마께서 크게 진노하셨다고 하더군요. 어차피 카밀 군 쪽에서 응하지 않아 결국 일후궁 마마께서 원하시는 대로 되었기는 하지만 말입니다."

그제야 느껴지는 위화감에 황태자는 살짝 얼굴을 찌푸렸다.

어차피 루스터 공작을 끌어들일 생각이라면 외손자인 듀이보다는 친손자인 카밀을 노리는 편이 낫다. 하물며 개인적인 기량에서도 듀이는 카밀의 상대가 되지 않았다.

처음부터 되지 않을 것을 알고 좀 더 쉬운 길로 가는 것일 수도 있겠지만, 굳이 시도해 보려는 것까지 막은 것은 확실히 이상했다. 더구나 황태자가 아는 일후궁은 못 먹는 감일수록 더 찔러 보는 성격이지, 결코 쉽게 포기할 사람이 아니었다.

"흐음, 혹시 듀이 경에게 뭔가 숨겨진 기량이 있는 건지도 모르겠군요. 아, 그러고 보니 카밀 군이라면 뭔가 아는 것이 있지 않을까요? 아무래도 동갑의 사촌이니만큼 서로 통하는 것이 많을 텐데요."

"글쎄요, 그다지 사이가 좋은 사촌 관계는 아닌 것 같았습니다만."

에드밀은 언젠가 태자궁 앞에서 듀이와 마주쳤을 때 보인 카밀의 반응을 떠올리며 대답했다. 그때 카밀은 사촌이라는 사실 자체를 탐탁지 않게 여기는 모습이었다.

처음엔 일황자 앞이기 때문이라 생각했지만, 지금 다시 회상하면 필요 이상으로 냉정한 반응이긴 했다. 듀이 역시 사촌 형제를 보는 눈이 아니라 신분이 높은 귀족을 바라보는 얼굴 그 이상도 이하도 아니었다. 그에 황태자는 납득한 표정을 지으며 고개를 주억거렸다.

"하긴. 누이가 죽은 이후로 두 가문의 왕래가 완전히 끊겼다는 말은 들었습니다. 서로 서먹한 사이일 만도 하겠군요."

"네. 게다가 카밀 군은 얼마 전 하마르와 함께 임무를 받아 떠났기 때문에 지금은 궁에 없습니다."

"아, 그렇습니까? 그럼 할 수 없죠. 혹시 카밀 군과 루스터 공작 외에 황성에서 그에 관한 정보를 가진 이는 더 없습니까?"

"유력한 사람이 한 명 더 있긴 합니다만. 그 역시 공석인 상태인지라……."

"호오, 그가 누구인지 궁금하군요. 말씀해 보세요."

황태자의 말에 에드밀은 잠시 주저하다가 입을 열었다.

"……혹시 보안부에 있던 세이라이카 군을 기억하십니까?"

"세이 군 말입니까? 물론 기억합니다. 황제 폐하를 살리는 데 가장 혁혁한 공을 세웠는데 벌써 잊을 리가요."

"실은 그가 듀이 폰 라반트와 형제라는 소문이 있습니다."

그 순간 무심히 듣고 있던 황태자의 눈이 크게 뜨였다. 그는 당황한 기색을 숨기지 않은 채 에드밀을 바라보았다.

"그게 정말입니까?"

"카밀 군이 입관하던 날, 모두의 앞에서 그가 자신의 사촌임을 밝혔다고 합니다. 이에 루스터 공작이 직접 그 일을 숨기도록 모두에게 함구령을 내렸다는 말이 있습니다."

"루스터 공작까지 나섰다면 확실한 거겠군요. 가만, 그럼 두 사람의 나이가 어떻게 되는 겁니까? 세이 군은 열아홉이라고 알고 있는데요.”

“듀이 폰 라반트도 열아홉입니다.”

“흐음? 그럼 둘이 동갑이라는 겁니까? 설마 쌍둥이인 건가요?”

어리둥절해하는 황태자의 질문에 에드밀은 담담히 설명했다.

“아니오. 실은 라반트 백작에게 첩이 하나 있습니다. 죽은 백작 부인이 먼저 아이를 임신하고, 몇 달 뒤에 그녀 또한 잉태했다고 들었습니다.”

“세이 군이 바로 그 첩의 소생이란 거군요?”

“예. 듀이 경의 생일이 이른 봄이고, 세이 군이 초여름 생이니 차남이 맞을 겁니다.”

실제로 잉태된 시기는 세이가 먼저였지만, 에드밀이나 황태자나 그것까지는 알지 못했다. 의외의 사실에 놀라워하고 있는 황태자에게 에드밀이 조금 난처한 얼굴로 설명을 덧붙였다.

“하지만 조금 납득이 되지 않는 점이 몇 가지 있기는 합니다. 세간에 나도는 소문으로는 라반트 백작의 차남은 이미 오래전에 죽었다는 겁니다.”

“……죽었다?”

“날 때부터 상당히 병약했다고 하더군요. 병세가 점점 악화 돼서 어릴 때 먼 나라로 요양을 보냈는데, 이후로 그가 돌아왔다는 정보는 찾을 수 없었습니다. 라반트 백작 본인도 차남에 대한 언급을 꺼려하기 때문에, 대부분의 사람들은 그의 아들이 듀이 경 하나뿐이라 알고 있습니다.”

“흐음, 그렇군요.”

"더구나 카밀 군이 직접 사촌이라 밝혔다는 것도 신빙성이 떨어집니다. 엄밀히 말해서 라반트 백작의 차남은 첩의 소생이니만큼, 카밀 군과는 전혀 피가 섞이지 않은 타인에 불과하니까요. 오히려 카밀 군의 입장에선 설사 백작의 차남이라고 할지라도 당연히 거북하게 여겼을 겁니다. 그러하니만큼 사촌이라 말했을 리가 없다고 생각됩니다."

그 말에는 황태자 역시 동감했다. 루스터 공작가의 입장에서는 그네들의 영애를 부인으로 맞아놓고도 첩을 들인 라반트 백작이 상당히 괘씸할 것이 틀림없었다.

더구나 본부인과 첩이 같은 시기에 아이를 잉태하는 것은 명백히 부인을 무시하는 처사로써, 세간의 입에 오르내리기 충분한 일이었다. 아무리 카밀이 사람이 좋다 해도 그런 껄끄러운 부분까지 용납할 리는 없었다.

"하지만 그래도 사실일 가능성이 있지 않겠습니까?"

"예. 아무래도 루스터 공작이 직접 나선 일인 만큼, 전혀 관계가 없다고 보기는 힘들 것 같습니다. 더구나 카밀 군이 사촌이라 말할 때 그 자리에 있었다는 사람이 꽤 많은걸 봐선……."

"그럼 우선은 사실로 보고 정황을 파악해야겠군요. 조금 특이한 경우이긴 하네요. 정작 친사촌인 듀이 경과는 냉소적인 관계라 했지요?"

"예. 사촌이라 칭해지는 것조차 불쾌해하는 듯이 보였습니다."

"흐음, 그럼 혹시 서로 뒤바뀐 것이 아닙니까? 만약 듀이 경이 아니라 세이 군이 누이의 아들이라면요?"

"네? 하지만 태어난 날짜가……."

"태어난 시기야 잘못 알려진 걸 수도 있으니까요. 그렇지 않고서야 카밀 군이 굳이 세이 군을 사촌으로 칭했을 리가 없잖습니까?"

"그건 그렇습니다만……."

당혹스러워 하면서도 고개를 끄덕이는 에드밀을 보며 황태자는 빙긋 미소를 지었다. 그는 이미 자신의 생각을 확신하고 있었다. 둘 다 누이와 닮지 않은 건 마찬가지였지만, 듀이보다는 세이 쪽이 좀 더 그녀와 어울리는 이미지를 가지고 있었던 것이다.

이 순간 그의 머릿속에는 과거 흘려들은 이야기가 떠오르고 있었다. 그것은 혼인 전에 떠돌았다는 사촌 누이의 염문설에 관한 것이었다.

어느 이름 모를 용병과 사랑에 빠져 야반도주를 시도했다 하던가. 사실 그녀가 라반트 백작에게 시집간 과정은 여러 가지로 이해가 되지 않는 부분이 많았다.

아무리 떠오르는 신흥귀족이라 하나 루스터 공작의 사위가 되기엔 라반트 백작은 한참이나 부족한 사람이었다. 더욱이 고작 염문설 정도에 영향을 받을 정도로 공작가의 권세가 낮다고 할 수도 없었다.

그런데도 그는 염문설이 터지자마자 굳이 하나밖에 없는 딸을 서둘러 결혼시켜 변경이나 다름없는 곳에 내려 보냈다. 그리고 그녀가 아이를 낳고 죽을 때까지 단 한 번도 돌아보지 않았다. 외동딸이라 특히 더 귀애(貴愛)했던 그치곤 생각할 수도 없을 정도로 냉담한 조치였다.

때문에 황태자는 지금까지 내내 그 부분을 이상하게 여기고 있었다. 하지만 지금은 그 이유를 알 수 있을 것 같았다.

만약 그녀가 용병의 아이를 가졌다면? 그리고 공작이 그 사실을 숨기기 위해 그녀를 보잘것없는 귀족 가에 시집보냈다고 생각하면 모든 것이 들어맞았다.

'그렇다는 것은 세이 군은 라반트 백작의 친아들이 아니라는 소리군.'

그것을 확신할 만한 증거는 명백했다. 세이의 정체는 인간이 아닌 클로네였으니까.

그는 인간으로 자랐으나, 최근에 우연히 자신의 정체를 알게 되었다고 했다. 그것만 가지고 판단해도 라반트 백작이 그의 친부가 아닌 것이 확실했다.

먼저 잉태된 그가 듀이보다 늦게 태어난 것은 이상했지만, 만약 클로네 종족의 임신 주기가 인간들보다 길다고 하면 모든 것이 쉽게 설명된다. 또한 카밀이 듀이를 대하는 태도 또한 이해할 수 있었다. 그리고 거기까지 생각한 황태자의 얼굴이 차갑게 식었다.

"……설마 키니시아 마마가 이 사실을 알고 있는 건가. 만일 노리고 있는 것이 '클로네' 라면? 듀이 경을 세이 군으로 오해한 걸지도."

"예?"

혼자서 중얼거리던 그는 의아해하는 에드밀의 목소리에 퍼뜩 정신을 차렸다. 그는 입가에 억지로 미소를 띠우며 고개를 저어보였다.

"아니, 아무것도 아닙니다. 에드밀 군, 수고스럽겠지만 듀이 경과 라반트 가문에 대한 정보를 좀 더 모아주시겠습니까? 또한 세이 군의 입관 전 과거 행적들도 살펴봐주십시오."

"입관 전 기록 말입니까?"

"그렇습니다. 세이 군이 라반트 가와 연관이 있다는 확실한 증거가 필요합니다. 아무래도 본인들에게 직접 묻는 것이 빠르겠지만, 지금은 그것을 대답해 줄 사람이 궁에 없는 것 같으니까요."

"명 받듭니다."

정중히 허리를 숙여 답한 에드밀은 곧 눈 녹듯이 형체를 감추며 사라졌다. 그가 떠나고 텅 빈 자리를 바라보는 황태자의 얼굴엔 복잡한 빛이 떠올라 있었다.

마탑과 마물족, 그리고 클로네. 그렇지 않아도 잡히지 않는 실마리가 더욱 더 엉켜드는 기분이었다.

"태자 전하. 괜찮으십니까?"

옆에서 그의 안색이 좋지 않은 것을 본 호위기사가 조심스럽게 물었다.

황태자는 억지로 고개를 끄덕이며 쓰게 미소 지었다. 자신이 알지 못하는 곳에서 깊은 음모가 거대한 입을 벌리고 있는 것 같았다.

평화의 끝이 점차 다가오고 있었다.

2.

한밤중에 뜻밖의 부름을 받은 듀이는 현재 난처한 상황에 처해 있었다. 갑자기 낯선 사람들을 소개받게 된 것도 부담스러운데, 그들에게서 이렇다 할 반응이 전혀 없었기 때문이었다.

그들은 모두 경직된 얼굴로 말없이 듀이를 바라보고만 있을 뿐이었다. 하다못해 만나서 반갑다는 식의 이례적인 인사조차도 없었다. 오히려 시간이 흐를수록 분위기가 더욱 딱딱해지는 느낌이었다.

"……저어?"

그 숨 막힐 듯한 긴장감이 풀린 것은 무리 중에 울려 퍼진 누군가의 목소리에 의해서였다.

"듀이 폰 라반트 님이시라구요? 귀족이로군요."

"아, 예. 그렇습니다만."

얼결에 대답한 듀이는 곧 상대편의 모습을 확인하고 의외라는 표정을 지었다. 질문을 건넨 사람이 자신과 별반 차이가 나지 않은(혹은 좀 더 어려 보이는) 소년이었기 때문이다.

그러나 어리다고 만만히 보기엔 소년에게서 풍기는 분위기가 범상치 않았다. 오히려 그를 곧게 응시하는 눈빛은 세월을 알 수 없는 깊이를 담고 있어, 본 나이를 짐작할 수 없게 만들었다. 듀이는 자기도 모르게 긴장하는 것을 느끼며 꿀꺽 마른침을 삼켰다.

"실례지만, 듀이 폰 라반트 님. 가문의 장남이라고 하셨던가요? 생일이 언제쯤이신지 여쭤 봐도 되겠습니까?"

"예? 아, 제 생일은 이른 봄입니다."

"이른 봄이라. ……얼마 남지 않았군요."

"그렇습니다만. 무슨 문제라도?"

듀이가 영문 모를 얼굴을 하자 소년은 흐리게 웃으며 고개를 저었다.

"아뇨, 그렇진 않습니다. 죄송하지만 한 가지만 더 묻겠습니다. 혹시 출신지가 세란타 령이십니까?"

"그, 그걸 어떻게?"

"제 생각이 맞나 보네요."

"예. 제 아버님이 그곳의 영주가 되십니다."

"……그렇군요."

대답하는 소년의 눈동자는 큰 충격을 받은 사람처럼 빠르게 흔들리고 있었다. 조금 전보다 많이 지친 듯한 그의 모습에 듀이는 더욱 당황할 수밖에 없었다. 자신이 무언가 실수를 한 것인가 싶었던 것이다.

그때 누군가가 그와 소년의 사이에 끼어들었다. 그들이 대화를 나누는 동안 한 발짝 뒤쪽에서 가만히 지켜보고 있던 엘리하였다.

"자자, 감동적인 상봉은 이만 끝내기로 하지. 시간이 너무 늦었군."

"엘리하 님?"

"아아, 수고했다, 듀이. 이만 돌아가도 좋아."

그 말에 듀이는 어색하게 소년 쪽의 눈치를 보았다. 하지만 그가 자신을 보고 있지 않은 것을 알고 곧 슬그머니 자리에서 물러났다.

그로서도 이런 불편한 자리에 더 있고 싶은 마음은 없었던 것이다. 오히려 적절한 순간에 물러날 기회를 제공해 준 엘리하에게 고마운 마음까지 들었다.

그 순간 소년의 뒤쪽에서 굳어 있던 자들이 이를 갈며 소리쳤다.

"너 이 자식! 이게 무슨 수작이야!"

"수작이라니? 너희들이 만나고 싶다고 해서 만나게 해준 것뿐이다. 설마 이대로 쭉 같이 있길 기대한 건가? 그렇다면 자신들의 처지를 너무 모르고 있는 것 같군."

"무슨 헛소리를 하는 거냐! 그자가 어떻게……!"

"그만, 이레이."

"하지만 칼프 님! 아무리 봐도……!"

"그만 두라고 했어!"

소년—칼프의 외침에 항변하던 이레이는 당황한 표정으로 옆에 있던 아스카와 시란을 바라보았다. 그러나 그들 또한 그저 말없이 고개를 가로젓고 있을 뿐이었다.

그 모습을 본 엘리하가 가볍게 손뼉을 치며 말했다.

"자, 이제 내부 분쟁은 다 끝난 건가? 그럼 오늘은 이만 헤어지도록 하지. 너희들에게도 쉴 시간은 필요할 테니 말이야."

"퍽이나 신경 써주는군."

"들어와."

비아냥거리는 소리에도 아랑곳없이, 엘리하는 문 밖을 향해 신호를 보냈다. 그러자 닫혀 있던 문이 열리며 한 무리의 마물족들이 모습을 드러냈다. 마을에서부터 그들을 이곳까지 이송해 온 자들이었다.

"내 부하들이 앞으로 너희들이 머물 장소에 데려다 줄 거다. 마음에 들진 않겠지만 편하게 쉬었으면 좋겠군."

"……한 가지만 묻자."

"뭐지?"

끌려가기 직전, 들려오는 낮은 목소리에 엘리하가 관심을 보이고 돌아보았다. 그에게 말을 건넨 사람은 칼프였다. 창백한 안색과는 달리 비교적 담담한 표정의 칼프는 고요한 눈으로 엘리하를 바라보며 물었다.

"이런 식으로 굳이 우리를 건드려서 좋을 것이 뭐가 있지? 너희를 지하세계에 봉인해 둔 것에 대한 복수인가?"

"설마. 그런 이유라면 굳이 살려서 데려올 필요도 없었겠지. 난 그렇게 자비로운 성격이 아니다."

"뭐? 그럼……."

"오면서 아무런 말도 듣지 못했나? 앞으로의 계획에 너희들이 필요하게 됐다. 단지 그것뿐이지."

"우리의 피 말인가?"

"뭐, 그것도 나름대로 쓸모는 있는 것 같더군."

"……대체 뭘 꾸미고 있는 거냐?"

"글쎄. 무엇일까?"

엘리하는 알 수 없는 미소를 지으며 어깨를 으쓱해 보였다. 그에 클로네 일족들의 눈동자에서 다시금 불길이 치솟았지만 아스카의 제지로 나서는 이는 없었다.

그 모습을 엘리하는 처음부터 끝가지 즐거운 시선으로 바라보았다. 이윽고 그는 부하들을 향해 짧게 명령했다.

"데려가."

"예! 가자!"

힘차게 고개를 끄덕인 부하들은 곧 클로네 일족을 에워싸며 거칠게 끌고 나가기 시작했다. 그 순간에도 칼프는 굳은 표정으로 엘리하를 응시하고 있었다. 그러나 두 사람의 시선이 끝내 맞닿는 일은 없었다.

*　　　*　　　*

클로네 일족들이 끌려간 곳은 지하 깊은 곳에 있는 사방이 밀폐된 방 안이었다. 묵묵히 그들을 방 안에 밀어 넣은 마물족들은 이렇다 할 전언도 없이 그대로 몸을 돌렸다. 당황한 일족들이 서둘러 문을 열려 했으나, 이미 바깥에서부터 굳게 잠긴 뒤였다.

"왜 말리셨습니까?"

한동안 우뚝 선 채로 철문을 노려보던 이레이가 침묵하고 있는 칼프를 향해 물었다. 대답 대신 칼프는 말없이 그를 올려다보았다. 그에 이레이가 더욱 답답하다는 표정으로 소리쳤다.

“칼프 님도 보셨잖습니까? 그는 왕의 아들이 아닙니다! 평범한 인간이었다고요! 아무리 우리들의 힘이 약해졌다곤 해도 그 정도는 알아볼 수 있습니다!”

“맞습니다! 더구나 바로 내년 봄에 성년이 되는 클로네가 이제껏 그리 멀쩡할 리가 없잖습니까? 정말로 클로네라면 이미 세 번째 발아마저 지나 다 죽어갔어야 정상입니다! 녀석들이 우리를 속였단 말입니다!”

듀이를 보았을 때 느낀 감각은 지금도 선명했다. 기쁨과 연민, 슬픔으로 복잡하던 감정이 실망과 분노로 화하던 순간. 그들은 진심으로 한 존재에 대한 살의에 들끓었다.

가증스럽게도 왕의 후계자를 사칭한 뻔뻔한 그 인간의 목을, 틀어쥐고 강하게 조르고 싶은 심정이었다. 동시에 빤한 속임수임을 알면서도 잡혀 들어온 자신들의 무능함이 비참해 견딜 수 없었다.

그러나 칼프는 차분하게 고개를 저었다.

“아니, 속인 건 아닐 거야.”

“그, 그게 무슨?”

“칼프의 말이 맞다. 속일 생각이었다면 굳이 그를 우리 앞에 데려올 필요도 없었겠지. 놈들은 그를 진짜 왕의 후계자로 알고 있다.”

대답한 건 아스카였다. 그 말에 모두의 시선이 그에게로 집중되었다.

"놈들이 착각하고 있다는 겁니까? 설마 그런 일이……."

"가능성은 충분해. 각성 전의 클로네는 우리도 유심히 지켜보지 않는 한 알아보기 힘들다. 마물족이 그 차이를 짚어낼 수 있을 리가 없어. 아마도 놈들은 그의 모친과 왕과의 관계, 그가 태어난 시기만을 계산했을 테지."

"으음, 그럼 결국 그 조건은 맞췄다는 소리잖습니까? 그런데도 왕의 아들이 아니라면 아예 그의 존재 자체가 없는 것이라 봐도……."

"아니. 아직 단언하기는 이르다. 그에게 비슷한 시기에 태어난 형제가 있다는 전제하라면 말이야."

"……!"

그 순간 아스카의 말을 듣고 있던 모두의 숨이 멈추었다. 미처 형제의 존재에 대해선 신경을 쓰지 못했기 때문이었다.

"듀이라고 했던가? 조금 전 그는 소개를 하면서 자신이 가문의 장남이라고 말했다. 그렇다면 형제가 있다는 뜻이지. 낳은 어미야 잘못 알려질 수도 있는 거니까."

"하지만 설마 마물족들이 그 정도도 조사를 하지 않았을까요?"

"작정하고 숨긴 정보라면 그놈들도 알아차리기 쉽지 않을 거다. 게다가 잉태된 시기를 따지면 이른 봄에 태어난 듀이 쪽이 맞다고 생각했을 테지. 그들은 인간들 기준의 임신 주기로 계산했을 테니까."

"아! 그렇군요. 인간들의 임신 주기는 10달이었죠?"

그제야 사람들의 얼굴이 환하게 밝아졌다. 클로네 일족의 임신 주기는 대체로 불규칙하지만 인간들에 비해서는 긴 편이었다. 특히 왕의 후계자는 그보다 더 긴 편으로, 보통 14개월에서 길게는 20개월까지 이르기도 했다.

"우리가 계산한 바에 따르면, 왕의 후계자는 적어도 늦봄에서 한가을 사이에 태어난 것이 맞다. 그렇다면 세간에는 차남으로 알려져 있겠지."

"그, 그렇다면 역시 그 형제 쪽이?"

"아마도 그럴 거다."

'아마도'라는 말을 붙이긴 했지만 이미 아스카의 말투는 확신에 가까웠다. 그에 일족들은 흥분한 얼굴로 몸을 떨기 시작했다.

"하늘이 도우셨군요! 아직 왕의 아들이 무사하다니!"

"그럼 이러고 있을 때가 아니잖습니까? 놈들이 눈치채기 전에 어서 그를 찾으러 가야지요!"

"이미 찾았어."

"예?"

"차, 찾았다고요?"

대체 언제 후계자를 찾았단 말인가?

뜻밖의 대답에 재촉하던 사람들은 모두 얼빠진 표정을 지으며 서로를 바라보았다. 그 모습에 칼프가 씁쓸한 표정을 지으며 입을 열었다.

"듀이라는 녀석, 아까 세란타 령 출신이라고 했었지?"

"그, 그랬었죠."

"저도 그렇게 들었습니다만, 그게 무슨?"

"기억 안 나? 세이도 세란타 령 출신이야."

"……!"

그 순간 사람들의 동작이 모두 일시에 멈추었다. 그 자리에 있는 누구도 방금 전 들은 소리를 쉽게 이해할 수가 없었다. 마치 딴 세상의 이야기를 들은 것처럼 귀에 와 닿지 않았던 것이다.

그리고 그 의미를 깨달은 순간, 모두의 얼굴은 백짓장처럼 하얗게 굳어가기 시작했다.

그러나 지금 이 자리에서 누구보다 괴로운 것은 바로 칼프였다. 두 팔로 머리를 감싼 채 고개 숙인 그의 얼굴은 거의 울 것처럼 일그러져 있었다.

"세이가…… 왕의 아들이었어."

제2장
이어지는 동행

1.

휘이잉.

살을 스치는 차가운 바람에 흠칫 몸이 떨렸다. 며칠 사이에 부쩍 추워진 날씨는 슬슬 다가올 겨울의 입문을 알려오고 있는 상태였다. 이미 헐벗기 시작한 나무는 저마다 붉게 물든 낙엽 잎들을 바닥에 토해내고 있었다.

'더 추워지기 전에 겨울 외투를 사야겠군.'

나는 오한이 이는 몸을 두 팔로 감싸며 살짝 얼굴을 찌푸렸다. 드래곤 마커티스가 마련해 준 물품은 약간의 식량과 여비 정도였기 때문에, 가지고 있는 옷이라곤 지금 입고 있는 것이 유일했다.

그나마도 초가을에 맞춰 제작된 것이라 여름옷이나 다를 바 없을 정도로 옷감이 얇았다. 하루라도 빨리 적당한 옷을 구입하는 것이 당연한 상황이었지만, 그렇지 않아도 빠듯한 경비에서 애꿎은 지출을 하게 되었다고 생각하니 입맛이 씁쓸했다.

그나마 다행인 것은 뱅크(돈을 저금하는 기관)에 모아둔 돈이 있다는 것이다. 그동안 기숙사에서 지낸데다 딱히 지출할 일이 없었기 때문에, 급료를 받으면 최소 생계비를 제외한 나머지는 바로 뱅크에 맡기는 편이었다. 지금까지 한 번도 제대로 계산해 본 적은 없지만 아마 꽤 많이 모았을 것이 틀림없었다.

그러나 뱅크는 공국이나 수도 같은 큰 도시에만 존재한다. 결국 돈을 찾을 수 있는 것도 도시에 들어간 뒤에야 가능한 이야기. 그때까진 마커티스에게 받은 여비를 아끼며 쓰는 수밖에 없었다.

"세이, 벌써 일어난 건가?"

그때 마침 느껴지는 인기척에 나는 살짝 뒤를 돌아보았다. 그곳엔 아직 잠이 덜 깬 얼굴로 하품을 하고 있는 갈색 피부의 남자가 서 있었다. 엘텐 숲에서 만난 쌍둥이 일행의 호위무사인 라자드였다.

그들과는 우연히 만난 인연으로 숲을 벗어날 때까지 동행하기로 한 상태였다. 한동안 지루하리만치 길게 이어져 오던 숲행은 어젯밤 인가(人家)를 발견함으로써 간신히 작별을 고했다. 지금은 여관에 들어와 그간에 쌓인 여독을 풀고 있는 중이었다.

"라자드 씨. 좋은 아침입니다."

"씨자는 빼도 돼. 꽤 빨리 일어났군. 모처럼 여관에 들어온 김에 푹 쉬어도 좋을 텐데. 숲에선 제대로 잠도 못 자지 않았나?"

"습관이 되어서요."

"습관? 하긴, 숲에서도 항상 일찍 일어났었지. 참 부지런하군.

우리 쌍둥이들도 본받아야 할 텐데 말이야."

"사림과 카림은 아직 자고 있습니까?"

내 질문에 라자드는 당연한 것을 묻는다는 표정을 지으며 웃었다.

"오랜만의 침대잖아. 아마 한낮이 돼서나 겨우 일어날 거다. 흠, 그나저나 상당히 춥군. 어째 어제보다 더 추워진 것 같은데?"

"이제 겨울이니까요. 앞으로 점점 더 추워질 겁니다."

"그런가? 흐음, 사실 제대로 된 겨울은 아직 한 번도 겪어본 적이 없어. 어느 정도나 추워지는 거지? 사막의 밤보다 더 춥나?"

"글쎄요. 저도 사막의 밤은 겪어본 적이 없어서요. 하지만 지금 상태로 야영을 하면 얼어 죽을 정도는 될 겁니다."

나는 전신(全身)이 거의 드러나다시피 한 그의 얇은 옷차림을 지적하며 조언했다. 남령 특유의 복식으로 이루어진 그의 차림은, 보고만 있어도 추울 정도로 몸을 가린 부분이 거의 없었다. 밤에는 긴 외투를 위에 걸치긴 하지만 그것만으론 한계가 있을 터였다. 라자드 또한 같은 생각인지 멋쩍은 표정을 지으며 얼굴을 붉혔다.

"역시 옷을 사는 게 좋겠지? 같은 추위라도 서령의 기후는 남령과 조금 다른 것 같군. 왠지 더 추운 것 같아. 나나 사림은 몰라도 카림은 몸이 약하거든. 감기에 걸리면 큰일인데 말이야."

"구입하실 거면 저와 같이 가시죠. 마침 저도 겨울옷을 살 생각이었거든요."

그 말에 라자드가 반색하며 대답했다.

"오, 정말인가? 마침 잘됐군. 사실 서령의 문화나 물가에 대해선 잘 몰라서 걱정했었거든. 염치없지만 안내 좀 부탁하지. 이왕 말 나온 김에 지금 바로 가도 될까?"

"전 상관없습니다만. 사림과 카림을 깨우지 않아도 됩니까?"

"사이즈는 내가 다 아니까 상관없어. 어차피 곧 식사도 해야 하잖아? 시간도 절약할 겸 밥 먹기 전에 슬슬 다녀오도록 하지."

시간을 절약하자는 것에는 나 역시 동감하는 바였다. 생각했던 것보다 숲에서 보낸 시간이 너무 길어진 탓에, 지금도 상당히 초조한 상태였으니까.

이후 라자드와 함께 여관을 나온 나는 곧장 상점가로 향했다. 작은 마을이었기에 상점가라고는 해도 그다지 규모가 큰 편은 아니었다. 나와 라자드는 오래지 않아 허름한 옷가게를 하나 찾을 수 있었다.

"세이. 고작 한 벌만 사는 건가?"

"네, 저는 한 벌이면 됩니다. 라자드 씨는 그걸 다 사실 생각이십니까?"

적당한 여행복을 구입한 후 돌아보았을 때 나는 곧장 당황할 수밖에 없었다. 라자드가 산더미처럼 많은 옷가지들을 품에 안고 있었기 때문이었다. 전부 자신보다 작은 체구의 옷들로, 사림과 카림을 위한 것이 틀림없었다.

"왜? 너무 많은가? 하지만 이쪽 옷은 한 벌도 없으니까 이왕 사는 김에 여러 벌을 구입하는 게 좋을 것 같아서……."

"그다지 좋은 생각이 아닌 것 같은데요. 어차피 수도까지 가려면 몇 개의 마을과 도시를 더 거치게 될 겁니다. 그곳에도 옷가게는 있을 테니, 부족할 때 구비하는 게 더 낫지 않겠습니까?"

"으음, 그런가? 하긴, 이대론 짐이 너무 늘어나겠군. 그럼 나도 한 벌씩만 사야겠어."

쉽게 납득한 라자드는 곧 들고 있던 옷들을 전부 제자리에 내려놓았다. 그 순간 옆에 서 있던 옷가게 주인이 내게 따가운 시선을 보냈다.

이런 시골 가게는 손님이 찾는 일이 극히 드물다. 그로선 한몫 잡을 수 있는 좋은 기회를 엉망으로 만든 내가 곱게 보이지 않는 것이 당연했다.

나는 그 시선을 무시하며, 라자드의 옆으로 걸어가 그가 세 벌의 옷을 고르는 것을 도왔다. 따뜻한 지역에서만 살아온 탓인지, 그는 겨울옷을 고르는 것 자체에 막막함을 느끼고 있는 듯했다.

"이 옷감은 두껍긴 하지만 바람이 잘 통합니다. 다른 것이 좋겠습니다."

"아, 그런가? 그럼 이건?"

"이건 따뜻하긴 하지만 너무 무거워요. 움직일 때 조금 불편할 겁니다."

그런 식으로 몇 가지 옷들을 돌아본 끝에 나는 한 가지 사실을 발견했다. 그가 고른 옷들 중에 여성복이 단 한 벌도 없다는 것이었다.

"전부 남자 옷밖에 없군요. 사림의 것은요?"

"아아, 사림의 것도 그 안에서 고를 거다. 어차피 여자 옷은 안

입거든."

"본래 남장을 즐겨합니까?"

"하하! 아니, 딱히 남장을 하는 건 아니야. 그냥 편한 옷을 더 선호할 뿐이지. 아는지 모르겠지만 남령의 여성 복식은 주로 나풀나풀하고 하늘하늘한 형식이거든. 사림의 말론 움직일 때 꽤나 불편하다고 하더군. 그게 싫어서 남자 옷을 주로 입기 시작했는데, 이젠 아예 습관이 돼 버린 것 같아."

"아아, 그런 거라면…… 이곳에선 여성복 중에 활동성을 강조한 바지도 있습니다만."

"오, 그래? 그럼 그걸로 한 번 찾아볼까?"

하지만 막상 여성복을 찾아본 라자드는 고개를 저었다.

"이건 안 되겠어. 몸에 너무 밀착되는 형식이라 사림이 별로 좋아하지 않을 거야. 갑갑한 것도 싫어해서 말이야."

"그렇군요. 그럼 할 수 없죠."

"모처럼 신경 써줬는데 미안하다."

"아닙니다. 그나저나 시간이 많이 늦었군요. 두 사람이 깨어나기 전에 이만 들어가도록 하죠."

내 말에 고개를 끄덕인 라자드는 서둘러 고른 옷을 구입하려 했다. 그러나 여기에서 예상치 못한 문제가 벌어졌다. 그가 아직 서령의 화폐를 가지고 있지 않다는 것이었다. 남령에서 넘어온 이후 내내 숲에만 있었고, 이제 막 제대로 된 마을에 들어온 참이니 미처 환전할 여유가 없었던 것이다.

결국 그가 계산하면서 내놓은 것은 엄지손톱만한 크기의 붉은 보석이었다. 크기도 그렇지만 공들여 세공한 흔적이 보이는 것으로 보아 값어치가 있는 것이 확실했다. 옷가게의 주인도 그것을 알아보았는지 당혹한 표정을 짓고 있었다.

"저, 저어. 저희 가게에선 이만한 보석을 거슬러드릴 돈이 없는데요."

"거스름돈은 필요 없소. 그냥 가지시오."

"저, 정말입니까요, 나으리?"

되묻는 말에 라자드는 흔쾌히 고개를 끄덕였다. 구입한 물건보다 더 많은 값을 치른 상황인데도 보석을 아까워하는 기색이 전혀 없었다.

'내가 상관할 문제는 아니긴 하지만…….'

나는 기뻐서 어쩔 줄 몰라 하는 옷가게의 주인을 바라보다 살짝 한숨을 내쉬었다. 호위무사의 씀씀이는 곧 그가 소속된 가문의 재력을 의미한다. 한눈에 보기에도 값비싼 보석을 아무렇지 않게 건넨다는 건 그가 그만큼 부유한 생활을 누려왔다는 증거였다.

'그런 집안의 자제들이 가출이라……. 하마르 님은 둘째 치고, 외교 문제로 번지진 않을까 모르겠군.'

"세이, 안 오나?"

"아뇨, 갑니다."

이미 라자드는 가게의 문을 나선 뒤였다. 나는 씁쓸하게 웃으며 그의 뒤를 따랐다.

2.

"세이! 라자드! 어디 갔다 오는 거야?"

"사림. 일어났군요."

여관에 돌아온 나와 라자드를 급히 맞이한 사람은 사림이었다. 아직 자고 있을 거라 생각한 그가 깨어 있는 것에 나와 라자드는 의아한 시선을 주고받았다.

그런데 사림의 분위기나 행동이 이상했다. 마치 겁먹은 사람처럼 안색이 새파랗게 질려 있었던 것이다. 라자드 또한 이상하다는 것을 느꼈는지 얼굴이 서서히 굳어졌다.

"왜 그래요, 사림. 무슨 일 있습니까?"

"크, 큰일 났어! 카림이!"

"……!"

그 말을 듣는 순간 라자드의 신형이 빠르게 앞으로 쏘아져나갔다. 그 뒤를 사림이 곧장 따르는 것을 보며, 나 역시 서둘러 카림이 있는 방으로 걸음을 옮겼다.

"카림! 카림! 정신을 차리십시오!"

방 안쪽으로 들어섰을 때 내 눈에 보인 것은 침대에 누워 있는 카림과, 그의 뺨을 두드리고 있는 라자드였다. 의식이 없는 듯 눈을 감고 있는 카림은 마치 비를 맞기라도 한 것처럼 온몸이 식은땀에 흠뻑 젖어 있었다. 이마를 짚자, 예상보다 더 뜨거운 열기가 느껴졌다.

"고열이군요. 언제부터 이랬습니까?"

"모, 모르겠어. 일어나 보니까 카림이 신음소리를 내고 있길래……."

사림의 눈동자엔 어느새 눈물이 한가득 맺혀 있었다. 도와줄 사람이 왔다는 것에 대한 안도감과, 아픈 동생에 대한 걱정이 교차하고 있는 얼굴이었다.

"어떡하지? 만약 가림이 잘못되면 나는……."

나는 그를 진정시킬 생각으로 일부러 차분하게 설명했다.

"아마 그동안 쌓였던 피로가 원인일 겁니다. 갑작스런 기후 변화에, 미로와 다를 바 없는 숲속에서 내내 긴장하고 있었을 테니까요."

"그, 그럼 어떻게 해야 하는데?"

"우선 지금은 열부터 식혀야 할 것 같네요. 차가운 물수건으로 얼굴과 몸을 닦아주십시오. 저는 나가서 의원을 불러오겠습니다."

"이런 작은 마을에 의원이 있을까?"

"일단은 찾아보는 수밖에요. 그럼 다녀오겠습니다."

"앗! 나도 같이 가!"

그 순간 막 문을 열고 나서려는 내 뒤를 사림이 바짝 따라붙었다. 당황해서 라자드를 바라보자, 그는 그렇게 하라는 듯 고개를 끄덕여 보였다.

"카림은 내가 돌보게 있을게. 부탁한다."

결국 나는 사림과 함께 마을을 돌아보기 시작했다. 그러나 물어

물어 찾아간 의원 집은 굳게 닫혀 있었다. 바로 며칠 전에 옆 마을로 왕진을 떠났다는 것이다.

시골은 워낙 의원이 귀하기 때문에, 보통 한 명의 의원이 여러 마을을 돌아다니며 진료하는 것이 보편적이었다. 이곳의 의원도 마찬가지 이유로 자리를 비운 것 같았다. 사림의 얼굴이 울상으로 일그러졌다.

"이제 어쩌지, 세이? 설마 이대로 그냥 돌아가야 하는 거야?"

"으음, 아마 다른 방법이 있을 겁니다. 이곳 사람들도 의원이 없을 때 마냥 환자를 방치하진 않을 테니까요."

"그, 그럼?"

"일단은 열을 내리는 게 가장 먼저입니다. 해열에 좋은 약부터 찾아보도록 하죠."

"아! 그렇구나! 약이 있었지?"

나는 기뻐하는 사림을 데리고 곧장 약재상에 향했다. 열에 좋은 적당한 약초들을 구입하기 위해서였다. 그러나 이곳에서도 예상치 못한 문제가 벌어졌다.

"엑! 약초가 다 떨어졌다고요?"

"그렇다니까. 요즘 날이 추워져서 감기 환자가 부쩍 늘었어. 해열이나 감기에 좋은 약초들은 벌써 동이 난 지 오래야. 새로 들여오려면 약초꾼이 와야 하는데, 오기로 한 날짜가 아직 많이 남아 있어서 우리도 곤란한 참이라고."

약재상의 주인은 퉁명스러운 태도로 대꾸했다. 그의 말대로 좌판에 진열된 약초들은 거의 다 동이 난 상태였다. 애써 밝아졌던 사림이 안색이 다시금 창백해지는 순간이었다.

"어, 어떻게 좀 안 될까요? 카림이 너무 열이 높아서 위험하단 말이에요."

"글쎄, 사정은 안 됐지만 없는 걸 날더러 어쩌란 말이야? 설령 있다 해도 마을 사람이 먼저지, 외지인에게 나눠줄 몫은 없어. 안 되는 건 안 되는 거니까 귀찮게 하지 말고 당장 돌아가!"

"그, 그런……!"

"사림, 그만하고 돌아가죠. 어차피 더 말해 봐야 소용없을 것 같습니다."

"하지만! 이러다간 카림이!"

보통 증상은 시간이 지날수록 악화된다. 이 순간에도 카림의 상태는 더욱 나빠지고 있을 가능성이 컸다. 사림 역시 그 점을 염려하고 있는지 초조한 표정으로 입술을 깨물었다.

"괜찮아요. 다른 방법이 있으니까요."

"다른 방법이라니?"

나는 의아해하는 사림을 향해 살짝 어깨를 으쓱해 보였다.

"생각해 보니, 약초도 결국 식물이더군요."

3.

약재상을 떠난 내가 향한 곳은 마을 인근에 있는 작은 풀숲이었다. 세차게 부는 찬바람이 마른 풀잎들을 마구 흩어놓고 있었다.

사림은 정신없이 흩날리는 자신의 머리카락을 쓸어 넘기며 소리쳤다.

"으으, 무슨 바람이 이렇게 세? 세이! 이런 곳에서 대체 뭘 하려는 거야?"

"아, 사림은 여기서 잠시만 기다려주십시오. 금방 물어보고 올 테니까요."

"물어본다고?"

어리둥절한 표정을 하는 그를 뒤로 한 채, 나는 천천히 풀숲의 한가운데로 걸음을 옮겼다. 그러자 기다렸다는 듯 수많은 음성들이 귓가에 울려 퍼지기 시작했다.

—어서 오세요, 귀한 분!

—무슨 일이신가요, 클로네의 후계자시여?

—뭔가 곤란한 일이 있으시면 말씀하세요. 저희가 도와드릴게요.

반갑게 맞이하는 음성들은 이미 내가 이곳에 온 이유를 짐작하고 있는 듯 보였다. 나는 조금 머뭇거리다 입을 열었다.

"일행이 열이 심해서 약이 필요해. 너희들의 도움을 받고 싶어."

—열이 심하다고요?

—그런 거라면 귀한 분, 당신의 피로도 낫게 할 수 있어요. 클로네의 피는 모든 식물의 약효를 가지고 있으니까요.

물론 나 역시 그 점을 생각하지 않은 건 아니다. 하지만 인간들의 기준에선 '피'는 결코 약이 될 수 없었다. 자칫하면 오히려 분쟁을 일으킬 소지가 다분했다. 나는 사림이 있는 쪽을 살짝 살핀 다음 작은 목소리로 대답했다.

"일행들은 내가 클로네라는 사실을 몰라. 피를 주는 건 너무 눈에 띌 것 같아. 가급적 다른 방법으로 해결하고 싶어."

—아아, 그렇군요. 안심하세요, 귀한 분. 저희들이 도울 수 있으니까요.

"정말이야?"

—물론이지요. 마침 제가 피우는 꽃에 해열의 효과가 있거든요. 제 꽃을 가져가서 뜨거운 물에 삶은 다음, 우려낸 물을 마시게 하면 돼요.

그러나 친절한 대답과는 달리, 그 식물에게는 꽃이 피어 있지 않았다. 쌀쌀해진 날씨에 이미 다 져버린 것이다. 내가 난감한 기색을 보이자 식물은 웃음기 어린 목소리로 말했다.

—무엇을 걱정하세요, 귀한 분. 당신의 힘으로 간단히 해결할 수 있어요.

"내 힘? 하지만 어떻게……."

—제게 힘을 빌려주세요. 그럼 원하는 것을 얻으시게 될 거예요.

나는 반신반의하며 식물을 향해 힘을 전달했다. 그러자 그 순간 신기한 일이 눈앞에서 펼쳐지기 시작했다. 말라 있던 꽃대에 새로운 봉오리가 조금씩 생기더니, 곧 찬연한 꽃송이가 피어나기 시작했던 것이다.

'설마 꽃을 피우게도 할 수 있었다니!'

단순히 식물의 크기와 길이에만 영향을 주는 것이라 생각했기에 나는 한동안 놀라움을 감출 수 없었다. 특히 계절을 역행한 셈이었기에 더욱 그랬다. 굳어 있는 내게 식물은 마치 뽐내는 듯한 어조로 재촉했다.

—자, 이제 꽃을 따 가시면 돼요. 열이 한 번에 내리지 않을 수도 있으니, 여러 개를 가져 가셔서 두고두고 달여 먹이시는 걸 추천할게요.

"아아, 정말 고마워."

—아니에요. 저야말로 마지막이 오기 전에 귀한 분을 돕게 돼서 너무 기쁘네요.

"마지막?"

—이제 겨울이니까요. 저희들의 수명은 초겨울까지랍니다. 아마도 다음에 이곳에 오신다면, 저희들의 후세와 만나게 되실 거예요.

얼어붙은 대지에는 식물이 살지 못한다. 특히 꽃이나 풀들은 본격적인 겨울이 다가오기 전에 거의 시들어 사라지는 것이 일반적인 수순이었다. 지금까지 당연하게만 여겨왔던 사실이 지금 이 순간 가슴속에 깊이 박혀 들었다.

그러자 가라앉은 나의 기분을 느낀 것일까. 꽃을 피운 식물이 더욱 밝은 목소리로 나를 재촉했다.

—자아, 어서 서두르세요. 일행 분이 아프시잖아요. 꽃을 달여 먹이시려면 시간이 많이 필요하실 거예요.

이 순간 나는 씁쓸하게 고개를 끄덕이는 것 외에는 아무런 대답도 할 수 없었다. 마지막을 담담히 기다리고 있는 그들에겐 그 어떤 위로의 말도 소용이 없을 터였다.

'식물과 대화가 통하는 것이 다 좋은 것만은 아니군.'

매해마다 이런 순간을 지켜봐야 하는가. 차라리 아무것도 모르는 편이 나았겠다는 생각도 들었지만, 그것을 겉으로 내색할 수는 없었다.

이윽고 피어난 꽃들을 조심스럽게 떼어낸 나는 주변의 식물들과 작별인사를 마쳤다.

그때까지도 사림은 시킨 대로 멀찍이서 나를 기다리고 있는 상태였다. 시간이 갈수록 초조함이 커지는 듯, 발을 동동 구르고 있는 모습이 눈에 띄었다.

"사림."

"아, 다 끝났어?"

내 기척에 반색을 하며 돌아본 그는 곧 손안에 들린 꽃을 발견하곤 눈을 휘둥그렇게 떴다.

"헉? 세이, 그게 다 웬 꽃이야?"

"해열효과가 있다고 해서 받아왔습니다. 삶아서 우려낸 물을 마시게 하면 된다고 하더군요."

"그 꽃이 알려준 거야?"

"네."

나의 짧은 긍정에 사림은 더더욱 믿을 수 없다는 표정을 지었다.

"그치만 지금은 초겨울이야. 이렇게 추울 때 피는 꽃도 있어?"

"부탁했더니 피워주더군요."

"헐. 식물과 대화하면 그런 것도 가능해?"

"저도 오늘 처음 알았습니다."

거짓말은 아니다. 처음 안 건 사실이었으니까. 내가 어깨를 으쓱하며 대답하자 사림은 황당한 표정으로 나와 풀밭을 번갈아 바라보았다.

"하, 하지만 그냥 평범한 꽃이잖아. 약초도 아닌데 먹어도 될까?"

"평범한 풀에도 생각보다 많은 효과가 있습니다. 믿으셔도 될 겁니다."

그것은 언젠가 세메이온이 내게 했던 말과 같았다. 그 당시 그는 들판의 잡초에게도 사람을 살릴 수 있는 힘이 있다고 주장했다.

그땐 이해할 수 없었던 말을, 지금 내가 다른 사람에게 설명하고 있으니 이상한 기분이 들었다.

"어떻게 그걸 확신하는데?"

"꽃들이 제게 거짓말을 할 이유가 없으니까요."

담담한 답변에 할 말을 잃었는지 사림은 조용히 입을 다물었다. 여전히 의혹에 찬 시선이긴 했지만 어느 정도는 수긍한 얼굴이었다.

"자, 이제 돌아가죠. 카림이 걱정되는군요."

"아, 응!"

어쨌든 나온 목적은 달성한 셈이었기에 돌아가는 발걸음은 한결 가벼웠다. 그 순간에도 급한 마음을 숨기지 못한 사림은 아예 뛰다시피 앞서 나가고 있었다. 그러면서도 간간히 나를 돌아보며 손짓하는 것을 잊지 않았다.

"세이, 뭐해? 빨리 와!"
"네, 네."
나는 피식 웃으며 조금 더 이동속도를 높였다.
쏴아아—
등 뒤에서 배웅하듯 울리는 풀잎소리가 오늘따라 유난히 애잔하게 느껴졌다.

4.

여관에 돌아온 즉시 나는 곧장 물을 끓이기 시작했다. 적당히 달아오른 물속에 받아온 꽃잎을 넣자 투명한 물색이 서서히 노란빛으로 변하는 것이 보였다. 그 상태에서 조금 더 끓이자 물색은 곧 선명한 오렌지색으로 변해 갔다.
그때까지도 카림의 의식은 돌아오지 않은 상태였다. 온몸의 열 또한 여전히 심했는데, 이마에 새 물수건을 올린 지 얼마 되지도 않아 차가움이 가셔 또다시 새로 갈아야 할 정도였다.
"자, 다 됐습니다."
나는 우려낸 물을 컵에 따라 라자드에게 건넸다. 받아드는 그의 얼굴엔 다소 미심쩍다는 표정이 떠올라 있었다.
"정말 이게 열을 내리는 건가?"
"일단 먹여 보십시오."
나의 대답에도 라자드는 한동안 망설이는 기색을 보였다. 하지만 결국 다른 방법이 없다고 생각했는지, 조심스럽게 컵 안의 물을 카림의 입안에 흘려 넣었다.

결론부터 말하자면 꽃의 효과는 탁월했다. 달인 물을 마시게 한 뒤 얼마 되지 않아, 온몸에 피어올라 있던 열꽃이 가라앉기 시작한 것이다. 그 모습에 라자드는 물론, 옆에서 조마조마한 눈으로 지켜보고 있던 사림 역시 놀란 표정을 지었다. 나 또한 겉으로 내색은 하지 않았지만, 생각보다 빠른 효과에 내심 당혹감을 느낀 상태였다.

그렇게 물을 조금 더 먹였을 때였다. 카림의 몸에서 열꽃이 완전히 사라진 것을 확인한 사림은 곧장 손을 들어 그의 이마를 짚었다. 그리곤 감탄한 표정으로 나를 바라보며 소리쳤다.

"와아! 이 꽃 정말 약효가 있나봐, 세이! 그렇게 뜨겁던 열이 전부 가라앉았어!"

"그렇다고 미리 말씀드렸습니다만. 사림은 제가 별로 미덥지 못했나 보군요."

"으응? 아하하! 그, 그게 말이지……."

일부러 짓궂게 한 대답에 사림은 민망한 듯 얼굴을 붉히고 어쩔 줄을 몰라 했다. 차마 빈말로도 아니라고 말하지 못하는 걸 보면, 천성이 누군가를 속이는 성격은 되지 못하는 것 같았다.

순간 비슷한 성격의 누군가가 떠올라 나는 쓰게 웃을 수밖에 없었다. 그러고 보니 사림은 카밀과 많이 닮았다. 활기차고 순수한 성격을 포함하여, 얼굴에 감정이 그대로 다 드러난다는 점까지 말이다.

바로 그때였다. 옅은 기침소리와 함께 카림의 몸이 들썩이기 시작했다. 그의 의식이 돌아온 것이다.

“쿨럭, 쿨럭!”

“카, 카림!”

“카림! 정신이 드십니까?”

갑자기 카림의 의식이 돌아오자 사림과 라자드가 급히 침대 곁으로 다가갔다. 특히 사림은 두 눈에 눈물을 가득 글썽이고 있는 상태였다. 그는 손으로 카림의 두 뺨을 감싸며 얼굴을 가까이 들이밀었다.

“카림! 괜찮아? 나 사림이야! 나 알아 보겠어?”

그러자 간신히 눈을 뜬 카림의 입에서 가늘고 쉰 목소리가 흘러나왔다.

“사……림. ……여기는?”

“여관 안이야. 너 엄청 열이 오르고 아팠었어. 기억 나?”

그 말에 다소 멍한 표정을 짓던 카림이 천천히 고개를 끄덕였다. 아직 정신이 또렷하진 못해도, 흘러가는 정황은 분명히 파악하고 있는 듯 보였다. 그 모습에 안심해서일까. 사림은 이제 구슬 같은 눈물을 방울방울 흘리고 있었다.

“다, 다행이다. 난 네가 잘못되는 줄 알고……. 흐흑!”

“난 괜찮아, 사림. 많이 놀랐구나.”

“바보야! 그걸 말이라고 해? 이대로 네가 죽는 줄 알고 심장이 철렁했다고! 의원도 없지, 약도 없지! 이런 낯선 타지에서 내가 얼마나……!”

의연한 척 행동하고 있어도 사실은 상당히 겁에 질려 있었던 것일까. 사림은 차마 그때 일은 떠올리고 싶지도 않다는 듯 말을 잇지 못했다. 그러자 카림의 눈에서도 눈물이 맺히기 시작했다.

"흑! 사림, 미안해. 정말 미안해."

"허허헝! 아니야, 내가 더 미안해! 내가 잘못했어! 바로 옆에 있었으면서 우리 카림이 아픈데도 눈치도 못 채고! 난 정말 나쁜 녀석이야!"

"아니야, 사림은 나쁘지 않아. 나쁜 건 사림의 마음을 아프게 한 나야."

"아냐! 누가 그래? 카림은 세상에서 가장 착해! 그건 무슨 일이 있어도 변하지 않는 사실이야! 카림을 나쁘게 말하는 사람은 내가 절대 용서하지 않을 거야!"

"카림!"

"사림!"

이윽고 서로를 와락 끌어안은 두 사람은 엉엉 소리 내어 울기 시작했다. 그 모습을 한동안 가만히 지켜보던 나는 곧 조용히 옆에 서 있던 라자드를 향해 말했다.

"감동적인 장면이긴 한데, 저대로 괜찮은 겁니까? 저 두 사람."

"흠흠……. 쌍둥이라 그런지 어릴 때부터 우애가 좀 남다른 편이다. 하지만 내 명예를 걸고 말하건데, 결코 남매 이상의 관계는 아니야. 정말이다."

"그런 생각을 한 건 아닙니다만, 오해를 받은 적이 있나 보군요."

"……있었지. 꽤 여러 번."

한숨처럼 대답한 라자드는 당시의 일을 상기한듯 얼굴을 찌푸렸다.

"뭐, 그런 오해를 받는 걸 이해 못할 바는 아니다. 저 둘은 어디를 가든 항상 같이 다니고, 잠도 같이 자거든. 남령에선 그런 행동은 보통 연인끼리 하는 거라……. 더더구나 두 사람 외모가 워낙 눈에 띄어야 말이지. 다행히 사림에게 약혼자가 있어서 안 좋은 소문으로 번지거나 하지는 않았지만."

"뭔가 저렇게 우애가 남다르게 된 이유라도 있습니까?"

"아아, 보다시피 사림과 달리 카림은 날 때부터 병약하게 태어났거든. 어릴 땐 제대로 걷는 것조차 힘들어 했을 정도지. 심장과 호흡기관이 약하다고 하던가. 점쟁이의 말로는 스무 살을 넘기기 힘들 거라고 했다더군. 그래서 사림이 좀 과잉보호 하는 경향이 있어."

뜻밖의 이야기에 나는 여전히 사림과 부둥켜안고 울고 있는 카림을 바라보았다. 비록 이번 일이 벌어지긴 했지만, 함께 지낸 며칠간 그가 병약하다는 인상은 한 번도 받지 못했기에 다소 의아한 기분이었다. 그 말에 라자드는 유쾌하게 웃음을 터뜨렸다.

"하하, 지금은 많이 건강해졌으니까. 사실 저렇게 앓아누운 것도 상당히 오랜만이야. 그래서 사림이 더 놀란 거고. 하긴 그럴 수밖에 없는 게 고국에선 무리한 행동은 전혀 못하게 하고 무조건 안정, 또 안정이었거든. 아플 틈이 없었다고나 할까. 뭐 그래도 호흡기 쪽은 여전히 말썽인 모양이라, 조금만 탁한 공기를 마셔도 괴로워하지만.”

“……그런데도 용케 같이 대륙을 건너올 생각을 했군요.”

“카림이 곧 죽어도 사림을 따라가야겠다고 우겨서 말이야. 저래 봬도 정말 고집이 강해. 한번 오기를 부리기 시작하면 사림도 전혀 못 말릴 정도지.”

나는 그들의 무모함을 감탄해야 할지 비판해야 할지 알 수가 없었다. 물론 그들이 나의 반응에 따라 기뻐하거나 반성할 리도 없었지만.

“어쨌든 정말 고맙다, 세이. 네가 만들어준 약 덕분에 살았어. 만약 카림에게 무슨 일이 생겼다면, 무슨 낯으로 주인님을 뵈었을지…….”

“아뇨, 저 역시 그저 식물들에게 도움을 받은 것일 뿐입니다. 그러니 고마워하지 않아도 됩니다.”

“그건 아니지. 너에게 식물과 대화하는 능력이 있기 때문에, 도움도 받을 수 있었던 거잖아? 그러니 우리로선 너에게 감사해야 하는 게 맞다. 넌 우리의 은인이다.”

라자드의 말에도 일리는 있었지만 나는 전혀 기쁘지 않았다. 마치 남의 공을 가로챈 듯한 느낌이 들었기 때문이다. 열이 난다는 사실을 알았을 때, 처음부터 내 피를 줬다면 더 빨리 해결할 수도 있었을 것이다. 하지만 나는 일부러 그렇게 하지 않았다. 단지 나의 정체를 들키고 싶지 않다는 이유로.

“……진짜 은인이라면, 자신의 힘으로 해결했겠죠.”

“응? 뭐라고?”

"아니, 아무것도 아닙니다. 그건 그렇고…… 앞으로 어떻게 하실 생각이십니까? 카림이 저 상태이니 당장 떠나는 건 무리이겠군요."

"으음, 그렇지 않아도 지금 고민하고 있던 중이다. 마음 같아선 여유 있게 이동하고 싶지만 남령을 떠나온 지 너무 오래 되어서 지금쯤이면 추격대가 따라붙고도……. 흠흠, 이건 못들은 걸로 해라."

나는 피식 웃으며 고개를 끄덕였다. 가출한 자식을 찾는 건 정상적인 부모라면 너무나 당연한 일일 것이다. 더구나 사림과 카림처럼 부유한 가문이라면 더더욱.

민망한 듯 헛기침을 내뱉더니 잠시 후, 라자드는 다시금 진지한 표정으로 나를 응시하며 물었다.

"그러고 보니 넌 어디로 가는 거지? 지금까지 한 번도 목적지를 물어본 적이 없는 것 같은데."

"아아, 저도…… 라자드 씨와 가는 방향은 같습니다."

"방향이 같다고? 그럼 너도 수도로 가는 건가?"

"아뇨, 수도 인근에 있는 영지가 목적지입니다."

"그곳이 고향은 아닌 것 같고……. 만나야 할 사람이라도 있는 모양이지?"

나는 그렇다는 뜻으로 고개를 끄덕였다. 그러자 라자드의 얼굴이 한결 밝아지는 것이 보였다.

"어차피 같은 방향이라면 계속 우리와 함께하는 건 어떤가? 알다시피 우리 셋 다 서령은 처음이라서 말이야. 지도도 없고 길도 몰라서 우리끼리 가기엔 좀 난감하거든."

"길 안내를 해달라는 겁니까?"

"이를테면 그런 거지. 네가 가는 곳까지 만이라도 좋아. 그 대신 도착할 때까지 경비는 이쪽에서 전부 책임져주겠다."

"그런 거라면…… 용병을 고용하시는 편이 더 낫지 않겠습니까?"

"아아, 실은 낯선 사람을 일행으로 들인다는 게 좀 꺼림칙해서 말이야. 게다가 사림과 카림의 나이가 어리다 보니 험한 용병들과 얽히게 하고 싶지 않아. 너라면 이미 얼굴도 익혔고, 친해지기도 했으니까. 이보다 더 좋은 조건은 없다 싶은데."

나는 그가 무엇을 염려하는지 이해했다. 대부분의 용병들은 행동이 거칠고, 입담이 험하다. 아직 미성년에 불과한 쌍둥이들에겐 좋지 않은 영향을 주기 쉬운 존재였다.

더구나 그들은 이방인이 아닌가. 기본적으로 용병들은 신뢰를 바탕으로 일을 하지만, 그것은 어디까지나 같은 대륙의 인간에게만 해당할 뿐이다.

서령의 문화에 어둡고, 문제를 일으켜도 큰 후환이 없는 이방인들에게까지 친절하진 않았다. 운이 나쁜 경우, 재물만 갈취하고 도망칠 가능성도 높았다. 이 모든 점을 고려했을 때, 그가 내게 길 안내를 부탁하는 것도 무리는 아니었다.

"라자드. 뭐 해?"

그때 겨우 진정했는지 눈물을 멈춘 사림이 나와 라자드가 있는 쪽으로 걸어왔다. 얼마나 울었는지 눈가가 전부 퉁퉁 부어 있는 모습이었다.

"아, 사림. 이제 다 우셨습니까?"

"윽! 또 어린애 같다고 놀리려고 그러는 거지? 그치만 이번엔 정말 놀랐단 말이야. 나도 어쩔 수 없었다고."

"하하! 알고 있습니다. 그런데 카림은……?"

"다시 잠들었어. 울고 나더니 체력이 떨어졌나봐. 아참, 그렇지. 세이, 고마워. 카림이 나은 건 진부 세이가 도와준 덕분이야."

"아닙니다."

"나중에 꼭 사례할게. 그런데 무슨 얘기들을 하고 있었어?"

사림의 질문에 라자드가 빙긋 미소 지으며 대답했다.

"실은 세이가 우리와 가는 방향이 같다는군요. 그래서 같이 가지 않겠느냐고 제안을 하는 중이었습니다."

"헛! 그게 정말이야? 나도 찬성이야! 세이, 같이 가줄 거지?"

이 순간 사림의 은백색 눈동자는 그 어느 때보다 밝게 빛나고 있었다. 나는 흐르는 식은땀을 느끼며 정중히 고개를 저었다.

"……죄송하지만 거절하겠습니다."

"엣! 거절한다고?"

"어째서지?"

놀란 사림의 목소리와 질문하는 라자드의 목소리가 동시에 날아들었다. 아직 제대로 된 이유를 설명하기도 전에 벌써부터 섭섭함을 드러낸 얼굴이었다.

"여러분과 함께하기에는 제 일정이 너무 촉박합니다. 저는 한시라도 빠른 시일 내에 목적지에 도착해야 합니다."

"기간이 정해져 있는 건가?"

"아뇨, 그건 아니지만……. 서두를수록 좋은 일이라서요."

조금이라도 빨리 세메이온을 찾는 것이 일족 모두의 안전을 지키는 일이다. 하지만 내게는 그 외에도 더 서둘러야 할 이유가 있었다. 다음 발아가 또 언제 다시 찾아올지 모르기 때문이었다.

특히 마지막 세 번째의 발아가 지나치게 오래 진행되었던 것이 마음에 걸렸다. 일주일 정도로 예상했던 기간이 한 달이나 되었으니, 아마도 네 번째 발아는 몇 개월을 넘기게 될지도 몰랐다. 가급적 그 전에 세메이온을 찾아야 했다.

"흐음, 서둘러야 하는 건 우리도 마찬가지인데. 그럼 우리가 세이 일정에 맞추면 안 될까?"

"카림이 아프잖습니까. 열이 내렸다곤 하지만 며칠간은 더 안정을 취해야 할 겁니다."

"윽, 그렇지……."

거기까진 미처 생각지 못한 듯 사림이 안타까운 표정으로 입술을 깨물었다. 바로 그때였다.

"난 괜찮아."

"카, 카림! 안 자고 있었어?"

다시 잠든 것이라 생각했던 카림이 어느새 눈을 뜬 채 이쪽을 응시하고 있었다. 당황한 사림이 그에게 달려가자, 카림은 파리한 얼굴에 미소를 띠우며 말했다.

"난 괜찮으니까 네가 하고 싶은 대로 해, 사림."

"하, 하지만……."

"어차피 부모님이 추격대를 붙이셨을 거야. 우리가 생각보다 숲에서 많은 시간을 허비한 걸 잊었어? 아마 벌써 이 근처를 수색하고 있을지도 몰라."

"윽……."

"사림. 하마르를 만나지도 못하고 끌려 돌아가고 싶어?"

"그, 그건 싫어!"

강한 도리질에 카림은 환하게 웃으며 고개를 끄덕였다.

"그것 봐. 게다가 나 생각보다 멀쩡해. 열이 내려서 그런지 이제 하나도 아프지 않아."

"카림……."

다시금 눈물이 차오른 사림은 그대로 카림을 끌어안았다. 그 옆에서 라자드는 내게 무언의 시선을 보내오고 있는 중이었다. 피하려 했으나 그것은 끈질기게 따라붙었다. 결국 나는 한숨을 내쉬며 얌전히 항복을 선언했다.

"알겠습니다, 같이 가죠."

"세이!"

"저, 정말이지?"

"네. 하지만 그전에 할 일이 하나 있습니다."

"응? 할 일이라니?"

아무리 허락했다 하나 아픈 사람을 무리하게 끌고 갈 수는 없었다. 이왕 같이 가기로 한 이상, 내 나름대로의 조치는 취해야했다.

나는 꽃을 우려낸 물을 컵에 따르는 척하며 언제인가처럼 핀셋으로 손가락에 작은 상처를 만들었다. 그리곤 흘러내리는 한 방울의 붉은 핏방울을 컵 속에 타 넣은 다음, 카림에게 내밀었다.

"조금 전 마셨던 약입니다. 한 번 더 드세요."

"어? 카림은 이제 열은 안 나는데?"

아무것도 모르는 사림이 어리둥절한 표정을 지으며 나를 바라보았다. 그 모습에 나는 빙긋 웃으며 대답했다.

"아뇨, 그래도 혹시 모르니 마시는 게 좋겠습니다."

"응. 그냥 마실게, 사림. 혹시 열이 또 오를 수도 있잖아."

"으음. 그런가? 하긴."

이윽고 카림은 내가 지켜보는 가운데서 컵 안의 물을 말끔히 삼켰다. 나는 완전히 비워진 컵을 확인하곤 다시금 미소 지어 보였다. 완전범죄가 성립된 순간이었다.

제3장
자각

1.

눈을 뜨자 익숙한 광경이 나를 맞이했다. 한치 앞도 내다보이지 않는 완벽한 어둠. 그 안의 어딘지 모를 한곳을 나 혼자 정처 없이 부유하고 있었다.

'또 이 꿈인가.'

나는 당황하지 않고 차분히 다가올 기척을 기다렸다. 그러자 예상했던 대로 곧 옅은 웃음기를 담은 목소리가 귓가에 울려 퍼졌다.

—이젠 놀라지도 않는군. 완전히 적응한 모양이지?

'……싫어도 몇 번이나 같은 광경을 겪다 보면, 익숙해질 수밖에 없는 게 사람이라서 말입니다.'

—흐음, 나를 만나는 게 싫은가?

'정확히는 이 답답한 공간이 싫습니다. 상대는 보이지도 않는데

혼자 헤매고 있는 것도 허무하고요.'

—하하. 그것도 이제 얼마 남지 않았다. 심정은 이해하지만 조금만 더 견뎌줘. 사실 답답하기로 치면 내가 더하다는 것만 알아줬으면 좋겠군. 넌 이제야 겨우 한발 내딛었을 뿐이지만, 나는 오래전부터 널 기다려왔거든.

'오래전부터?'

—정확히는 네가 태어났을 때부터, 라고 해야겠지.

'……!'

생각지도 못했던 이야기에 나는 크게 눈을 떴다.

'설마 그때부터 절 알고 있었다는 겁니까?'

—왜? 믿어지지가 않나?

'그야……. 만약 그게 사실이라면 왜 지금에서야 이런 꿈을 꾸는 거죠?'

—그 전엔 시기가 되지 않았기 때문이지.

'시기?'

—이런, 여전히 깨닫지 못하는 건가. 이젠 충분히 시간이 흘렀다고 생각했는데 말이야.

말투는 가벼웠지만 나는 그가 서운해한다고 생각했다. 내게 안타까움을 느끼는 그의 감정이 선명히 전달되어 왔기 때문이다.

그건 지금까지 한 번도 겪어본 적이 없던 특이한 현상이었다. 모습이 보이지도 않는 상대의 상태를 이런 식으로 적나라하게 읽을 수 있다니 기분이 이상했다.

그 순간 가슴 속에 설명하기 힘든 묘한 감정이 싹트기 시작했다. 반가움? 아니면 그리움일까. 뿌옇던 안개가 걷히고, 하나 둘씩 가려져 있던 주변의 사물을 볼 수 있게 된 기분이었다. 동시에 깨닫지 못했던 진실 하나가 머릿속을 강하게 파고들었다.

'……이제 알았습니다.'

—호오, 그래?

목소리의 주인은 장난치듯 짓궂은 말투로 대꾸했다. 그러나 말투와는 달리, 그의 감정이 기대감으로 들떠 있다는 것을 나는 확실히 느낄 수 있었다.

왜 지금까지 알지 못했을까. 깨닫고 보니 너무도 확연히 와 닿는 그의 존재감에 쉽사리 정신을 차릴 수가 없었다. 마치 폭포처럼 쏟아져 내리는 수많은 감정의 기류 속에 속절없이 휘말리고 있는 기분이었다.

'당신은…… 나의 가디언이었군요.'

—드디어 자각했군.

음성에 서린 웃음기가 짙어졌다. 오랜 염원을 이뤄낸 사람처럼, 그의 감정은 희열과 격정으로 벅차오르고 있었다.

*　　*　　*

퍼뜩 떠진 눈에 저절로 잠이 깨었다. 새벽녘의 희뿌연 하늘과, 거의 다 타다 남은 모닥불이 가장 먼저 시야에 들어왔다. 잠시 멍하니 있다가, 문득 나는 어젯밤 빠른 이동을 위해 굳이 마을에 들리지 않고 야영을 했던 것을 떠올렸다. 하지만 지금 이 순간 그보다 더 중요한 것은 따로 있었다.

'꿈이 기억난다.'

언제나 자고 일어나면 덧없이 사라지고 말던 꿈의 광경이 지금은 선명히 머릿속에 남아 있었다. 그와 주고받았던 감정의 교류, 그리고 마지막의 벅찬 음성까지도.

'자각을 했기 때문인가?'

왜 지금까지 눈치채지 못했을까. 단지 이상한 꿈이라고만 생각했을 뿐, 설마 목소리의 대상이 가디언일 거란 생각은 전혀 해보지 못했다. 꿈속에서의 나는 대부분 내 이지대로 생각을 이을 수가 없었던 데다, 깨어나면 바로 꿈의 내용을 잊어버렸기 때문에 충분히 고민해 볼 여유를 가질 수 없었던 것이다.

아직도 내 심장은 꿈에서 느꼈던 벅찬 감정의 파동으로 들끓고 있었다. 그것이 순수한 나의 감정인지, 아니면 가디언이 품은 감정에 영향을 받은 것인지는 알 수가 없었다.

그래서일까. 아직 꿈에 불과한, 직접 만나 보지도 못한 가디언이 이미 내 옆에 와 있는 듯한 느낌이 들었다. 지금까지 늘 많은 사람들 틈에 있으면서도 허전했던 무언가가 드디어 채워진 것 같았다. 벌써 꿈에서 깨어난 것이 너무도 아쉬울 정도로.

'다음에 만날 땐 이름을 물어봐야겠군.'

그사이 어두컴컴하던 하늘 저편으로 붉은 해가 떠오르기 시작했다. 나는 점차 맑아지는 정신을 느끼며 천천히 주위를 돌아보았다.

차가운 흙바닥 위로 두툼한 모포를 머리끝까지 뒤덮은 채 잠들어 있는 일행들의 모습이 보였다. 지난 며칠 새 이어진 강행군에 녹초가 된 탓인지 얼굴마다 짙은 피로가 서려 있는 상태였다.

현재 내가 잡은 이동 경로는 마을을 가급적 경유하지 않고 곧바로 갈 수 있는 지름길들뿐이었다. 그중엔 사람이 제대로 걷기도 힘든 산지가 대부분이라, 말을 타고 다니는 것은 애초에 생각도 할 수 없었다.

이미 일행이 되면서부터 험난한 여정을 각오했기 때문인지 누구도 불만을 드러내진 않았지만, 길을 잡는 사람이 나인만큼 내 심정은 그다지 편하지 않았다.

'굳이 무리해서 내 일정에 맞추지 않아도 될 텐데.'

나는 살짝 한숨을 내쉰 다음, 마른 나뭇가지를 가져와 모닥불의 불씨를 살리기 시작했다. 모두가 일어나기 전에 아침식사를 준비할 생각이었다.

타닥 타다닥.

조금 전까지 금방이라도 꺼질 것 같았던 불씨는 몇 번 잿더미를 휘젓는 것으로 순식간에 다시 타올랐다. 나는 그 위에 냄비를 올려둔 다음, 물과 함께 여러 가지 재료들을 넣어 끓이기 시작했다.

'재료가 거의 다 떨어졌군. 새로 보충해야겠어.'

최대한 아끼면서 먹는데도, 인원이 많다 보니 음식 재료는 언제나 금방 동이 나는 편이었다. 더구나 사림과 라자드가 워낙 먹성이 좋았다. 옆에서 제지를 하지 않으면 두 사람이서 십 인분에 해당하는 음식을 가볍게 처리할 정도였다.

'라자드는 남자에다 전사니까 그렇다 치고, 여자인 사림의 뱃속은 대체 어떤 구조로 되어 있는 건지.'

어쨌든 결론은, 현재 가지고 있는 식량만으론 내일 아침까지 버티기는 무리라는 것이다. 나는 헐렁한 자루를 바라보다가 품 안에서 지도를 꺼내 펼쳤다. 앞으로의 이동 경로를 살펴보기 위해서였다. 마침 조금 앞쪽으로 공작령에 속하는 큰 도시가 하나 있었다. 내일 하루는 그곳에서 묵으며 필요한 물자를 보충하면 될 것 같았다.

"으음, 맛있는 냄새~"

그때 음식 냄새를 맡았는지 사림이 코를 벌름거리며 벌떡 몸을 일으켰다. 밤새 찬 바닥에 누워있느라 몸이 굳어 있을 텐데도, 그것을 조금도 내색하지 않은 명랑한 얼굴이었다. 나는 피식 웃으며 그에게 인사를 건넸다.

"아, 사림. 일어나셨습니까?"

"응! 세이, 좋은 아침! 뭐 만드는 거야?"

"그냥 간단한 스튜입니다.

"우와— 맛있겠다. 냄새가 너무 좋은 걸? 나 배고파 죽을 것 같아~"

"조금만 기다리십시오. 거의 다 되었으니까요."

"지금도 충분히 맛있어 보이는데. 한 입만 먹어 보면 안 돼?"

"안 됩니다."

"딱 한 입만. 응?"

나는 칭얼거리는 목소리를 가볍게 무시한 채, 국자로 익어가는 스튜를 계속해서 저어갔다. 그에 실망한 표정을 짓던 사림은 이내 체념했는지 얌전히 내 옆에 자리를 잡고 앉아 음식이 완성되어 가는 것을 구경했다.

하지만 그것도 그리 오래가진 않았다. 갑자기 고개를 갸웃거리더니, 다시 말을 건네 왔던 것이다.

"킁킁! 근데 어디서 좋은 향기가 나지 않아?"

"그 말은 이미 아까 전에 하셨습니다만."

"아니, 아니. 이건 음식 냄새가 아니라……."

고개를 가로저은 사림은 출처를 찾으려는 듯 이곳저곳의 냄새를 맡고 다니기 시작했다. 그리곤 그 상태에서 점차 내 옆으로 가까이 다가오더니, 곧 묘한 표정을 지으며 나를 바라보았다.

"세이, 너한테서 좋은 향기가 나는 것 같아."

"네?"

"으음. 꽃향기 같기도 하고, 꿀 냄새 같기도 하고…… 혹시 향수 같은 거 뿌렸어?"

꽃향기라고?

조금 당황한 나는 사림이 했던 것처럼 내 피부와 옷에 베인 냄새를 맡아보았다. 그러나 사림의 말과는 달리, 아무런 향기도 전혀 느낄 수 없었다.

"전 아무 냄새도 안 납니다만."

"에에? 다시 맡아봐. 이렇게 진한데 향기가 안 난다니?"

"다시 맡아도 마찬가지입니다. 무슨 향기가 난다고 하시는지 모르겠군요."

"혹시 코가 막힌 거 아니야? 감기에 걸렸다던가."

"음식 냄새는 멀쩡히 맡고 있습니다. 게다가 애초에 향수 같은 걸 뿌린 적도 없고요."

"하지만 이렇게 향기가…… 어? 이젠 또 안 나네? 대체 어떻게 된 거지?"

다시 냄새를 맡아본 사림은 곧 어리둥절한 표정으로 중얼거렸다. 그 모습에 나는 어깨를 으쓱하며 대답했다.

"아마 잠결에 착각하신 거겠지요."

"아니야. 잠은 아까 다 깼다고. 으으. 정말 이상하다."

그 사이 대화소리에 잠이 깬 듯 라자드와 카림이 부스스 침낭 안에서 몸을 일으켰다.

"하아암. 다들 벌써 일어난 겁니까?"

"어? 라자드, 좋은 아침! 카림도 잘 잤어?"

"깨어나셨으면 두 분 다 이리 오십시오. 식사준비 다 되었습니다."

마침 끓이고 있던 스튜가 다 완성된 참이었기에 나는 모두를 모닥불 앞에 둘러앉도록 했다. 그리곤 국자로 스튜를 덜어 그릇에 담은 다음 한 사람씩 건네주었다. 졸린 눈으로 멍하니 앉아 있던 라자드는 자신의 몫으로 내밀어진 스튜를 받으며 어색하게 뒷머리를 긁적였다.

"으음, 세이. 또 혼자서 아침을 준비한 건가? 이거 매번 미안하군."

"아닙니다. 일찍 일어난 김에 하는 것뿐인걸요."

그러자 사림이 검지를 좌우로 흔들며 말했디.

“에이, 말은 그렇게 하면서 요리는 항상 세이가 도맡아서 하잖아. 우리가 전부 음식을 만들 줄을 몰라서.”

“알고 계시면 이제라도 제대로 배워 보시면 좋을 텐데요.”

나는 물끄러미 사림을 응시하며 대꾸했다.

숲에선 늘 마른 빵이나 건량으로만 끼니를 해결했기에 몰랐지만, 사림 일행은 셋 모두 요리에 소질이 없었다. 첫날 음식을 만들어 보겠다며 나선 사림이 재료를 전부 새카맣게 태운 것은 지금도 기억하고 싶지 않은 일들 중 하나다. 그 때문에 그날 하루 끼니를 건너뛰어야 했으니까. 사림 또한 그때의 일을 다시 떠올렸는지 얼굴을 새빨갛게 붉히고 있었다.

“아하하! 그치만 난 아무리 해도 세이가 만든 것만큼 잘 만들 자신이 없는 걸? 정말 볼수록 신기하단 말이야? 얼굴도 잘생겼지, 머리도 똑똑하지, 거기다 요리까지! 대체 어떻게 그렇게 다 잘하는 거야? 혹시 천재라도 돼?”

“감사합니다만, 그런 소리 하지 않으셔도 음식은 제가 만들 겁니다. 저도 아까운 재료를 낭비하고 싶진 않거든요.”

“오옷, 정말?”

“꽤 안심하신 모양이군요.”

“아냐, 아냐. 난 정말이지 세이가 만들어주는 요리를 먹으면 너무 행복해. 중요한 건 이게 절대 내가 요리를 배우는 것이 귀찮아서 하는 말이 아니란 거지! 게다가 그거 알아? 남령에선 요즘 요리하는 남자가 인기가 많아! 그런 의미에서 세이는 분명 장가가면

아내한테 사랑 받을 거야. 내 말을 믿어."

"……그거 고맙네요."

핑계도 이쯤 되면 오히려 귀엽다. 게다가 사림은 외모 또한 귀여웠기 때문에 나는 그저 어리광 피우는 여동생(그것이 남동생처럼 보인다는 게 문제였지만)을 보는 심정으로 헛웃음을 흘릴 수밖에 없었다. 그러면서도 한마디 더 덧붙이는 건 잊지 않았다.

"하지만 그런 논리라면 카림과 라자드 씨도 요리를 배워야 하는 것 아닙니까?"

"음, 그, 그런가?"

"두 사람도 남자니까요. 남령에선 요리를 잘하는 남자가 인기가 많다면서요. 저보다는 오히려 두 사람에게 더 현실적으로 다가설 것 같습니다만."

나는 이어질 사림의 반응을 기대하며 말했다. 이번엔 또 어떤 핑계를 댈지 궁금했던 것이다. 그러나 예상과 달리 사림은 대차게 고개를 끄덕였다.

"맞아! 남자라면 당연히 요리를 할 줄 알아야지! 다들 세이 말 들었지? 이제부터 열심히 요리를 배우라고! 대체 언제까지 세이만 고생하게 할 거야?"

"윽! 네, 알겠습니다."

"노, 노력할게, 사림."

'즉, 자신만 아니면 된다는 소리군.'

당연히 일행까지 감싸고 돌 줄 알았던 사림이 오히려 그들을 향해 잔소리를 늘어놓는 것을 보며 나는 고개를 절레절레 저었다.

시끄러운 아침이 시작되고 있었다.

2.

도시에서 일박을 하자는 내 제의는 생각보다 많은 환영을 받았다. 그동안 항상 숲 아니면 마른 흙바닥만을 걸어야 했으니, 똑같이 반복되는 주변 풍경이 지겹기도 했을 것이다. 하지만 무엇보다 푹신한 침대에서 잘 수 있다는 것에 가장 크게 흥분한 것 같았다.

"우와! 엄청 크다! 건물도 무지 많아!"

공작령이란 위명에 걸맞게, 도시는 상당히 규모가 컸고 사람들로 활기에 넘쳤다. 물론 수도의 화려함에 비할 바는 아니었지만 그 못지않게 고층의 건물이 많았고, 상당히 번화하다는 느낌이었다.

"사람 정말 많다. 그치, 카림?"

"응. 다들 굉장히 바빠 보여."

거리를 가득 채운 사람들을 보며 사림과 카림은 연신 감탄을 금치 못했다. 단지 라자드만은 두 사람의 경호에 신경을 써서인지 평소보다 바짝 굳어 있는 상태였다.

"이제 여관을 잡으면 되는 건가?"

"네. 아! 그전에 저 혼자 잠시 다녀올 데가 있습니다만."

"다녀온다고? 어디를?"

"이런 큰 도시에는 뱅크라고 불리는 돈을 관리하고 유통하는 기관이 있습니다. 그곳에 제 이름으로 맡겨둔 돈이 있어서 조금 찾아올까 합니다. 여기서 기다리고 계시면 금방 다녀오겠습니다."

"굳이 그럴 필요가 있나? 경비는 우리가 전부 지원해 주기로 했는데."

"어차피 찾아야 하는 돈이라서요. 뭣하면 먼저 여관을 잡으셔도 상관은 없습니다만."

"음, 어떻게 할까요, 사림?"

늘 그랬듯이 라자드는 가장 먼저 사림의 의견부터 물었다. 그에 사림이 대수롭지 않게 대꾸했다.

"오래 걸리는 거 아니면 그냥 기다리지 뭐. 우리끼리 갔다가 길이 엇갈리기라도 하면 곤란하잖아. 그 대신 세이, 빨리 와야 해?"

"알겠습니다."

나는 살짝 고개를 끄덕인 다음 몸을 돌렸다. 다행히 뱅크는 번화가의 한복판에 있어 찾기가 쉬웠다. 문을 열고 들어서자 수많은 인파 사이로 뱅크의 직원으로 보이는 한 남자가 걸어 나왔다.

"저희 칼리스타 뱅크를 방문하신 걸 환영합니다. 어떤 용무로 오셨습니까?"

"돈을 찾으려고 합니다."

"아, 그럼 이쪽 창구를 이용하시면 되겠네요. 안내해 드리겠습니다."

직원의 친절한 안내를 받으며 자리를 옮기자, 창구 안에 있던 또 다른 직원이 미소를 지으며 나를 맞이했다.

"어서 오십시오, 손님. 어떤 걸 도와드릴까요?"

"돈을 찾고 싶습니다. 세이라키아라는 이름으로 제가 저금해 둔 돈이 있을 겁니다."

"예, 세이라키아 님이시라구요. 그럼 이곳에 신분증을 올려주시고, 암호코드를 적어주십시오."

나는 순순히 직원이 지시하는 대로 실행했다. 그러자 분주히 문서들을 뒤적이던 그가 놀란 표정으로 나를 바라보았다.

"이런, 세이라키아 님. 제국 관료 5급인 세이라키아 님이 맞으십니까?"

"예, 그렇습니다만."

"저희 뱅크의 특별고객이셨군요. 만나 뵙게 돼서 기쁩니다."

"특별고객?"

"저희 뱅크는 고액의 현금을 거래하시는 분들을 특별고객으로서 따로 관리하고 있습니다. 현재 세이라키아 님 이름으로 저금된 돈이 총 만 오천 칠백 골드로군요. 전부 찾으시겠습니까?"

뱅크에 저금한 액수의 숫자를 확인한 것은 이번이 처음이었다. 생각보다 많은 금액에 나는 살짝 당황했다가, 고개를 저었다.

"아뇨, 그렇게 많이는 필요 없습니다. 한 삼백 골드 정도를 찾을 생각입니다."

"아, 그럼 현금으로 하시겠습니까, 수표로 하시겠습니까? 삼백 골드를 전부 들고 다니기엔 너무 무거운데다 관리가 어려우니, 일부만 현금으로 하시고 나머지는 수표로 하시는 걸 권해 드리는 바입니다만."

"칼리스타 뱅크의 수표라면 믿을 만하죠. 그렇게 해주십시오."

내 말에 직원은 군말 없이 현금과 수표로 섞은 삼백 골드를 준비해 건네주었다.

"여기 요청하신 삼백 골드입니다. 저희 칼리스타 뱅크를 이용해 주셔서 감사합니다. 또 이용해 주십시오."

말끔한 인사를 마지막으로, 나는 건네받은 돈을 품에 갈무리 한 다음 뱅크의 문을 나섰다. 그리고 곧장 사림 일행이 기다리고 있는 곳으로 걸음을 옮겼다.

"다녀왔습니다."

"오, 빨리 다녀왔군."

"세이이~ 나 배고파!"

사림은 나를 보자마자 기다렸다는 듯이 칭얼거렸다. 카림도 티를 내지는 않았지만 매우 시장한 기색이었다. 나는 저물어가는 하늘을 바라보며 고개를 끄덕였다.

"아, 그러고 보니 곧 저녁때군요. 근처에 괜찮은 식당도 많을 것 같은데 찾아볼까요? 뭐 드시고 싶으신 거 없으십니까?"

"먹고 싶은 거?"

"네, 제가 사겠습니다."

그 순간 사림의 눈동자가 기대감에 반짝거리기 시작했다.

"세이가 산다고? 뭐든 말해도 돼?"

"예, 그동안 제 일정 때문에 강행군을 하셨으니, 보답하는 차원에서라도 대접하고 싶습니다."

"이힛! 정말이지? 그럼 나 해산물 먹고 싶어!"

"해산물?"

"응! 바다에서 나는 그거 말이야. 조개라든가 오징어라든가, 바다 생선 같은 거!"

"아아, 그거 말이군요. 여긴 워낙 대도시이니 아마 찾아보면 있을 겁니다. 그런데 그게 맛있습니까?"

그 말에 사림을 비롯한 모두가 황당한 표정으로 나를 바라보았다.

"세이, 설마 해산물 한 번도 안 먹어봤어?"

"네? 아, 그야…… 해산물은 워낙 비싸잖습니까? 저는 귀족도 아니고, 바다를 가본 적도 없기 때문에 아직 접해 볼 기회가 없었다고 보는 편이 맞겠네요."

"엥? 세이가 귀족이 아니라고?"

"거짓말!"

그 순간 동시에 울리는 외침에 나는 속으로 한숨을 내쉬었다. 이제는 익숙해진 반응이긴 하지만, 그렇다고 기분이 썩 좋은 건 아니었다.

"왜 다들 그 부분에서 놀라시는지 모르겠군요."

"정말 몰라서 물어? 난 세이가 당연히 귀족인 줄 알았다고. 아무리 봐도 귀티 나게 생겼잖아. 그치, 카림?"

"으응!"

늘 조심스럽고 수줍던 카림도 이번만큼은 적극적으로 고개를 끄덕였다. 나는 다시금 한숨을 내쉬며 그들이 잊고 있는 사실 한 가지를 상기시켰다.

"세상에 몸종이나 호위무사도 없이 혼자 유람하는 귀족도 있습니까?"

"어? 그, 그야…… 혼자 다녀도 될 정도로 실력이 뛰어난가 보다 했지. 허리에 검도 차고 다니길래."

사림이 말한 검이란, 다름 아닌 마커티스가 선물로 준 마법무구였다. 사실 지금까지 필요성을 느끼지 못한 탓에, 갖고 있다는 것조차 잊어버렸을 정도로 존재감이 없었던 것이기도 했다.

"이건 그냥 호신용입니다. 실제론 검술은 전혀 하지도 못하구요."

"그게 정말이야?"

"제가 왜 그런 걸로 거짓말을 하겠습니까? 어쨌든 원하시는 해산물이나 드시러 가시죠. 식사 때라 사람이 많을 테니 서두르는 게 좋을 것 같습니다."

내 말에 미심쩍어하는 표정을 짓던 사림이 어쩔 수 없다는 듯 고개를 끄덕였다. 마침 번화가의 한 곳에 '바다향기' 라는 간판이 걸린 음식점이 보였다. 해산물을 전문적으로 취급하는 요리점 같았다.

"어서 오십시오, 몇 분이십니까?"

가게의 문을 열고 들어서자 말끔한 제복을 걸친 종업원이 환한 미소로 맞이했다. 넓고 깨끗한 실내에는 수많은 사람들이 자리를 잡고 앉아 대화를 나누거나 식사를 하고 있었다. 테이블마다 가득

쌓여 있는 해산물의 모습에, 사림과 카림은 벌써부터 군침을 흘렸다.

"4명입니다만. 자리가 있습니까?"

"예, 이쪽으로 오시죠. 2층으로 안내해 드리겠습니다."

종업원의 정중한 안내에 따라, 나와 일행들은 2층으로 올라가기 시작했다. 2층 또한 사람의 수는 많았지만, 1층과는 조금 차이가 있었다. 1층에 있던 사람들이 평범한 옷차림이라면, 2층의 사람들은 한눈에 봐도 값비싼 옷차림을 한 사람이 대부분이었기 때문이다. 아마도 신분의 차이에 따라 층수를 구분해 둔 것 같았다.

'또 귀족으로 오해받았군. 하긴, 이쪽의 외모가 워낙 눈에 띄니 할 수 없나.'

나는 신기한 표정으로 주변을 두리번거리는 사림 일행을 보며 고개를 끄덕였다. 사림은 내게 귀티가 난다고 말했지만, 그건 그들 역시 마찬가지였다.

단정한 흑발에 날카로운 이미지를 지닌 라자드도 그렇고, 사림과 카림 역시 화려한 이목구비를 지녔기에 누가 보기에도 귀족 같았다(물론 실제로도 귀족임이 확실하지만).

자리에 앉은 사림 일행은 그 즉시 메뉴판을 통해 여러 가지 음식들을 주문했다. 나는 해산물에 대해선 아는 바가 없었기에, 이 부분에 대해선 전적으로 그들에게 맡겼다. 이윽고 요리들이 나오자, 세 사람은 황홀한 표정을 지으며 맛을 음미하기 시작했다.

"으아— 맛있어! 이렇게 신선한 해산물이라니! 난 내륙에 있는 해산물이라 조금 덜 신선할 거라고 예상했는데, 이거 너무 좋은데?"

"그러게 말입니다. 마치 바닷가에서 갓 잡아 올린 생선을 먹는 것 같군요. 상당히 신경 쓴 요리점 같습니다."

"응, 정말 맛있어."

순수한 감탄을 동반한 칭찬에 요리를 나르던 종업원이 부드럽게 미소 지었다. 그 외에도 다른 테이블의 손님들까지 이쪽을 바라보며 자기들끼리 키득거리는 것이 보였다. 아무래도 눈에 띄다 보니 조금만 관심을 끄는 행동을 해도 이목이 집중되는 것 같았다.

'그러고 보니 저쪽 일행들도 무척 눈에 띄는 걸.'

무심코 주변을 돌아보던 나는 창가 쪽 테이블에 앉아 있는 세 명의 남자들을 발견하고 속으로 중얼거렸다. 회색과 잿빛의 머리칼을 가진 두 명의 남자와, 흑발의 남자 하나.

아마도 이제 막 착석한 상태인 듯 회색 머리칼의 남자가 지친 표정으로 거침없이 물을 마시고 있었다.

"휴우, 이제야 벗어났군. 살 것 같다."

"그렇게 좋아?"

"그럼 넌 싫으냐?"

"나는 뭐 그냥 그런데."

"리안, 넌 마법사지만 난 검사야. 한자리에 가만히 있는 게 얼마나 힘든 건지 알아?"

그러자 리안이라 불린 흑발의 청년이 빙긋 미소 지었다.

그들 일행은 모두가 용모가 수려했지만 그중에서도 그의 외모가 가장 눈에 띄었다. 아마도 내 또래 정도 되었을까. 마치 상아를 깎아놓은 것 같은 하얀 피부와, 흑요석같이 새카만 눈동자가 섬세하면서도 묘한 분위기를 풍기는 사람이었다. 특히 그의 온화한 인상 때문인지 웃을 때마다 주변이 환해지는 듯한 느낌이 들었다.

왠지 조금 더 지켜보고 싶었지만 사림이 질문하는 목소리에 나는 그들에게서 시선을 뗄 수밖에 없었다.

"세이, 음식 맛은 어때? 해산물 처음 먹어본다며."

"네? 아아, 맛있군요. 제 입맛에도 맞습니다."

"히힛, 많이 먹어. 해산물은 건강에도 좋다고."

"일단은 제가 사는 겁니다만."

"아! 그렇지, 참."

본인이 말하고도 쑥스러웠는지 사림은 머리를 긁적이며 다시 먹는 일에 집중하기 시작했다. 그러다 무언가를 떠올린 얼굴로 옆에 앉은 카림을 바라보았다.

"그러고 보니 건강이라고 하니까 생각나는 건데, 카림 요즘 들어 부쩍 체력이 좋아진 것 같지 않아? 그때 아팠던 날 이후로 한 번도 힘들다는 소리를 한 적이 없는 것 같아."

"아팠던 날? 아, 그 열이 심하게 났었던 날 말이군요. 그러고 보니……."

그 말에 라자드 역시 신기한 표정으로 카림을 바라보았다.

갑자기 모두의 시선이 자신에게 쏠리자, 카림은 음식을 먹다 말고 콜록 기침을 내뱉었다. 그리곤 급하게 냅킨으로 입가를 닦으며 조심스럽게 입을 열었다.

"으음, 실은 나도 좀 신기해. 실은 아프기 전에도 계속 몸이 무겁고 힘들었었거든. 근데 오히려 아프고 난 후에는 이상할 정도로 아무렇지 않은 것 같아."

"헤에~ 그거 세이가 준 물을 마시고 나서부터 그런 거지?"

"응. 아마도?"

"역시. 지금까지 어떤 영약을 먹어도 효과가 없던 카림을 이렇게 단시간에 건강하게 만들다니. 그 꽃잎 정말 신기한 걸?"

나는 약간 뜨끔했지만 일부러 아무렇지 않게 식사를 이어갔다. 그러자 사림이 나를 바라보며 물었다.

"혹시 말이야. 그 꽃을 더 구해 볼 순 없을까, 세이? 계속 마시면 더 건강해질지도 모르잖아."

"뭔가 오해하시는 것 같은데, 그 꽃잎은 단순히 열을 내리는 효과밖에 없습니다. 카림이 건강해진 건 아마 우연이겠지요. 게다가 뭐든지 남용하면 오히려 몸에 더 좋지 않습니다."

"으음, 그건 그렇지만……."

사림은 납득을 하면서도 여전히 미련을 버리지 못한 얼굴이었다. 나는 그 모습을 가만히 바라보다 살짝 한숨을 내쉬었다.

"……나중에 제가 건강에 좋은 약을 만들어 드리겠습니다."

"정말이야?"

"네. 어릴 때부터 식물들하고 대화를 나누다 보니, 약초에 대한 것도 많이 알고 있는 편입니다. 그 중에서 카림에게 도움이 되는 것도 있을 것 같네요."

물론 거짓말이었다. 하지만 내 말의 진위여부를 알 리가 없는 사림과 그 일행들은 순수하게 감동한 표정을 지었다. 그 순간 뜻밖의 말이 사림의 입에서 흘러나왔다.

"헤헤, 세이는 마치 하마르 같아."

"쿨럭!"

그 순간 나는 마시고 있던 음료수를 그대로 내뱉을 뻔했다. 다행히 서둘러 냅킨으로 입가를 막아, 최악의 사태로 번지는 것만은 막을 수 있었다.

"괜찮아? 사레 들렸어?"

"아아, 네. 그나저나…… 제가 하마르 님 같다고 하셨습니까?"

"응!"

"……왜 그렇게 생각하시는 지 궁금해지는군요."

"응? 혹시 기분 상한 거야? 그치만 하마르는 자상한 데다 의젓하고, 약초에 대해서도 잘 알고 있거든. 세이도 그런 것 같아서……."

내용은 분명 칭찬이었지만, 나는 그가 말한 하마르가 과연 내가 알고 있는 사람과 동일인물인지 새삼 의심할 수밖에 없었다. 그러자 나도 모르게 이상한 표정을 지었는지 사림이 의아한 시선을 보냈다.

"표정이 왜 그래?"

"아뇨, 아무것도 아닙니다. 그나저나 다른 건 그렇다 치고…… 하마르 님이 약초에 대해 잘 아십니까?"

"어? 몰랐어? 하마르의 가문인 샤샤 가(家)는 대대로 뛰어난 약사를 배출해낸 약사가문이야. 그래서 어릴 때부터 약의 배합법이나, 여러 가지 효능의 식물에 대해서 연구하고 배우지."

"그랬군요. 전 그분의 가문에 대해서는 잘 알지 못해서요."

그 순간 내 머릿속엔 감옥에 갇혔을 때 하마르가 구해 주러 왔던 일이 떠오르고 있었다. 그때 그는 동굴 앞에서 수면초라는 것을 태워 모두를 잠들게 한 다음, 여유 있게 나를 데리고 감옥을 빠져나갔다. 그러한 지식이 그의 가문에서 비롯된 것이라니 조금 이해가 될 것 같았다.

"하긴, 하마르는 약사가 되지는 않을 거랬어. 몸을 움직이거나 검 쓰는 걸 더 좋아했거든. 어차피 장남도 아니라서 가문을 이을 필요도 없으니, 본인이 하고 싶은 일을 마음껏 할 거라고 했어."

"그 꿈은 이루신 것 같군요. 오히려 너무 멋대로 하셔서 문제일 정도니까요."

"헤헤, 그래? 어떻게 자랐는지 보고 싶다. 하마르는 날 기억하고 있을까?"

"약혼녀라면 당연히 기억하지 않겠습니까?"

"으음, 하지만 가문에서 정해 준 혼약은 보통 본인은 모르고 있는 경우가 많아서 말이야. 나도 최근에서야 안 거라……."

"기억할 겁니다."

나의 단호한 대답이 마음에 든 듯, 사림은 붉어진 얼굴로 연신 헤헤거렸다. 그 모습을 보니 이제야 그가 여자애라는 느낌이 들었다.

이윽고 식사를 다 마친 나와 사림 일행은 자리에서 일어났다.

이젠 적당한 여관을 잡고, 쉬는 일만이 남아 있었다. 그때 가느다란 목소리가 나의 귓가를 자극했다.

—도와주세요.

'응?'

그간의 경험으로 식물의 목소리임을 파악한 나는 곧장 고개를 돌렸다. 이미 모두 아래층으로 내려가고 있는 상태였지만, 도움을 요청하는 목소리를 무시할 수는 없었다.

조심스럽게 주변을 살피길 잠시, 나는 내부 한쪽에 마련되어 있는 작은 화단을 발견했다. 그 위에 거의 다 시들어가는 꽃송이들이 애처롭게 몸을 누이고 있었다.

그곳으로 가까이 다가가자 눈물을 가득 머금은 목소리가 다시금 귓가에 속삭였다.

—당신의 힘을 나눠주시지 않겠어요, 귀한 분? 저희들은 지금까지 한 번도 아름다운 꽃을 피워본 적이 없답니다. 더 추운 겨울이 되기 전에 마지막으로 예쁜 꽃을 피워보고 싶어요.

'마지막이라…….'

그때의 꽃들과 같은 상태인가.

나는 살짝 주위를 돌아보았다. 다행히 오가는 사람이 많은 편이라 내 행동을 지켜보고 있는 사람은 없는 것 같았다. 그것에 일단 안심한 나는 곧장 흙 위를 손으로 짚어, 뿌리에 힘을 전달해 주었다. 그러자 마른 가지들에 생기가 돌기 시작하며 시들었던 꽃들이 화려하게 피어나기 시작했다.

—고맙습니다, 클로네의 후계자시여.

—영원히 이 순간을 잊지 못할 거예요.

—감사합니다, 정말로 감사해요.

'아니, 천만에.'

나는 대답 대신 미소를 지으며 다홍색의 꽃잎을 어루만졌다. 어차피 내가 할 수 있는 것은 이런 것밖에는 없다. 이런 식으로 누군가에게 도움이 된다면, 태어난 가치가 조금이라도 있는 것일까.

그때 계단을 내려가 있던 일행들이 다시 올라왔는지 나를 부르는 소리가 들려왔다.

"세이, 뭐하는 거야. 그만 가자."

"네, 사림. 가겠습니다."

나는 일말의 아쉬움을 속으로 삼키며 곧바로 몸을 일으켰다. 그런 나를 배웅하듯, 바람도 불지 않는 곳에서 꽃잎들이 살랑거렸다.

제4장
우연한 재회

1.

작지만 유동인구가 많은 도시, 루틴. 드갈 산맥에서 고작 나흘 거리밖에 떨어지지 않은 이곳은, 가장 안전한 방법으로 엘프의 숲까지 닿을 수 있는 정식 길목 중 하나였다.

지형 상 위험한 엘프의 숲과 가까운데다 변두리에 불과한 이 도시를 사람들이 많이 찾는 이유는 단 하나였다. 특이한 산맥과 숲의 영향 덕분인지, 이곳에서만 자라는 희귀한 작물이 많았기 때문이었다.

그 중에서도 가장 많이 알려진 라토나무의 과실주는 특유의 달콤한 맛과 향기로, 없어서 못 팔만큼 애주가들 사이에서 대단한 인기를 자랑했다.

루틴 시내는 오늘도 수많은 사람들로 북적이고 있었다. 하지만 오가는 사람들의 얼굴엔 평소와는 다른 짙은 어둠이 깔려 있었다.

언제부터인가 기하급수적으로 늘어나기 시작한 몬스터 떼가 원인이었다.

본래 루틴 근방엔 몬스터가 거의 없다시피 했다. 드갈 산맥은 워낙 지형이 험하여 애초에 몬스터가 살기에 무리였고, 그 너머의 엘프의 숲 또한 터줏대감인 엘프들의 감시로 몬스터가 자리를 잡기 힘든 환경이었기 때문이다.

그런데 얼마 전부터 그런 당연한 일들이 깨어지기 시작했다. 오크와 고블린을 비롯한 수많은 몬스터들이 갑자기 한꺼번에 출몰한 것이다. 그 중엔 본래 이 근방에선 살지도 않은 몬스터들까지 있었다.

그렇게 어느 날 갑자기 나타난 놈들은 부지런히 자신들의 영역을 확장해 가기 시작했다.

인간들이 살고 있는 마을을 무차별로 침략해 부수고 짓밟으며 강제로 빼앗았다. 엘프들이 숲을 떠났다는 소문까지 돌기 시작했다. 그런 식으로 넓혀진 몬스터의 영역이 이젠 루틴의 지척까지 이른 상태였다.

"흐음, 그러니까 이 근처까지 몬스터의 서식지가 늘어났다는 거군요?"

"최근에도 습격이 있었나요?"

올해 마흔 살인 셀라는 이 땅의 토박이이자, 루틴에서 가장 유명한 주점을 운영하는 여주인이었다. 루틴 안에서 일어나는 일이라면 큰 소식부터 자잘한 소문까지 모르는 것이 없었다.

그런 그녀에게 조금 전 한 쌍의 남녀가 찾아와 이것저것 질문을 건넸다. 여행복 차림을 한 다갈색 피부의 이국적인 외모를 가진 남자와, 청초한 외모의 여인이었다.

"그렇다니까요. 엊그제에도 말이지, 갑자기 몰려든 오크 떼에게 한 마을이 몰살된 모양이더라고요. 어른부터 갓 태어난 어린애까지 전부 다 잡아먹혔다나? 살아남은 사람이 단 한 명도 없는 것 같더라고요."

"저런, 한 명도?"

"상당히 심각하군요."

"그전에는 바로 그 옆 마을이 당했었지. 덕분에 사방에서 유민들이 쏟아져 들어오고 있는 중이에요. 그런데도 높으신 분들은 뭘 하고 있는지, 이제껏 토벌대도 보내지 않고 있다니까요? 세상이 어떻게 되어가려고 이러는지, 원."

그녀의 푸념에 듣고 있던 남녀가 진지한 표정으로 서로를 응시했다.

그들 또한 이곳까지 오면서 이미 여러 번 몬스터와 조우한 상태였다. 하지만 생각했던 것보다 상황이 더 심각한 것 같았다.

"알려주셔서 감사합니다. 아, 그런데 누님. 한 가지만 더 물어도 될까요?"

그 순간 이어진 청년의 말에 주변 사람들이 모두 얼굴을 찌푸렸다. 척 보기에도 자신보다 훨씬 연배가 높은 여인을 '누님'이라 부른 것에 반감이 인 것이다. 하지만 당사자인 셀라에겐 전혀 그렇지 않았다. 한층 기분이 좋아진 그녀는 간드러지게 웃으며 고개를 끄덕였다.

"호호, 뭐든지 물어봐요. 잘생긴 총각한테 뭔들 못 알려줄까."

"헤헤, 감사합니다. 혹시 이 근처에서 저랑 비슷하게 생긴 사람들 못 보셨습니까?"

"총각이랑 비슷하게 생긴 사람?"

"네. 저처럼 피부가 까맣고 이국적으로 생긴 사람이요. 아마 동생으로 보이는 애랑 같이 다니고 있을 겁니다."

"흐음, 글쎄. 총각같이 생겼다면 눈에 띄었을 텐데, 본 적이 없는 걸?"

"그렇군요. 알겠습니다."

청년은 애써 실망한 기색을 감추며 고개를 끄덕였다. 들리는 마을이나 도시마다 모두 같은 질문을 건넸지만, 그때마다 돌아오는 답은 전부 똑같았다.

어디에서도 그가 찾는 일행을 목격했다는 사람을 만날 수가 없었다. 시간이 흐를수록 그의 마음은 점점 더 조급해지고 있었다.

* * *

주점 밖을 나온 남녀는 번화가 쪽으로 천천히 이동했다. 걸어가는 동안 여인은 조심스럽게 남자의 표정을 살폈다. 당연하겠지만 그는 별로 기분이 좋아 보이지 않았다. 벌써 며칠째 친구의 행방을 못 찾고 있으니 그럴 만도 했다.

루틴을 방문한 한 쌍의 남녀, 그들은 바로 하마르와 뒤늦게 임무에 합류한 리사 폰 아빌이었다. 그녀는 이전 루피너스의 열매를 찾으러가는 임무를 함께 수행한 사이이기도 했다. 그 인연으로 이번에 또다시 엘프의 숲을 함께 가게 된 것이다.

"괜찮아요, 하마르? 친구 분이 남령을 떠난 지 반년이 넘었다고 했었죠?"

"하아, 네에. 설마 아직도 사막을 건너지 못했을 리는 없고. 대체 어디서 뭘 하고 있는 건지……."

"으음. 혹시 엘텐 산맥 안에 갇힌 건 아닐까요?"

"엘텐 산맥이요?"

"네. 그곳은 그린 드래곤 마커티스의 영역이라 기류가 이상하다고 들었어요. 한번 들어가면 빠져나오기 힘든 미로처럼 되어 있다고 하더군요. 남령에서 바로 건너온 거라면 엘텐 산맥을 거쳐야 하니, 아마 그 안에 갇혔을 수도 있어요."

"흐음, 그럼 그쪽까지 가봐야겠군요."

그제야 안색이 조금 밝아진 하마르가 기분 좋게 미소 지었다. 그때 반대쪽에서 누군가의 목소리가 울려 퍼졌다.

"하마르 님!"

소리치며 달려온 남자는 은회색의 머리칼에 준수한 외모를 가지고 있었다. 그러자 한눈에 그를 알아본 하마르가 걸음을 멈추고 돌아보았다.

"여어, 카밀. 그쪽은 어때?"

"지난번 마을과 마찬가지입니다. 본 적 없다는데요?"

"그래? 역시나인가……. 몬스터 쪽은?"

"벌써 소문이 다 퍼져 있는 모양이에요. 영주들이 토벌대를 보내지 않아서 각 마을 내에 자체적으로 치안대를 조직할 생각인 것 같더라고요."

"흐음, 그렇군. 수고했어."

하마르는 크게 고개를 끄덕이며 얼굴을 찌푸렸다. 갑자기 불어난 몬스터에 의해 몰살된 마을의 숫자가 벌써 열 개가 넘었다. 그런데도 황궁에는 그에 관련된 보고가 전혀 들어가지 않고 있는 상태다. 심지어 영지를 치리하는 귀족들조차 사태를 마냥 방관하고 있었다.

'이 근방을 다스리는 영주들이 누구누구였지?'

속으로 중얼거리던 하마르는 곧 관련 영주들의 이름을 떠올리곤 한숨을 내쉬었다.

'……일황자, 또 네놈이냐.'

우연의 일치일까, 아니면 의도한 결과일까. 우습게도 그들 모두가 일황자 파거나 그에 연관된 귀족들뿐이었다. 이런 우연은 억지로 만들어내기도 쉽지 않을 터였다.

자세한 것은 조사를 통해 밝혀내야겠지만, 레이단 백작에게 보낼 보고서를 작성할 생각만으로도 하마르는 벌써부터 머리가 아파오기 시작했다.

"그나저나 하마르 님. 정말 너무 하시는 거 아닙니까?"

"응? 내가 뭘?"

투덜거리는 목소리에 하마르는 능청스러운 표정으로 대꾸했다. 두 눈을 데굴거리며 묻는 폼이 전혀 아무것도 모르겠다는 눈치였다.

그러나 두 사람의 모습을 본 사람이라면 누구나 그들의 문제를 알 수밖에 없었다.

등에 간단한 봇짐을 멘 하마르와는 달리, 카밀은 척 보기에도 무거운 짐을 양팔과 어깨에 몇 개씩이나 짊어지고 있었던 것이다. 누가 보더라도 그가 짐꾼노릇을 하고 있다는 것을 알 수 있을 정도였다.

“왜 모든 짐을 다 제가 짊어지고 가는 겁니까? 하마르 님은 손이 없어요, 발이 없어요? 전 분명 잡일을 한다고 했지 몸종이 된다는 소리는 안 했던 걸로 기억하는데요.”

“원래 짐을 드는 것도 잡일에 속하는 거야. 그리고 아무렴 젊은 사람이 힘을 써야지, 나 같은 노친네를 부려먹으려고?”

“말은 바로 하셔야죠. 하마르 님이 어째서 노친네라는 겁니까?”

“어허! 아직 카밀 도령이 열아홉 살이라 잘 모르는가 본데, 스무 살만 넘어봐. 해가 바뀔수록 몸이 급속도로 늙어간다는 걸 실감할 테니까.”

혀에 기름칠을 한 듯 매끄럽게 이어지는 언변에 카밀은 기가 막히면서도 한마디도 대꾸할 수가 없었다. 한편으론 정말로 스무 살이 넘어가면 그렇게 빠르게 늙어가는 것을 체험하나 싶기도 했다. 카밀, 그 자신은 잘 몰랐지만 그는 어딜 가든 사기 당하기 딱 좋은 성격이었다.

“저어, 제가 도와드릴까요?”

그때 하마르의 옆에 서 있던 아빌이 조심스럽게 입을 열었다.

아무리 불공평하다 하나 여인의 손까지 빌릴 생각은 없었기에 카밀은 쓰게 웃으며 고개를 저었다.

"아뇨, 이 정도는 혼자 들 수 있습니다."

"그래도……."

"정말 괜찮아요. 사실 아빌 양이 경량화 마법을 걸어준 덕분에 그다지 무겁지도 않고요."

"헐, 그러면서 나한테는 힘들다고 칭얼거렸단 말이야? 이래서 도련님들이란."

"……진짜 칭얼거리는 게 어떤 건지 보여드릴까요?"

무겁지 않다고 해서 짐이 거추장스럽다는 생각까지 사라지는 것은 아니다. 더구나 마법이란 것은 본래 시전자의 클래스에 영향을 받기 때문에, 아직(여자의 몸으론 훌륭한 성적이긴 하지만) 3서클밖에 되지 않는 아빌의 실력으론 그저 약간 가볍게 만드는 정도에 불과했다.

즉, 무겁기는 여전히 마찬가지라는 뜻이다. 그것을 뻔히 알고 있으면서도 일방적으로 엄살을 피우는 것처럼 말하는 하마르가, 카밀은 정말로 기가 막혔다.

하지만 그보다 더 울화가 치미는 것은, 현재 그가 짊어지고 있는 짐의 대다수가 하마르의 것이라는 점이었다. 그러나 이번에도 하마르는 자신을 노려보는 카밀의 얼굴을 가볍게 무시했다.

"아아, 배고프다. 아빌 양 시장하지 않아요? 그러고 보니 점심때도 훌쩍 지났네. 우리 뭐라도 좀 먹고 가죠."

"네? 아, 저어……."

"제 말 아직 안 끝났거든요?"

노골적으로 딴청을 피우는 하마르의 모습에 카밀은 이를 갈았다. 일행이 된 이후로 얼마나 시달려 왔던가. 여행준비부터 시작해서 숙박과 식사해결, 심지어 일정을 계획하고 노선을 잡는 것까지! 하마르는 전부 다 카밀에게 떠맡기다시피 했다. 지금까지는 스스로 부탁해서 따라온 것이라 참아왔지만, 솔직히 이젠 정말로 한계였다.

"하마르 님 눈엔 제가 당신의 하인으로 보입니까?"

분노를 숨기지 못한 그에게선 스멀스멀 짙은 살기가 피어오르고 있었다. 덕분에 중간에서 난처한 입장이 된 아빌은 조심스럽게 두 사람의 눈치를 살필 수밖에 없었다.

'얌전한 사람이 화가 나면 무섭다더니…….'

카밀이 이런 표정을 지을 수도 있던가. 늘 사람 좋게 웃는 모습만 보아왔던지라 무섭게 얼굴을 굳힌 카밀은 적응이 되지 않았다. 마치 전혀 다른 사람이 된 것 같았다.

그러나 당사자인 하마르는 조금도 영향도 받지 않은 태연한 모습이었다. 오히려 그는 아무렇지 않게 너스레를 떨며 손을 내저었다.

"에이, 카밀 도령도 참. 왜 갑자기 살벌하게 굴고 그래? 어울리지도 않게."

"이게 지금 다 누구 때문인데!"

"그래, 그래. 알았어. 알았다니까. 어쨌든 이것도 다 먹고 살자는 짓인데 우선 밥이나 먹고 얘기하자고. 오! 마침 저기에 식당이 있네. 아빌 양, 갑시다!"

"네? 꺄악!"

그 순간 크게 소리친 하마르가 아빌의 손을 잡고 무작정 달려 나가기 시작했다.

일이 커지기 전에 도주를 선택한 것이다. 얼결에 끌려 나간 아빌이 당황한 표정으로 뒤를 돌아보았으나, 이미 인파속에 섞여든 뒤였다.

결국 수많은 짐과 함께 혼자 남겨진 카밀은 체념의 한숨을 내쉬었다.

"내가 말을 말아야지."

2.

식당 안에 들어온 하마르 일행은 각자 취향의 음식을 시키고 배를 채우기 시작했다. 모두가 말없이 식사에 집중한 가운데 자신의 몫으로 나온 통돼지 구이를 한입 잘라먹은 하마르가 감탄하며 말했다.

"오오, 여기 음식 꽤 맛있는데? 그렇지 않아요, 아빌 양?"

"네에. 그렇네요."

"많이 먹어요. 앞으론 한동안 마을 구경은 못할 것 같으니, 이참에 체력도 비축해야죠."

"네. 저어, 그런데……."

"응? 왜 그래요?"

슬쩍 눈치를 보는 아빌의 모습에 하마르는 어리둥절한 표정으로 고개를 들었다.

그리곤 여전히 딱딱한 표정을 짓고 있는 카밀을 발견하곤 고개를 절레절레 흔들었다.

"뭐야~ 카밀 도령, 설마 아직도 삐쳐있는 거야? 내가 잘못했다니까. 앞으론 짐 나눠들겠다고 했잖아."

"그런 문제가 아닙니다. 하마르 님은 사과만 하면 다 된다고 생각하시는 겁니까?"

"그럼 거기서 뭐가 더 필요한데?"

"바로 그런 태도가 문제라는 겁니다! 사실은 진심으로 잘못했다는 생각은 하지도 않으면서!"

"뭐, 그거야 그렇지."

"그것 보세요! 역시……!"

울컥한 카밀은 다시금 항의하는 말을 늘어놓으려 했다. 그러자 시큰둥하게 듣고 있던 하마르가 갑자기 얼굴을 찌푸리며 그의 말을 잘랐다.

"카밀, 지금 뭔가 착각하고 있는 것 아냐?"

"예?"

"우리가 동등한 입장이었던가? 나와 너는 엄연히 계급이 달라. 일하는 부서가 다를 뿐, 상사와 부하직원이나 다름없는 관계라고. 그리고 몸종 없이 혼자 움직이는 것이 익숙한 우리 직업의 특성상, 대부분의 잡일은 말단직원이 감당하게 되어 있지. 카밀, 네가 한 일도 그 선에서 크게 다르지 않아. 그런데 왜 내가 그 부분에 대해서 추궁을 받아야 하지?"

"그건……."

"그게 아니면 뭐야. 설마 하니 잘난 루스터 공작가의 직계 도련님은 말단으로 들어왔어도 말단이 하는 일은 할 수 없다 이건가?"

"그런 건…… 아닙니다."

싸늘하게 응시하는 푸른색 눈동자에 카밀은 정신을 번쩍 차렸다. 그동안 쌓아온 친분만을 생각하느라 정작 중요한 사실을 잊고 있었던 것이다. 그와 자신의 계급 차이를.

그 모습에 하마르는 쯧쯧 혀를 차며 말을 이었다.

"말해 두지만, 예전 루피너스의 열매를 찾는 임무를 받았을 때도 상황은 마찬가지였어. 그땐 세이가 전부 잡일을 다 알아서 했기 때문에 너에게까지 몫이 돌아가지 않았을 뿐이지."

"……세이가 ……다 했다고요?"

"그럼 여관을 잡는 거나 요리 준비를 하는 거나 물과 식량이 떨어질 때마다 조달해 왔던 게 전부 다 누구라고 생각해? 돌아갈 때 탔던 사륜마차도 세이가 전부 다 알아보고 가격을 흥정해서 구입한 거라고. 레이단 백작님은 따라가서 금액만 지불했을 뿐이지."

그 말에 카밀은 아무런 대꾸도 할 수 없었다. 그러고 보니 간간히 마을에 들를 때마다 세이는 항상 혼자서 어딘가를 다녀오곤 했었다.

그때마다 늘 당연한 듯이 물통이나 식량 주머니가 채워져 있었지만, 정작 그것을 사용하면서도 누가 한 일인지에 대해서는 깊이 생각해 보지 않았다. 그저 누군가 자신의 일을 하는 김에 겸사겸사 같이 하는 것이라고 여겼을 뿐.

어쩜 이렇게 미련할 수가 있을까.

늘 함께하면서도 자신이 해야 할 가장 기본적인 일조차 눈치 채지 못했다. 온몸을 짓누르는 강한 무력감에 카밀은 고개를 숙인 채 입술을 악물었다.

그런 그를 향해 하마르가 쐐기를 박듯이 말했다.

“알아들었으면 이제 그만 좀 투덜거려. 난 분명 잡일을 너한테 맡긴다고 했고, 너도 그에 동의했잖아. 카밀, 너는 성격이나 머리는 좋을지 몰라도 보안부 업무 능력으로 치면 아직 한참 애송이야. 불공평하다고 생각하기 전에, 먼저 본인의 업무부터 제대로 자각하라고.”

“……죄송합니다.”

“뭐, 사과하라고 한 소리는 아니야. 능력도 없으면서 거들먹거리는 것들보다야 네가 훨씬 나은 것도 사실이니까. 행여나 이걸로 내게 서운한 감정이 생겼다면…….”

“아닙니다. 하마르 님 말씀대로, 제가 너무 많은 것을 모르고 있었던 것 같습니다. 따끔한 훈계 감사드립니다.”

“……그렇다면 됐고.”

예상외로 순순히 카밀이 수긍하고 나오자 하마르는 오히려 마음이 불편해졌다. 그간 필요 이상으로 그를 괴롭혔던 것도 사실이고, 의도적으로 화를 돋운 책임도 없잖아 있기는 했던 것이다.

처음엔 그저 못 본 사이 많이 어두워진 그의 분위기를 바꿔볼 생각이었다. 장난을 걸 때면 굳어져 있는 얼굴도 한순간이나마 원래의 표정으로 돌아왔기 때문이다.

그러던 것이 그만 재미가 들렸달까. 헌데 그런 정황은 전부 감춰버리고 일방적으로 카밀 혼자만의 잘못으로 몰아붙인 것 같아 기분이 영 찜찜했다.

'쩝, 세이랑 비교한 건 좀 너무했나. 아무리 그래도 경력 차이가 얼만데…….'

더욱이 카밀은 세이와 달리 귀족이다. 그것도 대 공작가의 하나뿐인 직계 자손. 그런 그가 다른 사람의 뒷바라지에 익숙할 리가 없다는 것도 어느 정도는 감안을 해야 했다.

사실 카밀이 어디 가서 이런 취급을 당해 보았겠는가. 그나마 그였으니 버티는 거지, 아마 다른 사람이었다면 이미 한참 전에 자신의 가문을 들먹이며 그의 속을 뒤집었을 터였다.

'그래, 그 아돌 같은 녀석이라면 말이지.'

역시 괜한 소리를 한 것일까. 뒤늦은 후회에 하마르는 쓰게 입맛을 다셨다.

덕분에 분위기가 더욱 어색해지자, 그 사이에서 조마조마하게 지켜보고 있던 아빌이 억지로 웃으며 입을 열었다.

"자자, 다들 기분 풀어요. 그보다 식사하셔야죠. 음식이 다 식어가잖아요."

그제야 굳어 있던 두 사람의 얼굴에 당황의 표정이 떠올랐다. 중간에서 난처해할 그녀의 입장에 뒤늦게 신경이 미친 것이다. 그들은 서둘러 사과의 인사를 건넸다.

"이런, 죄송합니다, 아벨 양. 저희 때문에 괜히 아벨 양까지 식사를 못하게 만들었군요."

"죄송합니다."

"아니에요. 저는 괜찮으니 신경 쓰지 마세요."

아벨은 다소곳하게 웃으며 고개를 저었다. 그 순간 하마르는 그녀의 모습에서 한 가지 위화감을 느꼈다.

'예전엔 웃는 느낌이 이렇게 얌전한 여성이 아니었던 것 같은데?'

그는 처음 소개받았을 때 아벨의 인상을 상기했다. 분명 그때도 청순하고 얌전한 모습이긴 했지만, 지금보다는 훨씬 더 밝은 표정으로 웃었던 사람이었다.

그런데 이제 보니 그녀의 얼굴에도 카밀처럼 약간의 수심이 드리워 있었다. 자세히 보지 않으면 눈치채지 못할 정도로 미세한 그늘이었지만, 하마르는 묻지 않을 수가 없었다.

"아벨 양. 혹시 무슨 일이라도 있었어요?"

"네?"

"아니, 왠지 분위기가 조금 달라진 것 같아서요. 그러고 보니 아벨 양은 4급 요원이잖아요? 요즘 보안부 일이 바빠서 정신이 없을 정도인데, 그 짠돌이 레이단 백작님이 아벨 양 같은 고급재원을 이쪽에 순순히 보내준 것도 좀 이상하다 싶고."

그 말에 카밀 역시 동의하는 표정을 지으며 고개를 끄덕였다. 사실 그가 보기에도 아벨의 합류 과정은 자연스럽지 못한 부분이 많았다. 특히 가장 수상한 건 레이단 백작의 태도였다.

최근 과중한 업무량으로 인해 그는 한 사람의 요원이라도 성에 붙들어 놓기에 혈안이 된 상태였다.

그런 그가 그녀가 요청했을 때는 반대를 하기는커녕, 오히려 떠밀듯이 일행에 넣어준 것이다. 두 사람의 시선이 자신에게 고정되자 아빌은 매우 당황했다.

"아, 아뇨. 딱히 별일은……."

"흐음, 정말이에요?"

"네, 전 예전부터 엘프의 숲의 생태계에 관심이 많았거든요. 그런데 갑자기 이상 징후가 일어나고 있다고 하니, 어떻게 된 것인지 제 두 눈으로 확인하고 싶었을 뿐이에요. 레이단 백작님도 그걸 이해해 주셨고요."

그건, 그녀가 처음 일행으로 참가하며 밝혔던 동기이기도 했다. 하지만 하마르는 끝까지 의심의 눈길을 거두지 않았다. 차마 시선을 마주치지 못하는 그녀의 모습이 척 보기에도 수상해 보였기 때문이다. 노골적인 눈빛에 어쩔 줄 몰라 하며 식은땀을 흘리길 잠시, 아빌은 결국 항복을 선언했다.

"으음, 좋아요. 솔직하게 말씀드릴게요. 실은…… 슬럼프라고 해야 할까요? 계획하던 일이 전부 틀어져서 심경이 복잡한 상태였어요. 백작님이 이번 임무에 절 넣으신 건…… 그저 임무를 빙자한 휴가라고 보는 게 맞겠군요. 한동안 어디 먼 곳이라도 다녀오면 기분전환이 될 거라고 생각하셨나 봐요."

"일이라면……."

"후후, 전 마법사에요. 마법사에게 가장 중요한 일이 클래스를 올리는 것 외에 뭐가 있겠어요?"

"혹시 스승을 구하지 못하신 겁니까?"

그때 카밀이 무언가를 짐작한 얼굴로 물었다. 마법사들이 스승을 구하기가 무척 어렵다는 사실을 떠올린 것이다. 아빌은 씁쓸한 표정으로 고개를 끄덕였다.

"원래 저번 임무를 부사히 다녀오면 제 스승이 되어주실 4클래스의 마법사를 소개받기로 되어 있었어요. 그런데 일이 성사되기 직전에 그분이 본래 소속된 마탑으로 돌아가게 되었다고 하시더군요."

"저런. 그럼 다른 스승이라도……."

"여자를 가르치려는 마법사는 많지 않아요. 더욱이 4서클 이상의 마법사는 더더욱 흔치 않죠. 그나마도 대부분이 마탑 출신들뿐인데, 이번에 갑자기 마탑에서 소속 마법사들에게 귀환 명령을 내린 모양이에요."

"귀환 명령이요?"

"설마…… 클로즈 시즌입니까?"

하마르의 질문에 아빌은 씁쓸한 표정으로 고개를 끄덕였다.

마탑은 몇 십 년마다 한 번 꼴로 '클로즈 시즌'이라 불리는, 이른바 은거 상태에 들어간다. 그때가 되면 각 대륙에 퍼져 있는 마탑 출신의 마법사들을 모두 불러들이는데, 향후 몇 년간 다시 내보내지 않는 것이 규칙이었다.

일반 마법사가 마탑의 마법사보다 성취가 빠른 것을 막기 위해 고안한 방법으로, 아빌의 경우는 상당히 운이 나쁘다고밖에 할 수 없었다. 그녀 또한 그 사실은 분명히 인지하고 있었다.

"어쩔 수 없는 일이란 것은 저도 알아요. 사실 아스란 제국에서 여자의 몸으로 3서클까지 오른 것만도 정말 대단한 일이죠. 그래서 4서클까진 욕심을 내지 않으려고 했어요. 하지만 막상 거의 다 되었다 생각했던 일이 틀어지니 마음이 괴로워서 그만……."

아빌은 힘없이 웃으며 말끝을 흐렸다.

계획했던 일정이 전부 무산된 이후, 그녀는 한동안 폐인처럼 지냈다. 이전까지만 해도 재밌고 보람 있었던 보안부의 일까지 흥미를 잃은 뒤였다.

언제나처럼 똑같이 식사도 하고 잠도 청했지만 그녀는 나날이 수척해지고 말라가고 있었다.

그러자 그 모습을 더 이상 지켜볼 수 없었는지 레이단 백작이 특단의 조치를 취했다. 그것이 바로 이번 임무에 그녀를 합류시킨 것이다.

"……그렇게 된 거예요. 이런 식으로 신세를 지게 돼서 정말 죄송해요."

아빌의 사과에 오히려 카밀과 하마르는 민망해졌다. 바로 조금 전까지 그녀의 앞에서 유치한 말다툼을 벌였던 것이 떠올랐기 때문이다.

"흠흠, 아닙니다. 어차피 이번 임무는 저도 반 휴가나 마찬가지였는걸요. 어쨌든 포기하기엔 일러요, 아빌 양. 당신은 아직 젊잖습니까? 분명 다시 좋은 기회가 올 겁니다."

"하마르 님 말이 맞습니다. 기운 내십시오."

"두 분 다 정말 고마워요."

두 사람의 진심 어린 위로에 아빌은 부드럽게 미소 지었다. 그녀의 얼굴에 서려 있던 검은 그늘이 조금이나마 걷혀진 순간이었다.

3.

다시 이어진 식사의 분위기는 화기애애하진 않았지만, 이전만큼 굳어 있지도 않았다. 정확히 말하면, 서로 말을 꺼낼 타이밍을 잡지 못해 머뭇거리는 상태라고 봐야 했다. 거의 다 식어버린 음식을 한동안 묵묵히 먹기를 잠시, 슬쩍 고개를 든 하마르가 궁금한 표정으로 물었다.

"그런데 마탑에서 벌써 귀환 명령을 내리다니 의외네요. 보통 클로즈 시즌은 일반 마법사들 중에서 5서클 이상이 여럿 나오고 난 후에야 시작되지 않았나요?"

아빌은 냅킨으로 입가를 닦으며 고개를 끄덕였다.

"안 그래도 저도 그걸 좀 이상하게 여기던 참이었어요. 일반 마법사들 중에선 현재 5서클은커녕 4서클의 마법사조차도 많지 않은 상태거든요. 반면에 마탑에는 6서클을 넘는 마법사도 꽤 있다고 들었구요."

"6서클? 굉장하군요. 그럼 여기서 더 수준 차이를 벌릴 필요도 없는 것 아닙니까?”

이미 지금도 대륙은 마법의 쇠퇴 시기라 불릴 만큼 마법서의 수준이 떨어진 상태다. 마법을 배우는 것은 날이 갈수록 어려워지고, 고위 마법사를 보는 일이 사막에서 바늘을 찾는 것만큼이나 힘들다는 말이 심심찮게 나돌고 있었다. 심지어 아빌처럼 재능 있는 마법사들이 다음 단계의 마법서를 구하지 못해 배움을 멈추는 일이 허다할 정도였다.

이러한 상황에서 6서클의 마법사를 다수 보유하고 있다는 것은 정말로 대단한 일이다. 그런 압도적인 전력을 가지고 있으면서도 갑자기 클로즈 시즌을 결정한 마탑의 속내가 하마르로선 전혀 이해가 되지 않았다. 아빌 역시 동의하는 얼굴로 고개를 끄덕였다.

“저도 그렇게 생각해요. 이 상태에서 마탑과 단절되어 버리면 대륙의 마법은 점점 더 퇴화해 버리겠죠. 어쩌면 그들끼리 마법을 독차지 하려는 걸지도 모른다는 생각이 들어요.”

“흐응~ 지금도 고위 마법사를 빌려준답시고 무지막지한 돈을 뜯어가고 있으면서, 이젠 아예 마법 자체를 독점해 버리겠다? 그 놈들다운 생각이긴 하군요. 하여간 있는 놈들이 더하다니까.”

한껏 빈정거린 하마르는 들고 있던 포크로 애꿎은 음식을 푹푹 헤집었다. 그 모습에 아빌이 난처한 얼굴로 미소 지었다.

“마탑은 원래 마법을 자신들만의 전유물이라고 생각하고 있으니까요. 초대 대마법사인 에드위겐이 마탑을 창시한 장본인인 만큼, 그들의 자부심은 어쩔 수 없는 것 같아요.”

“흥! 그렇다고 전부 독차지한다는 게 말이 됩니까? 하여간 그것 말고도 마탑 녀석들은 영 마음에 안 듭니다. 항상 모든 일에 고자세인데다 비협조적이죠. 그러면서 요구하는 건 또 얼마나 많은지, 정말 재수 없는 놈들이에요."

"그러고 보니 이번 마물족 사태에서도 마탑에선 전혀 관여하지 않는 분위기였죠?"

카밀은 당시의 일을 회상하며 물었다. 그 말에 하마르가 반색하며 고개를 끄덕였다.

"말도 마. 얼마 전 서령의 모든 나라에 마물족 색출작업에 대한 협조공문을 보냈거든. 다들 순순히 회의를 열어 대안 법을 마련하자고 하는데, 유일하게 마탑에서만 끼어들지 않겠다고 선언했어. 괜히 나서서 목숨을 잃고 싶진 않다나? 아니, 자기들 목숨만 귀하냐고! 마물족이 행패부리기 시작하면 위험한 건 자기들도 마찬가지인데 말이야!"

"워낙 정보가 없는 상대이니 조심스러웠겠죠. 마탑이 신중한 거야 유명하잖아요."

"그건 신중한 게 아니라 소심한 거야. 그리고 정보가 없기는 왜 없어? 식인을 한다— 그것만으로 이미 인간들과 교류할 수 없는 종족인 게 확실한데."

"그야 그렇지만."

"난 아직도 그때의 연쇄살인사건만 생각하면 치가 떨려. 놈들에게 당한 시체 못 봤지? 정말 처참해서 눈 뜨고 볼 수가 없을 정도라고."

하마르는 생각하기도 싫다는 듯, 이를 갈며 중얼거렸다. 비록 추적에 성공하지는 못했지만, 그 역시 당시 범인의 수색 현장에 참여했던 사람 중 하나였다.

때문에 본의 아니게 피해자들의 사체 또한 여러 번 확인해야 했다. 보안부에 있으면서 수많은 사건 사고에 관여해 왔지만, 그처럼 끔찍한 형태의 사체를 본 것은 그때가 처음이었다.

"그 연쇄살인범이 폐하를 시해한 마물족과 같은 놈이었죠? 몽타주에서 봤던 얼굴이었던 것 같은데."

"아, 맞아. 세이가 만들어준 그 몽타주 말이지."

불쑥 언급되는 낯익은 이름에 카밀의 얼굴이 뻣뻣하게 굳었다. 하마르는 그것을 눈치챘지만 곧 아무렇지 않게 말을 이어갔다.

"생각해 보면 정말 대단한 녀석이야. 본 적도 없는 범인의 얼굴을 그려낼 수 있다니. 정령 교감사라는 게 원래 그렇게 대단한 건가 싶더라니까?"

"……글쎄요. 사실 전 정령 교감사라는 말 자체도 생소해서요. 그게 정확히 어떤 능력인지 하마르 님은 알고 계십니까?"

카밀의 질문에 하마르는 선뜻 고개를 끄덕이며 말했다.

"아아, 뭐라더라. 식물이나 나무에 붙어 있는 정령과 교류할 수 있다는 모양이야. 그중에서도 세이는 조금 더 특이한 케이스로, 과거의 장면을 볼 수 있다고 하더군."

"……과거를 볼 수 있다고요?"

"응. 나도 자세하게 아는 건 아니지만 그렇다고 하던데? 범인의 얼굴이며 말투, 아직 밝혀지지 않은 이종족이라는 것까지 바로 알려줬다고 하더라고. 덕분에 난항을 겪던 수사가 겨우 진척이 되었고 말이야."

"어머, 그러고 보니! 예전에 하마르 님이 마물족의 습격을 당하고 쓰러졌을 때, 세이 군이 이상한 행동을 하지 않았었나요? 그게 그래서였군요."

감탄하는 아빌의 말에 카밀 역시 그 당시의 기억을 떠올렸다. 그때 레이단 백작(그 당시에는 자작이었지만)은 세이에게 무언가를 확인해 볼 것을 지시했고, 세이는 당연하다는 듯이 고개를 끄덕이며 풀잎에 손을 갖다 대었다. 그리곤 모두의 앞에서 습격자가 마물족임을 증언했다. 설마 그것이 과거를 보는 것이었을 줄이야.

'피는 해독제, 게다가 과거를 볼 수 있는 능력까지 있다고? 세이, 너는 대체…….'

그 순간 하마르가 두 눈을 게슴츠레 뜨고 카밀을 응시했다.

"대체 둘이 어떤 관계야?"

"……네?"

"세이에 대한 얘기만 나오면 표정이 굳잖아. 둘이 알게 된 지 얼마 안 된 사이 아니었어? 그런 것치곤 유달리 세이를 신경 쓰는 것 같단 말이지."

"그건……."

"솔직히 말해 봐. 이번에 날 따라온 것도 세이 때문이지? 엘프의 숲으로 가면 세이를 찾을 수 있을 것 같아서. 아니야?"

추궁하는 어조에 카밀은 그저 입을 다물 수밖에 없었다. 그가 한 말이 모두가 사실이었기 때문이다. 침묵은 긍정인지라 아무런 대답을 하지 않는 그의 모습에 아빌은 무척 놀란 표정을 지었다.

"어머, 카밀 군. 세이 군을 찾으려고 나온 거였어요? 그가 어디에 있는지 아나요?"

"……아뇨, 모릅니다. 그냥 엘프의 숲 근처에서 그의 친척을 만났으니까, 그곳까지 가봐야겠다고 생각한 것뿐이에요."

"왜 그렇게까지……."

"그쵸? 아빌 양. 볼수록 정말 수상하다니까요. 세이가 여자애라면 모를까, 다 큰 사내를 왜 저렇게 애타게 찾는 건지. 혹시 돈이라도 떼인 거 있어?"

"그런 거 아닙니다. 세이는 그저……."

"그저?"

되묻는 하마르의 얼굴엔 짓궂은 표정이 떠올라 있었다. 왠지 놀림당하는 것 같은 기분에 카밀의 얼굴이 벌겋게 달아올랐다.

"대체 무슨 생각을 하시는 겁니까? 세이와 저는……!"

그 순간 느껴지는 서늘한 기운에 카밀은 소리치던 입을 다물었다. 발끝에서부터 전신을 타고 오르는 섬뜩한 감각. 그것은 분명 살기(殺氣)였다.

동시에 장난기 가득한 표정을 짓고 있던 하마르 또한 얼굴을 굳히고 주변을 돌아보았다. 갑자기 돌변한 일행의 태도에 아빌은 당황할 수밖에 없었다.

"저, 저어?"

"쉿."

하마르는 진지한 얼굴로 손가락을 입에 가져다대며 속삭였다.

이런 식으로 낯설게 변한 그의 얼굴을 보는 것은 처음이었다. 그에 극도로 긴장한 아빌이 꿀꺽 마른침을 삼켰다. 이미 카밀은 언제라도 검을 뽑을 수 있도록, 허리춤의 검집에 손을 가져간 상태였다.

살기가 흘러나오는 곳은 근처에 있는 테이블이었다. 그곳엔 두 명의 남자가 마주앉아 열심히 식사를 하는 중이었다. 그들 사이에 산더미같이 쌓인 음식이 족히 십 인분은 넘어 보였다.

그러나 맛있게 식사를 하는 한 사람과는 달리, 다른 한쪽의 남자는 무언가 크게 불만에 찬 모습이었다. 흐르는 살기도 대부분 그가 내뿜고 있는 것이었다.

그러자 맞은편의 남자가 얼굴을 찌푸리며 그에게 말을 걸었다. 낮은 목소리였지만 신경을 곤두세운 카밀과 하마르는 그들의 대화소리를 또렷이 들을 수 있었다.

"왜 안 먹고 그러고 있어?"

"제길, 농담해? 이걸론 한참 부족하다구."

"조금만 참아. 설마 여기서 사고를 칠 생각은 아니겠지?"

"참는 것도 한두 번이지! 이제 질렸어. 눈앞에 이렇게 음식들이 널려 있는데, 언제까지 고작 이딴 걸로 배를 채우란 거야? 웃기지 말라고 그래."

씩씩거리며 대꾸한 남자는 당장이라도 자리를 박차고 일어날 것처럼 몸을 들썩였다. 그에 일행인 남자가 읊조리듯이 경고했다.

"어이, 어이. 이쪽은 아직 신호가 떨어지지 않았어. 멋대로 경거망동했다간 나중에 크게 혼쭐이 날걸?"

"까짓 거 좀 혼나고 말지 뭐."

남자는 뭐가 문제냐는 시선으로 코웃음을 쳤다. 그러자 경고를 건넨 일행이 쯧쯧 혀를 차며 말했다.

"그게 그렇게 간단하게 생각할 일이 아니야. 전에도 한 녀석이 식욕을 못 참고 무차별로 먹어대는 바람에 시끄러워졌던 걸 잊었어? 녀석은 그 벌로 어려운 일을 맡게 되었잖아. 결국 그 임무를 수행하는 과정에서 죽었고 말이야. 설마 너도 그렇게 되고 싶은 건 아니겠지?"

"끄응, 하지만 이제 그때랑은 상황이 다르잖아. 어차피 놈들의 본진도 털었다며. 그럼 이제 우리 마음대로 해도 상관없는 것 아니야?"

"흠, 그야 그렇지만."

"게다가 지금 상황도 그래. 고생하고 있는 건 우린데 맛있는 건 전부 다 위쪽 차지잖아. 이래가지고 언제 우리 몫까지 돌아오겠어? 그때까지 계속 굶고 있으라고?"

"……."

"조금쯤은 선수 쳐도 아무도 눈치채지 못할 거야. 우리 솔직해지자구. 너도 이걸로는 양이 차지 않잖아. 안 그래?"

그 말에 이제껏 말리는 입장을 고수하던 자가 묘한 표정을 지었다. 딱히 긍정도 부정도 아닌, 무슨 생각을 하는지 좀처럼 알 수 없는 얼굴이었다.

"저어, 손님. 혹시 뭔가 더 필요하신 거라도?"

그때 근처를 지나고 있던 종업원이 그들 사이에서 흐르는 이상한 기류를 눈치채고 조심스럽게 다가섰다. 불만에 가득 찬 표정에, 혹시나 음식이 마음에 들지 않은 것인가 싶었던 것이다.

'위험…….'

그 순간 카밀이 급히 일어나려는 것을 하마르가 붙잡았다. 당황한 얼굴로 카밀이 돌아보자, 그는 딱딱하게 굳은 표정으로 고개를 가로저었다. 함부로 나서지 말라는 의미였다.

"하지만……."

"예감이 좋지 않아. 개죽음 당하고 싶지 않으면 내 말대로 해."

그때 묘한 표정을 짓고 있던 남자가 빙긋 웃으며 종업원의 말을 받았다.

"아아, 한 가지 필요한 게 있긴 한데. 메뉴판 좀 가져와 주겠나?"

"네에, 알겠습니다!"

종업원은 해맑게 웃으며 대답했다 그 모습에 불만을 표출하던 남자가 실망한 표정으로 얼굴을 찌푸렸다. 대화가 통하지 않았다 여긴 것이다.

곧 메뉴판을 가지러 간 종업원이 방실거리며 그 앞으로 다가왔다.

"자, 여기 있습니다."

"아, 고마워. 어차피 필요는 없을 것 같지만 말이야."

"예?"

종업원은 웃는 얼굴 그대로 고개를 갸웃해 보였다.

그때였다.

푸욱!

"안 돼!"

카밀이 튕기듯 몸을 일으키며 소리쳤다.

그 순간 갑자기 아랫배에서 느껴지는 아릿한 통증에 종업원은 의아해질 수밖에 없었다. 느린 행동으로 고개를 내리자, 자신의 배에 박혀 있는 무언가가 보였다. 그것이 조금 전 메뉴판을 받기 위해 내밀었던 손님의 손이라는 걸 자각하는 데엔 그리 오랜 시간이 걸리지 않았다.

'왜 손이……?'

그는 어리둥절한 표정으로 지금 자신에게 벌어진 상황을 이해하려고 노력했다. 그때 갑자기 목을 타고 무언가가 넘어오는 느낌이 들었다. 자기도 모르게 기침을 토하자 붉은 피가 터져 나왔다.

"쿨럭!"

흘러내리는 핏줄기에 두 눈을 부릅떴을 땐, 이미 그의 몸뚱이는 뒤로 쓰러져 가고 있는 상태였다. 이윽고 털썩— 그의 몸이 바닥에 부딪히는 소리가 가게 안에 울려 퍼졌다.

방금 전 종업원의 복부를 꿰뚫은 남자는 자신의 한 팔 가득 묻어 있는 흥건한 피를 핥으며 친절하게 뒷말을 덧붙였다.

"시킨 음식이 벌써 나온 것 같거든."

그러나 이미 의식을 잃은 종업원은 그 말을 들을 수 없었다.

가게 안은 쥐 죽은 듯이 조용했다. 가게 주인은 물론 식사를 하넌 사람들이 모두 하던 일을 멈추고 그 모습을 멍하니 응시하고 있었다. 다들 무슨 일이 벌어진 것인지 쉽게 인지하지 못한 얼굴이었다. 그것이 깨어진 건, 겁에 질린 한 여자의 비명소리에 인해서였다.

"꺄…… 꺄아아악!"

찢어질듯 울리는 고음의 외침에, 멍해 있던 사람들이 하나둘 정신을 차렸다. 그러자 그것이 신호라도 되는 것처럼 고요하던 장내에 큰 소란이 일어나기 시작했다.

"사, 살인이야!"

"사람이 죽었다!"

그러나 동요하는 사람들의 모습에도 불구하고, 종업원을 죽인 남자는 무척 태연한 모습이었다.

그는 황당한 표정을 하고 있는 자신의 일행을 향해 한쪽 눈을 찡긋해 보였다.

"네 말이 맞아. 우리가 좀 많이 참긴 했지."

"크크큭! 역시 그럴 줄 알았어!"

남자는 크게 기뻐하는 얼굴로 몸을 일으켰다. 더욱 놀라운 일은 그 다음에 벌어졌다. 우드득거리는 소리와 함께, 남자의 몸이 기형적으로 변하기 시작한 것이다.

덩치가 조금 전보다 한 자나 더 커지고, 날카로운 손톱과 송곳니가 자랐다. 피부는 어느새 짙은 녹색을 띠고 있었다.

'마물족!'

한눈에 그들의 정체를 알아본 하마르와 카밀의 얼굴이 창백하게 굳어졌다.

황궁의 사건 이후로 지금까지 마물족은 한동안 모습을 드러내지 않았다. 치안대는 물론 보안부에서도 필사적으로 놈들의 흔적을 쫓았지만 건져낸 것은 아무것도 없었다. 마치 증발이라도 한 것처럼 깨끗하게 자취를 감춘 것이다.

그런데 설마 이런 곳에서 마물족을 보게 될 줄이야! 아빌 역시 뒤늦게 그들의 정체를 눈치채고 얼굴이 새파랗게 질린 상태였다.

"으아악! 괴, 괴물!"

"……모두 도망쳐!"

그 순간 이어진 하마르의 외침에 혼비백산한 사람들이 곧 미친 듯이 가게 밖으로 내달리기 시작했다. 하마르와 카밀 역시 급히 문 쪽으로 달려 나갔다.

"아빌 양! 어서 이리로!"

"네!"

그러나 문 앞에 당도하기 직전, 그것을 막아서는 거대한 형체가 있었다. 순식간에 변화를 마친 마물족이 곧장 출입구 앞으로 뛰어든 것이다.

"흐흐! 어딜!"

"꺄아아악!"

갑자기 공중에서 내려온 괴한의 모습에 문 앞으로 달려가던 사람들은 비명을 지르며 다시금 반대 방향으로 도망쳤다. 그러나 사방이 막힌 공간에서 달리 달아날 구석이 있을 리 없었다. 결국 갈 곳을 잃은 사람들은 서로를 부둥켜안고 떨기 시작했다.

"어떻게 하죠, 하마르 님?"

"제기랄."

하마르는 혀를 차며 주위를 둘러보았다. 생각보다 빠져나간 숫자가 너무 적었다. 바로 문 앞에 있던 몇 명을 제외한 거의 대부분의 사람들이 갇힌 것 같았다.

마침 식사 때였고, 장사가 잘되는 집이었기에 가게 안은 유난히 사람들로 가득한 상태였다. 목격자가 많은 만큼 곧 경비대가 들이닥칠 테지만, 그때까지 고작 세 명의 인원으로 이 많은 사람들을 보호할 수 있을지 자신이 서지 않았다. 아니, 엄밀히 말해 무리였다.

하물며 상대는 마물족이 아닌가. 무기도 없이 단신으로 황실 근위대의 한 부대를 몰살시킨 존재다. 그런 엄청난 존재가 지금 눈앞에 둘이나 있었다. 천하의 하마르로서도 앞이 캄캄할 수밖에 없었다.

"자아— 이제 제대로 식사를 해보실까?"

히죽거리며 중얼거린 마물족은 천천히 주위를 둘러보았다. 그때 그의 눈에 구석에서 덜덜 떨고 있는 한 젊은 여인이 들어왔다. 그녀의 품안엔 아들인 걸로 보이는 다섯 살배기 아이가 안겨 있는 상태였다.

"저 여자는 살이 보들보들할 것 같군. 저것부터 먹겠어."

"크큭! 그럼 난 그 앞에 있는 어린애로 하지! 본격적인 식사 전에 먹기 딱 좋을 것 같군!"

서로 의기투합한 두 마물족은 곧 성큼성큼 모자(母子)의 앞으로 걸어가기 시작했다. 점차 자신의 앞으로 다가오는 괴물의 모습에 여인은 두 눈을 질끈 감았다.

"오오, 주신이시여……."

"크크큭, 신을 찾는 건가? 하지만 이걸 어쩌나? 주신이 너희를 위해 정해 준 파수꾼들은 이제 전부 힘을 잃었는데 말이야."

마물족은 혀를 날름거리며 여인의 머리칼을 거칠게 틀어쥐었다. 그에 여인이 비명을 지르는 사이, 동료 마물족이 품에 안겨 있던 어린아이를 한 손으로 집어 들었다.

"자, 너는 이쪽이다."

"으아앙! 엄마!"

"아악! 안 돼! 내 아들! 내 아들만은!"

"흐흐, 이거 꽤 맛있어 보이는 걸?"

마물족은 울고 있는 아이를 바라보며 더욱 더 입맛을 다셨다. 파랗게 질린 여인은 곧 눈물을 흘리며 간곡히 애원하기 시작했다.

"제발, 제발 부탁입니다! 아이만은 살려주세요! 제발 아이만은!"

"거참 시끄럽군. 어이, 트레스. 뭐해? 빨리 해치우지 않고."

"킥킥, 안 그래도 그럴 생각이다. 자아, 그럼 맛 좀 볼까—"

동료의 재촉에 트레스라 불린 마물족이 기대감으로 눈이 빛났다.

여인의 목에 입을 가져간 그는 곧 그 위에 거대한 송곳니를 들이세웠다. 당장이라도 무자비하게 피를 빨아 마실 기세였다. 그 모습을 지켜보는 카밀의 두 눈에 불꽃이 튀었다.
“이 자식들! 당장 그 더러운 행동 멈추지 못해!”
휘이익!
검집에서 검을 뽑아든 카밀은 무작정 두 마물족를 향해 돌진하기 시작했다. 그의 돌발행동에 하마르 역시 당황한 표정으로 양손에 단검을 뽑아들었다.
“카밀! 아, 젠장!”
달려 나가면서 그는 뒤쪽에 있던 아빌을 향해 소리쳤다.
“아빌 양! 후방 지원 부탁해요!”
“네!”
그렇지 않아도 이미 공격마법을 준비하고 있던 아빌이 크게 고개를 끄덕였다. 그녀는 차분히 심호흡을 한 다음, 곧 주문을 외우기 시작했다.
“흐, 이것들은 또 뭐야?”
빠르게 다가오는 카밀의 모습에 두 마물족은 가소롭다는 표정을 지었다. 이미 이 정도 소란은 어느 정도 예상했던 바였다. 인간들 중엔 의협심이 투철한 자들이 하나둘씩 꼭 있다. 그런 자들의 가장 큰 특징은 자신이 죽을 자리인 줄도 모르고 무작정 덤벼든다는 것이다.
하지만 그 점이 그다지 나쁘지만은 않았다. 일단 이렇게 덤벼든 자들을 가볍게 짓밟아 놓고 나면, 그 다음부턴 인간들이 반항을 완전히 포기하고 더 고분고분해지기 때문이다.
“난 귀찮으니, 페루 네가 해치워.”

"에이, 나도 귀찮은데. 뭐, 할 수 없지."

투덜거리며 대답한 마물족 페루는 들고 있던 아이를 바닥에 내려놓은 다음 가볍게 몸을 풀었다. 그러나 막상 코앞까지 다가온 검날을 보는 순간 그의 얼굴에 서린 웃음기가 그대로 걷혔다. 예상보다 훨씬 더 빠르고, 매서운 기운을 담고 있었기 때문이다.

쐐애액!

'뭐, 뭐야?'

덕분에 원래는 받아칠 예정이었던 그는 곧 황급히 몸을 틀어 공격을 피했다. 새파란 검날이 아슬아슬하게 그의 가슴 앞을 스치고 지나갔다.

'휴우, 하마터면 큰일 날 뻔…….'

안도의 한숨을 내쉬길 잠시, 가슴에서 느껴지는 쓰린 감각에 그는 경악한 표정을 지었다. 검날에 닿지도 않았는데 살갗이 베이며 상처가 난 것이다.

'뭐, 저런 녀석이!'

"쳇!"

그 사이 간발의 차이로 공격에 실패한 카밀은 거리를 벌린 채 검을 고쳐 쥐고 있었다. 이미 각오는 한 상태지만 예상했던 것보다 상대의 움직임이 너무 빨랐다.

황성에선 마음만 먹으면 그의 공격을 피할 수 있는 이가 거의 없었다. 하지만 눈앞의 마물족은 보란 듯이 그의 검을 피해냈다. 그것도 방심하고 있는 상태였다는 걸 감안하면 본래는 더욱 빠를 터였다.

'생각보다 더 쉽지 않겠어.'

그때 뒤쫓아 온 하마르가 그의 옆에서 공격 자세를 취했다. 몇 초 사이에 핼쑥해진 그의 얼굴은 평소보다 십 년은 더 늙어 보였다.

"카밀, 너 진짜……."

"죄송합니다. 하지만 그냥 두고 볼 수는 없잖아요."

"하아아. 심정은 이해는 하지만 말이야."

그는 골치 아픈 표정으로 전방의 마물족들을 응시했다. 가까이에서 바라본 놈들은 훨씬 더 크고 거대해 보였다. 얼결에 상대하러 나오긴 했지만, 도무지 살아나갈 수 있으리란 희망은 들지 않았다.

'오늘 여기서 이렇게 죽는 건가.'

그는 미리 자신의 죽음을 애도했다.

4.

한편 두 마물족도 분위기가 좋지 않기는 마찬가지였다. 동료가 방해거리를 해치우는 동안 느긋하게 식사를 즐기려 했던 트레스는, 예상 외로 주춤거리는 페루의 모습에 한심하다는 시선을 던졌다.

"뭐야, 페루. 그거 하나 못 막아서 피한 거냐?"

"시, 시끄러. 이 녀석 아무래도 기사 같은데? 그것도 꽤 강한 놈이다.”

그 말에 시큰둥하게 듣고 있던 트레스가 흥미로운 표정을 지었다. 단순히 의협심만 앞선 멍청이인 줄 알았는데 설마 기사일 줄이야. 게다가 강한 편이라고 하니 더 의외였다.

보통 인간들은 수련을 통해 힘을 기르기 때문에 어느 정도 강하다 싶으면 나이가 많기 마련이었다. 그런데 눈앞의 인간은 척 보기에도 상당히 어려 보였던 것이다.

“호오? 이런 변두리 도시에 기사가? 그럼 저 옆의 놈도?”

“동료인 듯하니, 아마도 그렇겠지. 게다가 저 뒤에 있는 여자는 마법사군. 고작 3서클 정도밖에 안되지만.”

그 말에 은밀히 마법을 시전하고 있던 아빌이 흠칫 어깨를 떨었다.

나름 조심히 한다고 했건만, 이렇게 빨리 마나의 흐름을 간파당할 줄은 몰랐던 것이다. 게다가 자신의 클래스까지 정확히 맞출 것이라곤 더더욱 예상하지 못했다.

“흐음, 이거 재밌겠는데? 이런 걸 구경만 할 수는 없지.”

“귀찮다더니?”

“식전 운동으론 제격이잖아. 저 검사 녀석은 내가 맡지. 넌 그 옆의 까만 놈과 마법사를 처리하라고.”

“그 정돈 식은 죽 먹기지.”

트레스와 페루는 히죽 이를 드러내며 웃었다. 그러나 한순간에 그들의 식전 운동거리로 전락한 카밀 일행은 기분이 나빠질 수밖에 없었다. 특히 식은 죽 취급을 받은 하마르는 이글거리는 눈으로 그 말을 내뱉은 마물족을 노려보았다.

"죽더라도 저 녀석만은 죽이고 죽는다."

"죽긴 왜 죽습니까? 재수 없게."

"씁, 말이 그렇단 거지. 나도 죽고 싶진 않거든?"

"반드시 살 겁니다. 이런 식으로 죽으려고 지금까지 검을 배운 게 아니니까요."

결연하게 중얼거린 카밀은 곧 움켜쥔 검을 눈앞으로 곧추세웠다. 마물족을 응시하는 그의 두 눈은 그 어느 때보다 차갑게 가라앉아 있었다.

하마르는 그 모습을 착잡한 표정으로 바라보았다.

다른 사람은 몰라도 이미 한 번 마물족과 상대해 본 경험이 있는 그로선, 빈말로라도 이길 수 있다는 말을 할 수가 없었다. 더구나 눈앞의 놈들은 지난번에 자신이 상대했던 마물족보다 훨씬 더 강해 보였다. 경비대가 오기 전까지 버틸 수 있다면 차라리 다행이리라.

파앗!

그 순간 약속이라도 한 듯, 바로 앞에 있던 두 마물족의 신형이 동시에 눈앞에서 사라졌다. 그 자리에 남은 것은 옅은 바람의 움직임뿐이었다.

'빠르다!'

카밀과 하마르는 호흡을 멈추고 온몸의 감각을 최고조로 끌어올렸다. 언제 어디에서 나타날지 조금도 예측할 수가 없었다. 그때 카밀의 뒤쪽에 생긴 흐릿한 잔상을 발견한 하마르가 소리쳤다.

"카밀! 조심……!"

그러나 더 말을 잇기도 전에 그는 바닥으로 내던져졌다. 어느새 옆쪽에 나타난 페루가 그를 걷어차 날린 것이다.

퍼억! 콰아앙!

"꺄아악!"

"하마르 님! 크윽!"

경악한 카밀이 돌아보려는 순간, 그의 뒤쪽에 나타난 트레스가 주먹을 내질렀다. 다행히 검으로 막는 것에 성공했지만, 카밀은 그대로 주르륵 한참이나 뒤쪽으로 밀려나갔다. 그야말로 엄청난 악력이었다. 간신히 버틴 카밀의 입에서 울컥 피가 쏟아져 내렸다.

"쿨럭!"

"헤에, 내 주먹을 받아 내다니 정말 제법인데? 인간 중에 이렇게 강한 놈이 있을 줄이야."

단 한 번의 공격에 크게 내상을 입은 카밀과 달리, 트레스는 아무렇지 않은 모습으로 연신 감탄한 표정을 지을 뿐이었다. 맨주먹으로 검과 대치하고 있으면서도 조금도 영향을 받지 않은 것 같았다. 자세히 보니 새하얀 무언가가 그의 주먹을 보호하듯 감싸고 있었다. 그것을 발견한 카밀의 눈동자가 부릅떠졌다.

'오러? 말도 안 돼!'

설마 이런 괴물 따위가 오러를 사용한다는 건가!

카밀은 직접 보면서도 자신의 눈에 들어오는 광경을 믿을 수가 없었다. '오러'란 무예에서 최고 성취에 이를 때 다룰 수 있다고 알려진 일종의 유형화 된 기운이다.

사용하는 무기나 신체의 일부를 통해 오러를 실으면 기존보다 강도가 몇십, 혹은 몇백 배나 견고해지는 것으로 알려져 있다. 기사에겐 꿈의 경지이자 일생의 목표와도 같은 것이었다. 그런데 지금 그것을 눈앞의 괴물이 쓰고 있는 것이다.

"어, 어떻게……."

카밀의 입에선 저절로 떨리는 음성이 흘러나왔다. 그 순간 크게 밀려드는 압력에 카밀의 몸이 바닥으로 나동그라졌다. 대치하고 있던 상태에서 트레스가 발로 그의 복부를 걷어차 날린 것이다.

퍼억! 콰앙!

"커헉! 허헉!"

이미 조금 전의 일격으로 상할 대로 상해 있던 속이 다시 한 번 크게 뒤집혔다.

엎드려진 카밀은 부들부들 떨면서 또다시 피를 토했다. 트레스는 그 모습을 만족스럽게 지켜보았다.

"크흐흐! 인간치고는 제법이지만 역시 내 상대는 아니로군. 너는 특별히 더 맛있게 먹어주마."

"큭!"

점차 자신의 앞으로 드리워지는 그늘에 카밀은 입술을 악물었다. 억지로 몸을 일으키려 했으나 조금도 힘이 들어가지 않았다. 고작 두 번의 공격에 이런 꼴이 되다니. 눈앞의 마물족은 인간이 상대할 수 있는 존재가 아니었다. 그야말로 어른과 아이의 싸움, 아니 그보다 훨씬 더한 격차였다.

이런 식의 일방적인 패배는 십여 년 전 그가 검을 처음 배우던 날 이후로 처음 겪어보는 것이었다. 자괴감과 굴욕감이 그의 전신을 지배하기 시작했다.

옆쪽으로 시선을 돌리자, 쓰러져 있는 하마르의 모습이 보였다. 그는 벽에 처박혔을 때 머리를 크게 부딪친 듯, 이미 의식을 잃은 상태였다.

애초에 하마르는 날렵함과 민첩함을 위주로 하는 전술을 쓰는 만큼, 근력이 좋다고는 할 수 없었다. 하물며 그 속도와 민첩함조차 마물족 쪽이 압승인 상황에서야 처음부터 승산을 기대할 수 없었다.

"꺄아악!"

그때 낯익은 여인의 비명소리가 울려 퍼졌다. 흠칫한 카밀의 얼굴이 굳어졌다.

그의 눈에 마물족 페루가 아빌의 머리를 움켜잡고 공중으로 들어 올리고 있는 장면이 들어왔다.

'아빌 양!'

"이런, 이런. 고작 이 정도의 마법으로 나를 어찌해 보겠다는 건가? 응?"

하마르가 기절한 직후, 아빌은 곧장 준비해 두었던 3서클의 공격마법을 마물족을 향해 날려 보냈다. 그러나 마물족은 허무할 정도로 그것을 간단히 와해시켰다. 당황한 그녀가 다시 주문을 외우려 했을 땐, 이미 성큼 다가온 마물족에게 붙잡힌 뒤였다.

"으윽! 놔! 이것 놔!"

아빌은 버둥거렸지만, 그럴수록 더욱 높게 공중에 들려질 뿐이었다. 머리카락이 전부 다 뽑히는 것 같은 고통 속에서, 그녀는 차오른 눈물을 글썽거렸다.

"흐흐흐, 이거 꽤 재미있는데. 어디 또 누구 덤벼볼 녀석 없나? 나와라, 전부 다 상대해 줄 테니까."

마물족들은 가게 안의 사람들을 돌아보며 소리쳤다.

그러나 당연하게도 나서는 사람은 아무도 없었다. 앞선 세 사람이 속수무책으로 당하는 모습을 본 직후다. 나서봤자 뼈도 못 추릴 것을 알면서도 무모하게 돌진할 수 있는 사람은 없었다. 오히려 실낱같은 희망마저 잃어버린 그들은 모두 체념의 표정을 지은 채 다가올 죽음을 기다렸다. 그것은 마물족들이 처음부터 기대하고 있던 반응이기도 했다.

바로 그때였다.

부우욱— 쿠우웅!

마치 쇠를 긁듯이 거친 소리와 함께 지축이 크게 흔들리기 시작했다. 동시에 가게의 벽면 한쪽에 미세한 금이 가더니, 이내 와르르 무너져 내렸다.

"뭐, 뭐야!"

"결계가?"

당황한 두 마물족은 서로를 바라보며 얼굴을 일그러뜨렸다. 사실 그들은 처음 일을 벌이기로 작정한 때부터 가게 전체에 그들만의 결계를 설치해 둔 상태였다. 그런데 조금 전의 진동으로 그 결계가 사라진 것이 아닌가!

그때 무너진 구멍 밖으로 누군가가 천천히 걸어 들어오는 것이 보였다.

후드를 머리까지 눌러 쓴 차림의 장신의 남자와, 검은 흑발을 늘어뜨린 또 한 명의 남자였다. 그 중 흑발의 남자가 찌푸린 얼굴로 장내를 돌아보며 중얼거렸다.

"헤에, 두 마리잖아? 어디서 퀴퀴한 냄새가 난다 했더니, 이런 곳에서 일을 벌이고 있었군."

생각지 못한 그들의 등장은 마물족만이 아니라, 가게 안의 모든 사람들을 당황하게 만들기에 충분했다. 하지만 정작 갑자기 나타난 두 사람은 자기들끼리 대화를 나누느라 주변의 반응엔 그다지 신경 쓰지 않는 모습이었다.

"죽은 사람은?"

"어디 보자. 다행히 늦진 않은 것 같은데요. 근데 다친 사람이 좀 있는 것 같아요."

"이런. 어서 치료해야겠네. 혼자 처리할 수 있겠어?"

"결계도 파괴한데다 고작 중급 두 마리인 걸요. 이 정도는 문제없어요."

씩씩한 대답에 후드를 쓴 남자가 빙긋 미소 지었다.

"그럼 부탁할게."

"네, 맡겨주세요."

고개를 끄덕인 흑발의 남자는 이윽고 두 마물족의 앞으로 걸음을 내디뎠다.

단지 걸어왔을 뿐이지만 그에게서 풍기는 묘한 존재감에, 그들은 꿀꺽 마른침을 삼켰다. 하지만 다음으로 이어진 그의 말엔 기가 막힐 수밖에 없었다.

“자, 시간 없으니까 둘 다 한꺼번에 덤벼.”

“뭐, 뭐라고?”

“설마 지금 그 말 우리더러 하는 소리냐?”

“그래. 지금 멍청하게 서 있는 너희 초록색 녀석들 말이야. 그럼 여기 너희 말고 또 누가 있겠어?”

흑발의 남자는 피식 웃으며 되물었다. 누가 보기에도 노골적인 비웃음이었다.

그 모습에 경계하고 있던 두 마물족이 이성을 잃고 그에게 달려들었다.

“이 자식이 우리를 뭘로 보고!”

“혼쭐을 내주마!”

그 순간 카밀은 한 가지 이상한 점을 깨달았다. 조금 전까지만 해도 전혀 잡히지 않았던 그들의 신형이 지금은 똑똑히 보였던 것이다. 여전히 빠른 속도이긴 하지만, 이전처럼 카밀의 눈으로 좇지 못할 정도는 아니었다.

더욱 놀라운 일은 그 다음에 벌어졌다.

서걱! 섬뜩한 소리가 울리더니, 마물족의 육체가 공중에서 그대로 굳는 것이 아닌가! 너무 순식간의 일이라 다른 사람들은 알아볼 수 없었으나 카밀에겐 보였다. 남자의 검이, 단번에 두 마물족의 몸을 관통한 것이다.
'저 마물족을 단칼에!'
쿠구궁!
이윽고 한 줄기의 피를 뿜어내며, 두 마물족의 육체가 바닥에 무참히 떨어져 내렸다. 꿈틀거리기도 잠시, 이내 절명한 몸뚱이가 싸늘하게 식어가기 시작했다. 도무지 조금 전까지 멀쩡히 살아 있었던, 심지어 엄청난 무위를 선보였던 자들의 것이라곤 믿어지지 않는 최후였다.
"쯧, 별것도 아닌 것들이."
"수고했어."
"헤헤, 뭘요."
칭찬을 받아 기쁜 듯 흑발의 남자는 쑥스러운 표정을 지으며 검을 갈무리해 집어넣었다. 그 순간 멍해 있던 사람들 사이에서 큰 소리가 터져 나왔다.
"사, 살았다!"
"살았다! 살았다고!"
"괴물이 죽었다!"
"와아아아!"
이제는 정말 죽을지도 모르겠다고 생각한 순간, 구원이 내렸다.
그로 인한 기쁨은 말로 표현할 수가 없을 정도였다. 사람들은 서로를 부둥켜안은 채 안도의 눈물을 터뜨렸다.
그때 후드를 쓴 남자가 카밀을 향해 다가오며 물었다.

"괜찮으십니까? 이런, 많이 다치셨군요. 지금 바로 치료해 드리겠습니다."

"어떻게……."

카밀은 자기도 모르게 멍하니 중얼거렸다. 딱히 대답을 바라고 한 말은 아니었지만, 후드의 남자는 그가 무엇을 궁금해하는 것인지 단번에 눈치챘다. 그는 곧 부드럽게 미소 지으며 말했다.

"별거 아닙니다. 당신은 그저 환각에 걸려 있었을 뿐이니까요. 그러니 본인이 너무 약하다고 자책할 필요는 전혀 없습니다."

"……환각?"

"마물족의 결계는 주변의 시선에서 벗어나게 함과 동시에, '먹이'에게 환각을 꿈꾸게 하지요. 마치 거미가 사로잡은 먹이를 독으로 잠재우듯 말입니다. 아마도 당신에겐 그들의 힘이 평소보다 더 강하게, 속도는 더 빠르게 느껴졌을 겁니다. 언뜻 보면 별것 아닌 걸 수도 있지만, 사실은 굉장한 거랍니다. 특히 사람은 상상만으로 죽을 수도 있는 존재니까요."

이 사람은 어떻게 그런 걸 알고 있는 것일까.

카밀은 멍하니 설명해 주는 남자를 응시했다. 그 순간 후드를 쓴 남자가 놀란 목소리로 입을 열었다.

"이런, 그러고 보니 당신은 혹시 카밀 군이 아닙니까?"

"……어떻게 나를?"

"역시 맞군요! 이런 곳에서 만나게 되다니!"

남자는 반가운 표정을 지으며 얼굴을 덮고 있던 후드를 뒤로 젖혔다.

그러자 검은색과 황금빛이 섞인 긴 머리칼이 그의 어깨 아래로 폭포처럼 흘러내렸다. 그 사이에서 드러난 낯익은 얼굴에 카밀은 당황한 표정을 지었다.

“기억 안 나십니까? 저 세메이온입니다.”

수도 인근의 작은 마을, 그곳의 약사로 있었던 세메이온과의 재회였다.

제5장 램파스, 바엔

1.

"클로네족들을 전부 사로잡았다고? 그게 사실이오?"

뜻밖에 들려온 희소식에 일황자 알트만의 얼굴이 환해졌다. 지난 몇 달간 가슴 졸이게 만들었던 일이 드디어 무사히 끝난 것이다.

그때 소식을 전한 회색빛 후드를 쓴 남자가 고개를 저으며 한마디 건넸다.

"전부는 아닙니다, 전하. 화인이라 불리는 클로네의 암컷부터 시작해서, 타 대륙에 사는 자들도 많으니까요."

"어쨌건 본진에 있는 놈들은 거의 다 잡았다는 것 아니오. 게다가 그 중엔 대장급의 놈들도 있다고 들었는데?"

"그렇긴 합니다만, 언제 그들을 구하려는 자들이 나타날지 모릅니다."

"흥, 제깟 놈들이 뭉친다 한들 우리가 어디에 있는 줄 알고 찾아온단 말이오. 게다가 이곳을 알아낸다 해도 인질이 있는데 별수 있겠소?"

그 말엔 후드를 쓴 남자도 공감했다. 그만큼 인질의 효과는 생각했던 것 이상이었다. 본인이 계획한 일이긴 했으나, 그는 클로네족과의 결전에서 상당한 출혈을 각오하고 있던 상태였다.

그런데 그런 생각이 허무할 정도로 클로네족들은 너무도 간단하게, 순순히 투항을 결정했다. 오직 인질의 안위를 위해서, 자신들의 희생을 감수한 것이다.

"정말 의외였습니다. 잡히면 무사치 못하리라는 것을 알고 있을 텐데. 이곳까지 오는 길에 단 한 사람도 저항을 하지 않다니 말입니다."

"왕의 후계자라는 것이 정말로 대단하긴 한 모양이지. 그 대단한 존재가 우리 손에 있는 이상 다른 녀석들도 별수 없을 것이오, 램파스."

"황자 전하. 그 이름은……."

"응? 아참, 여기선 바엔이라 불러야 했지? 하하, 미안하오. 익숙지 않다 보니 계속 실수를 하는군."

"……아닙니다."

겉으론 내색하지 않았지만 바엔은 속으로 이를 갈았다. 이번이 벌써 몇 번째 실수인지 모른다. 이쯤 되면 아무리 눈치가 없는 사람이라도 단순한 실수가 아니라는 것쯤은 깨닫고도 남았다.

'능구렁이 황자 같으니.'

그러나 불쾌해하는 그의 속을 알 리 없는 알트만은 연신 즐거워하는 중이었다. 만약 이 자리에 다른 사람이 있었다면 방금 전 그 이름에 경악을 금치 못할 것이 틀림없었다.

램파스가 무엇인가. 바로 마탑 수장의 후계자이자 오직 다음 세대의 수장에게만 칭해지는 거룩한 칭호다. 그가 하는 모든 일이 곧 마탑의 뜻이며, 수장의 의지나 진배없었다. 그런 엄청난 사람이 자신과 함께 일을 도모하고 있는 것이다. 바로 알트만 그를 황제로 만들기 위해서!

마탑은 4대륙을 통틀어 가장 뛰어난 마법 문화와 발전을 이뤄낸 마법의 본고장이라 할 수 있다.

특히 이번 대의 램파스는 역대의 수장 후보들 중에서도 가장 특출한 천재라고 알려져 있는 자였다. 뛰어난 마법 능력도 그렇지만, 누구도 생각지 못한 정보를 발굴하여 그것을 다루고 움직이는 것에 귀재였다. 오랜 시간 사람들에게 잊혀져 있던 고대의 종족—마물족의 봉인을 풀고, 그들과 동맹을 맺을 계획을 세운 것도 바로 그였다.

'정말 놀랐었지. 설마 전설의 종족을 실제로 이 땅에 불러낼 줄이야.'

그때의 일을 생각하면 알트만은 지금도 여전히 전율이 흘렀다. 그들이 클로네와 마물족이라는 오랜 숙원의 종족에 대해서 알게 된 것은 그저 우연에 불과했다.

인간의 피를 취하며 지상 정복을 꿈꾸는 마물족, 그리고 그들을 저지하여 지하세계에 봉인한 평화의 일족 클로네. 다른 사람들은 그저 옛날이야기로 치부하고 넘어갔지만, 램파스만은 달랐다. 당시 고작 열다섯 살에 불과하던 그는 관련 문서를 보자마자 단번에 이렇게 말했다.

"이건 이용할 수 있을 것 같습니다."

"이거라니, 클로네와 마물족 말이오?"

"문헌을 보면 마물족은 강인한 육체와 파괴적인 힘을 가지고 있다고 되어 있습니다. 이들의 봉인을 깨운다면, 우리에게 큰 힘이 될 겁니다."

"하지만 정말로 실존하는 종족일지도 모르잖소."

"실존하는 종족이 맞을 겁니다. 비슷한 내용의 문헌들을 마탑의 고서에서도 본 적이 있습니다. 그저 만들어진 이야기라면 그렇게까지 많은 기록이 남아 있을 리가 없지요."

"으음. 하지만 사실이라면 마물족은 인간의 피를 먹는 자들인데…… 봉인을 풀면 위험하지 않겠소이까? 차라리 클로네 쪽을 포섭하는 것이……."

"아뇨, 바로 그렇기 때문에 마물족을 선택해야 하는 겁니다."

"무슨?"

의아해하는 사람들을 향해 램파스는 미소 지으며 말했다.

"거래란 본래, 대가를 줄 수 있어야 성사가 되는 것이니까요."

클로네에겐 포섭하기 위해 내밀 미끼가 마땅히 없었다. 그들은 이미 그 자체로 완벽한 종족이었다. 인간들의 도움이나 협조 없이도 얼마든지 그들끼리 살아나갈 수 있을 만큼 강할 뿐만 아니라, 권력 다툼에는 큰 관심도 없었다. 어떤 의미에선 엘프 만큼이나 중립적인 존재인 셈이었다.

그러나 마물족은 달랐다. 오랜 시간 지하세계에 갇혀 있던 마물족은, 세상 밖으로 나가기 위해 혈안이 되어 있었다. 또한 긴 시간 동안 식량을 얻지 못해 굶주려 있는 상태였다. 그런 그들의 협력을 얻어내는 일이 더 간단할 것이라 램파스는 판단했다.

결과적으로 보자면 그의 판단은 옳았다. 봉인을 풀어주는 것을 대가로, 마물족들이 전적으로 그들의 일에 협조하기로 약속한 것이다.

그런 엄청난 계획을 성사시킨 자가 옆에 있다는 것만으로, 알트만은 마음이 든든했다. 벌써 온 천하를 자신의 손안에 움켜쥐고 있는 것 같았다. 아직은 때가 아닌지라 누구에게도 그의 정체를 밝히지 못하고 있는 것이 아쉬울 따름이었다.

"어쨌든 이제 모든 일이 술술 잘 풀리는 걸 지켜보는 것만 남은 것 같군. 내가 황제가 된다면 그건 전부 다 바엔 공의 공로요. 마탑의 도움을 절대 잊지 않을 것이오."

"그렇게 말씀하시니 저로서도 참으로 든든합니다. 하지만 아직 안심하기엔 이릅니다, 전하."

"그게 무슨 말이오? 클로네만 저지하면 앞으로 우리를 방해할 존재는 없을 거라고 하지 않았소?"

"그렇긴 합니다만, 인질은 왕이 아니라 고작 왕자에 불과하니까요. 언제 클로네들이 마음을 바꾸어 인질의 목숨을 포기하게 될지 모릅니다."

"아니, 그럴 일은 없다."

그 순간 단호한 음성이 바엔의 말을 잘랐다. 그 음성의 주인은 구석에 앉아 있던 청록색 머리칼의 남자였다. 그는 의자의 등받이에 심드렁히 기댄 채, 줄이 감긴 작은 원반을 아래로 던졌다 다시 올리기를 반복하고 있는 중이었다. 그가 평소 즐겨하는 놀이로, 언뜻 보면 떨어질 것 같은 원반이 줄에 다시 감겨 올라오는 모습은 누가 보기에도 신기한 광경이었다.

"그게 무슨 뜻입니까, 엘리하 님?"

차르르륵, 원반이 이동하는 소리가 매끄럽게 울렸다.

모두의 시선이 자신에게 쏠리자, 엘리하는 여전히 놀이에 집중한 상태에서 무표정한 얼굴로 입을 열었다.

"그들의 왕자를 너희 인간들의 기준으로 보면 곤란하다. '고작' 왕자가 아니라는 거지. 어쨌든 종족의 존속이 걸려 있는 존재이니까."

"종족의 존속은 왕에게 달려 있는 것 아닙니까? 왕자는 그저 평범한 클로네와 다를 바 없다고 들었습니다만."

"봉인이 풀려도 왕의 생사는 장담할 수 없다. 그러니 지금의 왕자가 유일한 희망이겠지. 무슨 일이 있어도 지키려 할 것이다."

그제야 바엔은 납득한 얼굴로 고개를 끄덕였다. 그때 알트만이 궁금한 표정으로 물었다.

"왕이 죽으면 계보가 끊긴다니? 그게 무슨 말이오?"

"들으신 그대로입니다. 클로네 일족은 왕이 존재해야만 대(代)를 이을 수 있다고 하더군요. 즉, 왕이 죽으면 더 이상 아이가 태어나지 않는 거지요."

"호오, 신기한 놈들이군. 그럼 놈들의 왕이 죽을 때, 지금의 왕자도 죽으면 전부 다 끝나는 건가?"

"아마 그럴 겁니다. 만약 또 다른 왕자가 존재하지 않는다면 말입니다."

"또 다른 왕자?"

"클로네족은 엘프 만큼이나 오래 사는 종족입니다. 만약 다른 여인과 정을 통했다면, 그 사이에서 낳은 아이가 또 있을지도 모르지요."

"끄응, 그렇군. 그렇게 되면 상당히 골치 아파지는 것 아니오?"

그 말에 바엔은 난처한 표정으로 고개를 끄덕였다. 인질이란 본래 희소성이 있을 때 더욱 그 가치가 커지는 법이다. 만약 또 다른 후계자가 나타난다면 클로네 일족들도 굳이 목숨을 걸면서까지 현재의 인질을 지키려 하진 않을 터였다. 하지만 이번에도 엘리하는 피식 웃으며 모두의 염려를 일축시켰다.

"말했을 텐데? 인간들의 기준으로 그들을 보면 곤란하다고. 클로네의 왕은 한 세대에 단 한 명의 후계자만 가질 수 있다. 먼저 태어난 왕자가 죽지 않는 이상, 새로 아이가 태어날 일은 결코 없는 셈이니 안심해도 좋아."

"오오, 그게 정말이오?"

"그렇다. 게다가 놈들은 드래곤만큼이나 아이들, 그들의 말로 '아생' 들에게 약하지. 그렇게 간단히 목숨을 포기하진 않을 거다."

엘리하의 대답에 바엔은 만족스러운 표정으로 고개를 끄덕였다.

"다행이군요. 이로써 한동안은 더 듀이 군을 써먹을 수 있겠습니다. 아직 그는 자신의 정체를 모르고 있습니까?"

"아아. 여전히 답답할 정도로 무지하더군. 그 녀석을 위해 여기까지 잡혀온 클로네들이 불쌍할 정도로 말이야."

"아직은 모르는 것이 좋습니다. 괜히 깨달았다가 동족의 편에 서게 되면 곤란하니까요."

"과연. 별로 그만한 배짱이 있을 것 같진 않은데."

중얼거리는 엘리하의 얼굴엔 노골적인 조소가 떠올라 있었다. 그가 보기에 듀이는 '의협심' 이라는 단어와는 거리가 먼 자였다. 딱히 성정이 악한 것은 아니지만 누군가를 위해 자신을 희생할 그릇도 되지는 못했다. 그저 적당히 사리분별에 밝고 자신의 이득만을 위해 움직일 뿐.

이런 타입은 대개 자신의 주제를 잘 알고 있는 편이라 위험한 일엔 결코 끼어들지 않는다. 자신의 안전만 보장된다면 동족의 목숨도 모른 척할 것이 분명했다. 바엔 역시 그에 동의했지만 긴장을 늦추진 않았다.

"그래도 왕의 피를 가진 자입니다. 각성 이후 어떻게 변할지 모르니 계속 주의해서 지켜봐야 할 겁니다."

"하긴 그것도 그렇군."

"그러고 보니 클로네들은 어떻습니까? 듀이 군과는 단 한 번의 만남밖에 못 가졌으니, 지금쯤 상당히 마음이 조급할 텐데요."

"속내는 모르겠지만 아직까진 얌전하다. 네 말대로 햇빛을 받지 못하게 했더니 상당히 지친 듯하더군."

"인간이라곤 해도 기본적인 건 식물과 같을 테니까요. 햇빛을 보지 않으면 식물은 제대로 살 수가 없지요. 당분간은 그대로 더 놔두면서 기력을 소모시키는 게 좋을 듯합니다."

"알겠다. 그렇게 하지."

그러자 이번에도 알트만이 궁금한 표정을 지으며 대화에 끼어들었다.

"그런데 잡힌 클로네들은 이제 어떻게 할 생각이오? 설마 이대로 마냥 가둬두기만 하진 않겠지?"

"물론 그렇진 않습니다. 모처럼 얻은 귀한 실험체들이니까요. 앞으로 그들에게서 얻어낼 것이 상당히 많을 겁니다."

대답하는 목소리는 조금 전에 비해 확연히 들떠 있었다. 호기심이 생기면 어떻게든 해소를 하려하는 버릇은 마탑의 마법사라면 누구나 가지고 있는 그들의 고질적인 습관이다. 그들에게 있어 신비 종족인 클로네는 연구할 가치가 무궁무진한 존재들이었다.

특히 관심이 가는 것은 그들의 피였다. 조사한 바에 따르면 클로네의 피는 해독제와 영약의 기능은 물론 독약으로도 가공이 가능했다.

게다가 그 효과가 무척이나 뛰어나 큰 부상을 입은 사람이라도 간단하게 되살릴 수 있음은 물론, 그 반대로 일시에 죽게 만들 수도 있었다. 지금까지 어느 곳에서도 발견하지 못했던 최고의 약초이자 독초인 셈이었다. 가능한 샅샅이 파헤쳐 그들에 대해 모든 것을 알고 싶었다.

"흐흐, 듣자니 클로네의 피는 인간에게 상당히 유용한 영약이라고 하던데 말이오."

알트만은 언젠가 얼핏 주워들은 정보를 떠올리며 은밀하게 물었다. 그의 얼굴엔 짙은 탐욕의 빛이 드러나 있었다. 그 뜻을 읽은 바엔이 쓰게 웃으며 고개를 끄덕였다.

"인간만이 아닙니다. 정확히 말하면 인간을 비롯한 모든 종족에게 이로운 효과가 있지요. 유일하게 반대작용을 하는 마물족만 제외하고 말입니다."

"흐음, 그렇군. 어쨌든 상당히 기대하고 있소. 클로네의 피라니. 그것을 제대로 가공할 수만 있다면, 우리 제국은 앞으로 더욱 큰 강대국으로 거듭날 수 있을 것이오."

자신만만한 알트만의 외침에 바엔의 눈은 도리어 차게 식었다. 그는 지금까지 짓고 있던 미소를 거두고 냉정하게 대꾸했다.

"실례지만, 전하께 연구결과를 드린다는 말씀은 드린 적이 없습니다만."

"응? 그게 무슨 뜻이오?"

"말 그대로입니다. 클로네의 정보에 관해선 아스란 제국은 물론 그 어떤 곳에도 공개할 생각이 없습니다. 어디까지나 저희 마탑 안의 귀중한 자료니까요."

"그, 그건 약속이 다르지 않소!"

"무엇이 말입니까?"

"나를 위해 일한다고 하지 않았소! 내가 황제가 될 때까지 그 어떤 지원도 아끼지 않는다고 했던 걸 내 두 귀로 똑똑히 들었는데?"

"뭔가 착각을 하고 계시는군요."

"착각이라고?"

황망하게 되묻는 알트만에게 바엔은 담담한 어조로 답했다.

"저와 마탑이 전하께 약속드린 것은 아스란 제국의 제위뿐입니다. 클로네는 그것과는 전혀 연관이 없는 부분이죠. 그 이상을 욕심내시는 것은 곤란합니다."

"램파스!"

"바엔입니다. 계속 잊으시는군요. 알고 계시겠지만 전하의 주변엔 듣는 귀가 많습니다. 조심하지 않으시면 저보단 오히려 전하께서 더 난처한 입장에 처하실 겁니다."

"윽!"

이번은 정말로 의도하지 않았던 것이라 알트만은 식은땀을 흘리며 주춤거렸다. 생각 같아선 무례하다 윽박지르고 싶었으나, 상대가 좋지 않았다.

마탑의 후계자. 그것만으로도 이미 그는 일국의 태자나 다름이 없었다. 더구나 그 속에 얼마나 많은 힘을 숨기고 있을지 모르는 존재. 설령 자신이 황제가 된다 해도 함부로 대할 수 없는 자였다.

"미, 미안하오. 내가 또 흥분하여 실수했군. 일부러 그런 것이 아니니 이해하시오."

그 모습에 굳어져 있던 바엔의 인상이 조금 펴졌다. 평소처럼 담담한 얼굴로 돌아온 그는 고개를 숙이며 말했다.

"그럼 저희는 이만 물러가보겠습니다. 조만간 또 찾아뵙지요."

"바, 바엔. 기다리시오. 우리 좀 더 자세히 이야기를……."

"편히 쉬십시오."

간곡한 부탁의 말에도 불구하고, 바엔은 냉정하게 몸을 돌렸다. 어차피 이야기를 더 섞어봐야 서로만 피곤해질 것이 뻔했기 때문이었다.

"그만 가시죠, 엘리하 님. 시간이 너무 늦었군요."

"아아."

엘리하는 가볍게 고개를 끄덕이곤, 그때까지도 계속하던 놀이를 중단했다. 차르륵— 가벼운 소리와 함께, 멀어졌던 원반이 그의 손안에 감겨들었다.

2.

첫날부터 시작된 감금 생활은 계속해서 이어지고 있는 중이었다. 지하의 밀폐된 공간 안엔 햇빛도 공기도 제대로 통하지 않았다. 시간이 흐를수록 클로네들은 지쳐가고 있었다.

하지만 정작 그들을 괴롭게 만드는 것은 그러한 환경적 요인이 아니었다. 지금쯤 어디서 무엇을 하고 있을지 알 수 없는 그들의 후계자에 대한 걱정이 더욱 컸다.

"……세이 말입니다. 지금쯤이면 세메이온 님과 만났을까요?"

한참동안 이어진 침묵을 깨고 입을 연 사람은 이레이였다. 그에 멀거니 앉아 있던 아스카가 중얼거리듯이 대답했다.

"글쎄, 길이 엇갈리지만 않았다면."

"엇갈리다뇨?"

"세메이온도 세이를 찾고 있는 중일 테니까. 머물고 있던 마을을 떠났을 가능성도 얼마든지 있지 않겠나?"

"이런, 그 생각을 못했군요."

"칫, 이럴 때 주변에 식물들이 있었다면……!"

세리지는 분한 얼굴로 손톱을 깨물었다. 벌써 몇 번이나 깨물었는지 그의 손가락은 나았다 다시 생기기를 반복한 상처들로 가득했다. 그 모습을 지켜보던 탈리스가 이맛살을 찌푸렸다.

"손톱 좀 그만 깨물어, 세리지. 애도 아니고 뭐 하는 거야?"

"시끄러. 라나가 없어서 불안해. 불안해서 미칠 것 같다고. 이렇게라도 해야 진정된단 말이야."

"쯧, 넌 너무 가디언에게 의존도가 심해. 그거 병이라고."

"병이라고 해도 상관없어. 라나는 내 삶의 유일한 위안이야. 그녀가 없는 인생은 생각하기도 싫다고."

세리지는 두 손으로 머리칼을 부여잡은 채 무릎 안으로 얼굴을 파묻었다. 평소 자주 다투는 사이긴 하나 정신적으로 불안해진 그에게 모질게 굴만큼 탈리스 또한 인정이 없지는 않았다. 그는 간절한 얼굴로 시란을 바라보았다.

"시란 님. 팔찌는……."

"부수는 건 지금도 가능해. 하지만 그렇게 되면 바로 놈들에게 알려질 거야."

그 말에 기대감을 갖고 고개를 든 세리지가 실망한 표정을 지었다. 그 모습을 보는 시란의 마음 또한 불편하긴 마찬가지였다. 하지만 이 부분 만큼은 그 역시 어쩔 수 없었다.

사실 시란은 방에 갇힌 그날로 곧장 팔찌를 풀어낼 생각이었다. 그러나 단순히 마나를 제어하는 역할만 있을 것이라 생각했던 팔

찌엔 알고 보니 한 가지 더 치명적인 기능이 있었다. 바로 비상상황—예를 들어 팔찌가 망가지거나 부서지는 것—이 일어날 시, 그것을 만든 자에게 곧장 신호가 가게 되어 있었던 것이다.

그것을 알게 된 직후 시란은 강제로 팔찌를 풀어내는 작업을 중단했다. 현재 상황에선 탈출하는 것이 시기상조라 여겼기 때문이었다. 사실 마음 같아선 당장이라도 도망치고 싶었지만 그리 하기엔 걸리는 것이 너무나 많았다. 우선, 마물족이 인질로 잡고 있는 인간이 문제였다.

듀이 폰 라반트라 했던가.

만약 이들이 도망치면 인질로서의 가치가 없음을 깨달은 마물족은 그를 무참히 살해할 것이다. 비록 자신들을 이렇게 만드는데 일조하긴 했지만 어떻게 보면 그 또한 피해자였다. 무고한 사람이 희생당하게 놔둘 수는 없었다.

더구나 피가 섞이지 않았다 해도 그는 세이의 형제가 아닌가. 그런 그를 외면하고 도망친다면, 훗날 세이의 얼굴을 볼 면목이 없을 것 같았다.

현재 그들의 목표는 듀이를 만나 모든 상황을 설명하고 같이 도망치는 것이었다. 그러나 좀처럼 적당한 기회가 찾아오지 않았다. 그들의 내심을 읽었는지, 마물족 쪽에서 듀이와의 만남을 허락하지 않고 있었기 때문이었다.

"하아, 진짜 미치겠네. 아스카 님! 뭔가 좋은 방법 없습니까? 칼프 님! 대체 언제까지 여기에 갇혀 있어야 하는 거예요?"

그 말에 힘없이 벽을 등지고 앉아 있던 칼프가 픽하고 웃음을 터뜨렸다.

"마물족 놈들에게 물어봐. 나도 궁금하니까."

"웃으실 일이 아닙니다! 벌써 겨울이라구요! 세이가 왕의 아들이란 걸 알았는데 여기서 계속 이러고 있어야 하다니! 이러다 각성한 뒤에나 만나겠습니다!"

"그러게 말이다."

"아, 진짜! 이게 그냥 고개를 끄덕이고 말 일이에요? 방법을 찾아야죠, 방법을!"

세리지는 신경질적으로 소리쳤다. 갑갑한 주변 환경과 오래도록 가디언을 소환하지 못한 것에서 기인한 스트레스, 더불어 세이의 생사 문제까지 겹쳐 그의 성격은 날이 갈수록 히스테릭해져가고 있는 중이었다.

"……세이, 살아 있을까?"

그때 두 팔 사이에 얼굴을 파묻고 있던 이레이가 멍하니 중얼거렸다. 그 말에 세리지의 눈썹이 크게 꿈틀거렸다.

"이레이! 재수 없게 무슨 소리를 하는 거야?"

"뭐야? 세리지! 이레이가 재수 없다니, 너 말 다했어?"

"그런 문제가 아니잖아! 넌 지금 이 녀석이 한 말도 못 들었냐, 탈리스? 세이가 살아 있을까라니! 그럼 죽기라도 했다는 거야?"

"그, 그건……."

이번만큼은 탈리스도 마땅히 두둔해 줄 말이 없었는지 입을 꾹 다물었다. 모두의 시선이 자신에게 이르자 이레이는 변명하듯 말을 이어갔다.

"나도 불길한 소리라는 건 알아. 하지만 그때 어두워지던 시각이었잖아. 어린아이가 혼자 숲에 들어갔는데 안심할 수가 있겠어? 게다가 몬스터도 늘어난 상태였는데……."

"자꾸 그런 생각을 하니 더 불안해지는 거야! 아무리 밤이고 익숙지 않은 환경이라도 숲은 숲이야. 우리의 아군이라고! 세이가 부탁하지 않아도 알아서 숲이 그 아이를 보호해 줬을 거다. 우리 제발 긍정적으로 생각하자. 응?"

세리지의 어투는 거의 애원에 가까웠다. 그러나 이레이의 얼굴은 전혀 밝아지지 않았다.

"하지만 만약이라는 게 있잖아. 만약…… 정말로 세이가 잘못되었다면 어쩌지? 그 아이는 클로네로서 사랑받고 자라지도 못했어. 이제 막 동족의 품에 들어와 안정을 찾았던 참이었다고."

"시끄러! 세이는 살아 있어! 당연히 살아 있지! 무조건 살아 있을 거라고! 그렇죠, 칼프 님?"

세리지는 간절한 표정으로 칼프를 바라보며 물었다. 하지만 돌아오는 대답은 동의가 아닌 자조에 가까운 한탄이었다.

"……세이가 죽었다면 그건 내 탓이야."

"아놔, 진짜! 칼프 님까지 재수 없는 소리 하실 거예요?"

"하지만 사실이니까."

"사실은 무슨 사실이에요? 칼프 님은 그저 최선을 다하신 것밖에 없다구요!"

그때 답답한 표정으로 소리친 세리지의 시야에 문득 한 사람이 들어왔다. 리카세가 구부정하게 앉은 자세로 무언가를 열심히 적고 있는 모습이었다.

'저 녀석은 뭘 하는 거야?'

언뜻 스치는 불길한 예감에 세리지는 척척 그 앞으로 걸어갔다. 아니나 다를까. 가까이서 그의 하는 양을 바라본 세리지는 곧 황당함을 감추지 못했다. 그가 쓰고 있는 것이 다름 아닌 일기였기 때문이다.

XXX년 XX월 XX일

세이가 죽었는지 안 죽었는지에 대한 논의가 뜨겁다.
젠장, 정말 죽었으면 어떡하지? 에이 설마.
가급적 살아 있어줬으면 좋겠다.
헐. 근데 생각해 보니 세이는 왕의 아들이잖아?
처음 만날 때 막 거만하게 반말하고 그랬는데 괜찮을까?
아냐, 설마 그 정도에 내게 악감정을 가지진……

거기까지 쓰는 것을 본 세리지는 참지 못하고 일기장을 빼앗아 집어 던졌다.

"에라이, 인마! 넌 이런 곳에서까지 그딴 걸 쓰고 싶냐!"

"으악! 이게 무슨 짓입니까! 남의 보물을!"

"지금 심각한 분위기 안 보여? 눈치 좀 있어라! 이건 어째 갈수록 철이 없어지는지 몰라!"

"쳇, 쳇, 세리지 님은 악마……."

"뭐야?"

버럭 외치는 소리에 황급히 고개를 숙인 리카세는 곧 주섬주섬 일기장을 주워 또 무언가 끄적거리기 시작했다. 그 내용이 세리지에 대한 불만일 것은 당연한 사실이었다.

그 순간 무겁게 가라앉아 있던 칼프의 입이 다시 열렸다.

"만약 세이가 죽었다면…… 자결해서 왕께 용서를 구하겠어."

"칼프 님!"

청천벽력과도 같은 소리에 일족들은 모두 기함을 토하며 그를 바라보았다. 자기도 모르게 벌떡 자리에서 일어난 자들도 있었다.

"무, 무슨 말씀을 하시는 겁니까! 자결이라니요!"

"농담이라도 그런 소리는 하지 마십시오!"

"하지만 그것 외엔 내 죄를 용서 받을 길이 없어."

"죄라니요! 칼프 님의 잘못이 아닙니다! 그땐 어쩔 수 없었잖습니까?"

"맞습니다, 칼프 님. 만약 세이에게 문제가 생겼다면 그건 우리 모두의 책임입니다. 칼프 님 혼자서 괴로워하실 문제가 아니라고요."

마지막으로 말한 사람은 이레이였다. 한때 칼프를 향해 원망어린 말을 한 적이 있던 만큼, 그는 현재 누구보다 크게 당황한 상태였다. 설마 그가 이토록 이번 일에 책임감을 느끼고 있을 줄은 몰랐던 것이다. 그것이 자신이 한 말 때문인 것 같아 마음이 편하지 않았다.

그러나 사실 칼프는 처음부터 죄책감에 시달리고 있었다. 아무리 만약을 위해서였다곤 하나, 어린아이를 위험 속에 내몰았다는 사실은 그의 가슴을 늘 무겁게 짓누르고 있었다. 그런데 하필 그 아이가 왕의 후계자라는 것이 뒤늦게 밝혀진 것이다.

자신의 판단착오로 인해 일족 모두가 위험에 빠졌을 뿐만 아니라 후계자 또한 생사를 알 수 없게 되었다. 그로 인한 칼프의 자책감은 누구도 생각할 수 없을 정도로 컸다.

하루하루 시간이 흐를 때마다 마치 좀을 먹는 것처럼 심장이 타들어가는 것 같았다. 설령 세이가 무사히 살아 있다 해도, 이 고통이 사라질 것 같지는 않았다.

“칼프, 난 언젠가 왕을 위해 죽을 거다.”

그의 의형제이자, 오랜 친우였던 라시안의 목소리가 울렸다. 언젠가 미래의 소망에 대해 얘기했을 때 들었던 말이었다.

“왕을 위해 죽는다고?”

“응. 그분을 위해서라면 난 이 목숨도 아무렇지 않게 바칠 수 있어. 사실 우리 같은 나이트들에게 그보다 더 영광된 죽음이 어디에 있겠어?”

“뭐, 그렇긴 하지. 하지만 지금 세상은 평화로워, 라시안. 이런 시기에 왕이 위험해질 일이 있을까?”

“사람의 앞날은 모르는 거니까 단정해선 안 돼. 어찌됐건 왕을 위해 죽는 건 나니까 칼프 넌 절대 끼어들지 마. 알았지?”

그의 당부는 마치 협박에 가까웠다. 칼프는 그저 기가 막힌 표정을 지을 수밖에 없었다.

“하여튼 좋은 건 자기 혼자 다 하려고 하지. 나도 명예로운 왕의 나이트거든?"

"흠, 그건 그렇네. 그럼 좋아. 큰 마음먹고 왕의 후계자는 네게 넘겨주도록 하지. 넌 미래에 태어날 그분을 위해 죽도록 해."

"……왕의 아들이 물건이냐? 선심 쓰듯이 넘겨주게?"

그러나 황당해하는 칼프의 면박에도 불구하고 그는 굴하지 않았다. 그때 그의 시선은 오로지 미래를 향해 있을 뿐이었다.

"멋지지 않냐, 칼프? 우리 둘이서 왕과 그의 후계자를 지키는 거야."

그리고 그 말대로 그는 왕을 위해 죽었다. 그래서일까. 유해가 되어 돌아온 친우를 보면서도 칼프는 전혀 슬프지 않았다. 오히려 스스로의 약속을 지킨 그가 부럽다는 생각뿐이었다.

헌데 자신은 무언가. 바로 옆에 있었으면서도 세이를 알아보지 못했다. 심지어 그를 끝까지 지키지도 못했다. 그저 마물족에게 잡히지 않은 것만으로 다행이라는, 편협하고도 이기적인 생각에 자위하고 있었을 뿐.

라시안, 난 약속을 지키지 못했어.

이제 어떻게 해야 하는 거지?

슬픔에 점철된 그의 눈동자가 어둡게 가라앉았다. 칼프는 끝내 눈을 감을 수밖에 없었다.

제6장 단서

1.

“으으으, 추워. 얼어 죽을 것 같아.”

“아직도 멀었어, 세이?”

날씨가 본격적으로 추워짐에 따라, 사림 일행들의 체력은 급격하게 떨어지기 시작했다. 남령의 뜨거운 공기에 익숙한 탓인지, 그들은 나에 비해 더 크게 추위를 느끼는 것 같았다. 속옷을 몇 겹이나 걸쳐 입고, 따뜻한 차를 수시로 마시는 데도 그다지 소용이 없었다.

“조금만 참으십시오. 거의 다 왔으니까요.”

“정말이야?”

“네, 이제 곧 마을에 들어갈 수 있을 겁니다.”

나는 확신을 담아 대답했다. 언제부터인가 주변의 풍경이 점차 익숙한 것으로 바뀌고 있었다. 수도와 많이 가까워지고 있다는 증거였다.

이제 곧 세메이온이 머물고 있는 마을에 당도할 수 있을 것이다. 그에 따라 가슴속의 긴장감도 점차 커져가고 있었다.

"하여튼 겨울이란 게 이렇게 추운 줄 알았으면 여름에 맞춰서 나왔을 거야. 으으으, 이런 날씨에 어떻게 사람이 살지?"

"사막의 밤도 꽤 춥다고 들었습니다만."

"그거야 낮에 비해 추운 거지. 남령은 일교차가 커서 밤이 더 춥게 느껴지는 것 뿐, 실제로 이 정도까지 얼어붙을 것처럼 공기가 차갑진 않아. 이건 정말 살인적인 추위라고. 세이 넌 대체 왜 그렇게 멀쩡한 거야?"

사림은 마치 괴물을 바라보는 것처럼 내 모습을 힐끔거렸다. 나는 어깨를 으쓱하며 대답했다.

"제가 멀쩡한 게 아니라, 여러분이 유독 추위에 약한 겁니다. 서령에선 이 정도는 초겨울 날씨에 불과한걸요. 본격적인 한파가 시작되려면 아직도 멀었습니다."

"컥! 이것보다 더 추워진다고?"

"네. 아직 눈도 내리지 않았으니까요."

"눈?"

"그게 뭔데요, 세이?"

어리둥절한 표정으로 물어오는 말에 나는 잠시 당황했다. 아무리 남령이 더운 나라라곤 하지만, 눈에 대한 지식까지 없을 줄은 예상하지 못했기 때문이었다.

그런 나를 대신해서 라자드가 웃으며 설명했다.

"눈은 겨울에 내리는 비 같은 겁니다. 하늘에서 떨어지는 얼음 가루라고 하더군요."

"얼음가루요?"

"헉! 하늘에서 얼음가루가 떨어진다고? 그걸 맞아도 돼? 엄청 아플 것 같은데."

그러자 라자드는 당혹한 얼굴로 머리를 긁적였다.

"으음, 그, 글쎄요. 저도 아직 실제로 본 적은 한 번도 없어서요. 하지만 아프진 않을 겁니다. 마치 하얀 솜처럼 생긴데다 무게도 가볍다고 하니까요."

"솜? 얼음가루인데 솜처럼 생겼다고?"

"네에. 더 신기한 건 그게 바닥에 쌓이기도 한다더군요. 그래서 눈이 많이 내릴 땐 온 세상이 마치 하얀 소금이나 설탕으로 뒤덮인 상태처럼 보인다고 합니다."

그 말은 듣고 있던 소년 소녀를 달콤한 환상으로 이끌기에 충분했다.

커다랗게 부릅떠진 두 남매의 눈동자는, 평소보다 몇 배는 더 초롱초롱하게 빛나고 있었다.

"우와— 그게 뭐야? 온 세상이 하얗게 된다고? 나도 보고 싶어! 그치, 카림?"

"응응! 눈은 언제 내리는 걸까? 얼른 왔으면 좋겠다!"

잔뜩 흥분한 두 사람은 이미 추위도 잊은 듯 보였다. 두 볼이 빨갛게 된 채 어린아이처럼 재잘대는 것을 보며, 나는 피식 웃음을 터뜨렸다.

서령인이라면 코흘리개 꼬마들도 아는 것을 전혀 모르고 있는 것도 그렇고, 그것을 마냥 기대하는 모습도 전부 신선하게 느껴졌다.

'마침' 이라고 해야 할까. 코끝에 옅은 물의 향기가 느껴져 나는 하늘을 올려다보았다.

시리도록 파란 하늘에 유달리 많은 구름떼가 잔뜩 끼어 있는 것이 보였다. 지금은 얌전하지만, 곧 새카만 먹구름으로 변할 것이다.

'아아, 게다가 이 정도 기온이라면…….'

나는 하늘에서 시선을 떼지 않은 채 말했다.

"그렇게 궁금해하지 않으셔도 아마 조만간 보게 될 것 같네요."

"에? 뭘 말이야?"

"눈 말입니다. 적어도 3, 4일 후에는 내리게 될 것 같습니다. 올해의 첫눈이 되겠군요."

"헉! 정말이야? 그걸 어떻게 알아?"

"날씨가 흐리니까요. 보통 이 정도 습도라면 비구름이 몰려들게 되거든요. 눈은 어차피 비가 얼려져서 내리는 것이니, 이 정도 추위에 비가 온다면 당연히 눈으로 바뀔 겁니다."

"내가 보기엔 전혀 안 흐린데?"

"저도요."

사림과 카림은 어리둥절한 얼굴로 하늘을 올려다보았다. 라자드 역시 진지한 표정으로 연신 하늘을 살피는 중이었다. 나는 살짝 고개를 저으며 대답했다.

"맑아 보이긴 하지만 보통 때보단 확실히 흐립니다. 누가 봐도 흐리다 싶을 정도가 되려면 시간이 좀 더 걸리겠지만요. 그래서 3, 4일 후라고 말씀드린 겁니다. 아마도 모레 밤부터 본격적인 먹구름이 될 것 같네요."

"헤에, 그러니까 결국 세이만 감지할 수 있다는 거지?"

"뭐, 그렇게 되는군요."

"대단하다. 그런 건 어떻게 아는 거야?"

"……다 아는 방법이 있습니다."

나는 살짝 시선을 회피하며 건성으로 대답했다. 자세히 이야기하기엔 설명할 말이 마땅치 않았고, ……무엇보다 귀찮았기 때문이다. 그러자 사림의 얼굴에 불만의 표시가 떠올랐다.

"쳇! 치사해. 세이는 아무리 생각해도 너무 비밀이 많아. 식물과 대화하는 능력도 그렇고, 계절에 어울리지도 않는 꽃을 피우게 하지를 않나, 날씨까지 미리 읽을 수 있다니! 정말 사람 맞아?"

"네?"

"그렇잖아. 아무리 생각해도 평범한 인간으론 안 보이는걸. 혹시 엘프와의 혼혈이라든가……."

긴장했던 나는 피식 웃으며 대답했다.

"엘프와의 혼혈은 은발머리를 가지는 것이 특징입니다. 제 머리색이 무슨 색으로 보이십니까?"

"그야 흑발이긴 하지만, 그건 염색할 수도 있는 거고……."

"그렇다면 새로 자라는 부분이 은색이어야겠죠. 보다시피 제 머리칼은 뿌리 끝까지 온전한 검은색입니다."
"으으, 그럼 대체 어떻게 아는 거야?"
"정말 별거 아닙니다. 그냥 남들보다 조금 더 민감할 뿐."
"그저 민감할 뿐인데 며칠 후의 날씨를 맞춘다고? 거기다 아무것도 없는 산에서 샘이나 개울도 척척 찾아내고?"
"네? 그건 또 무슨 소립니까?"
"흥! 아닌 척해도 소용없어. 물이 다 떨어지면 항상 세이가 샘을 찾아냈잖아. 설마 그게 전부 다 우연이라는 건 아니겠지?"
마치 취조하듯이 몰아세우는 어조에 당황하던 나는 곧 질문의 본질을 파악하고 고개를 끄덕였다. 보통은 물을 구비할 때 다음 마을까지의 진로를 예상해서 준비하는 편이다.
하지만 야영을 하다 보면 종종 예상치 못하게 수통이 일찍 바닥나는 경우가 있었다. 그럴 때마다 내가 개울을 찾아서 새로 물을 떠오곤 했는데, 그것이 사림의 눈에는 이상하게 비쳐졌던 모양이다.
"아, 그거 말이군요. 그건 별로 어렵지 않습니다. 그저 수맥의 흐름을 따라가기만 하면 되니까요."
"수맥? 하지만 그건 땅 속에서 흐르잖아. 그걸 어떻게 찾는데?"
어떻게 찾느냐고? 일순 대답할 말을 잃은 나는 가만히 입을 다물었다.
찾아야겠다고 생각하면, 어디선가 물소리가 들려온다. 그건 나조차도 딱히 설명할 수 없는 현상이라 뭐라고 설명을 해야 할지 알 수가 없었다. 심지어 그것이 평범하지 않다는 것조차 이제야 깨달았을 정도였다.

'그래, 그러고 보니 그것도 흔한 능력은 아니군.'

"응? 응? 어떻게 찾는 건데?"

그 순간 재촉하는 사림의 목소리에 나는 퍼뜩 고개를 들었다. 바로 앞에서 유난히 반짝이는 은백색의 눈동자를 보자, 식은땀이 저절로 흘러내렸다.

"아, 그건……."

"그건?"

"……식물들에게 물어 보면 됩니다."

결국 내가 할 수 있는 대답은 이런 것밖에 없었다. 기대감에 가득 차 있던 사림이 얼굴이 실망으로 일그러지는 순간이었다.

"크윽! 결론은 전부 식물인 거야? 혹시 날씨에 민감한 것도 그 영향?"

"뭐, 그럴 수도 있겠네요. 지금까지 깊이 생각해 본 적은 없었지만."

"그럼 대체 그 식물과의 대화는 어떻게 하는 건데?"

"글쎄요, 저는 태어나면서부터 자연스럽게 했던 거라서요. 물어 보시면 오히려 어떻게 설명을 해야 할지……."

"크으윽! 지금 특별한 능력이 있다고 자랑하는 거지? 치사하지만 부럽다아. 나도 식물이랑 대화해 보고 싶어!"

"……그건 사림도 마찬가지이긴 합니다만."

"응? 뭐라고 했어, 세이?"

"아니요, 아무것도 아닙니다."

클로네는 인간형의 식물이라고 했던가.

그렇게 치면, 지금 정말로 식물과 대화하는 존재는 내가 아니라 사림 일행일지도 모른다. 나는 이번에도 속으로 미소 지을 수밖에 없었다.

2.

"뭐, 좋아! 어쨌든 조금 있으면 눈이란 게 내린다 이거지? 헤헤, 기대된다."

부러움에 몸서리치기도 잠시, 사림은 다시 방실방실 웃기 시작했다. 그 행복한 얼굴은 전염속도도 빨라서, 카림과 라자드 역시 꿈꾸듯 몽롱한 표정을 지었다.

"온 세상이 하얗게 되면 얼마나 예쁠까? 사막의 황금빛 모래보다 더 아름다울 거야, 틀림없이."

"저도 그러리라 믿습니다. 눈이 쌓이면 우리 눈싸움도 해볼까요?"

"눈싸움? 그게 뭔데, 라자드?"

"눈을 동그랗게 뭉친 다음, 상대방에게 던져서 맞추는 겁니다. 겨울에 즐겨하는 놀이라고 하더군요. 또한 눈덩이를 크게 만들어서 눈사람이란 걸 만들기도 한답니다."

"와, 그런 게 있어? 재밌겠다!"

"후후, 흥미가 동하십니까?"

"응! 꼭 해보자, 라자드. 아! 근데 카림이 괜찮을까? 눈덩이면 많이 차가울 텐데, 그걸 맞으면……."

그러자 카림이 급히 고개를 저으며 입을 열었다.

"아냐, 사림. 나 요즘 하나도 아프지 않은걸? 그 정도는 문제없어."

"하지만……."

"정말이라니까? 기대해. 반드시 사림이 내게 항복을 선언하게 될 테니까."

그의 장난스러운 말투에 걱정하던 사림은 이내 씨익 짓궂은 미소를 지었다. 그리곤 양팔을 허리에 얹은 채 거만한 표정으로 물었다.

"호오, 가능하겠어? 알고 있겠지만, 난 어디 가서 싸움에는 져본 적이 없는 몸이라고."

"얼마든지!"

"이야~ 자신만만한데? 좋아, 그 도전 받아주지!"

마주 응시하는 두 눈동자에서 불꽃이 튀었다. 아직 눈이 내리지도 않았는데 미리 몸싸움부터 벌일 기세다. 그 모습을 가만히 지켜보던 나는 가볍게 고개를 저으며 말했다.

"……기대하시는데 찬물을 끼얹는 것 같아서 죄송합니다만, 눈이 오는 게 마냥 좋아할 일은 아닙니다."

"으응? 왜?"

"어째서요, 세이?"

잔뜩 들떠 있던 두 사람은 내 한마디에 일제히 고개를 돌렸다. 나는 차분하게 눈의 단점을 설명하기 시작했다.

"우선 눈이 내린 후에는 기온이 더 내려갑니다. 지금보다 훨씬 추워지는 거죠. 게다가 만약 많이 쌓이기라도 하면 한 장소에 발이 묶일 수도 있습니다. 게다가 앞으로 야영하는 것도 곤란해질 겁니다."

"눈이 많이 내리면 얼마나 내리는데?"

"글쎄요. 보통은 발목이나 종아리까지 쌓이는 편이지만, 폭설이라도 내리면 허리를 넘기도 합니다."

"헉! 허리까지? 굉장하다. 하지만 곧 목적지에 도착한다며. 그럼 상관없지 않아?"

"그렇게 간단하진 않습니다. 지금 가는 곳에 제가 찾는 분이 없을 수도 있고……. 또 찾더라도 바로 떠나야 하거든요."

"읏, 또 떠난다고? 찾는 사람을 만나기만 하면 되는 거 아니었어?"

"그보다 더 중요한 일이 있습니다. 지금 만나려는 분도 그것 때문에 찾고 있는 거고요."

"으으, 바쁘구나, 세이. 그럼 여기서 못 만나면 어디로 가는데?"

"……글쎄요. 그건 저도 잘 모르겠군요."

"모르겠다니……. 달리 짐작되는 곳이 없는 거야?"

그 말에 나는 묵묵히 고개를 끄덕였다. 안타까운 표정으로 나를 보던 사림은 곧 어깨를 두드리며 명랑하게 말했다.

"괜찮아. 분명 여기서 만나게 될 테니까. 혹시 못 만나더라도 뭔가 다른 단서를 찾게 되지 않겠어?"

"그렇게 된다면 좋겠군요."

나는 씁쓸함을 감추며 중얼거렸다.

그때 앞쪽에 걷고 있던 라자드가 외치는 소리가 들려왔다.

"오, 세이. 마을이 보이는군. 드디어 도착한 것 같은데?"

"……!"

나는 급히 고개를 들어 전방을 주시했다. 메마른 나무들 사이로, 익숙한 전경이 펼쳐지고 있었다. 아주 잠깐 들렀을 뿐이었지만, 그것이 이전에 머물렀던 '유령마을'이라는 것쯤은 어렵지 않게 알아차릴 수 있었다.

'드디어!'

점점 거세지는 심장의 박동을 느끼며, 나는 뛰다시피 마을 안으로 향했다. 오랜만에 찾아온 유령마을은 더 이상 유령마을이 아니었다.

입구에 들어서자 이전보다 훨씬 활발해진 분위기가 눈에 띄었다. 본래 유동인구가 많았다는 것이 사실인 듯, 곳곳에 여행자를 비롯한 상인들과 용병들의 모습도 보였다. 완전히 이전의 활기를 되찾은 듯했다. 하지만 그 모습에 나는 더 불안해질 수밖에 없었다.

"우와, 드디어 도착한 건가? 세이, 네가 찾는 사람은?"

"지금 가볼 생각입니다. 여러분은 여기서 기다리십시오."

"엣? 우리도 같이 가~"

나는 들려오는 목소리를 무시한 채 곧장 마을 근처의 숲으로 향했다.

기억을 더듬어 걸어가자, 우뚝 선 외딴 집의 모습이 보이기 시작했다.

"우와, 이런 곳에 집이?"

"여기에 만날 사람이 있는 거야?"

뒤따라온 사림 일행이 신기한 표정으로 주위를 두리번거리며 물었다. 나는 살짝 고개를 끄덕인 다음, 천천히 집 앞으로 다가가 문을 두드렸다.

쿵쿵.

"세메이온 님! 세메이온 님, 계십니까?"

하지만 몇 번을 두드려도 안에서 느껴지는 기척이 전혀 없었다. 할 수 없이 문고리를 잡아당기자, 아무런 걸림이 없이 매끄럽게 문이 열렸다.

이윽고 집 안의 모습을 본 순간 내 얼굴은 굳어졌다. 사람이 살고 있는 흔적이 전혀 느껴지지 않았기 때문이다. 안에 있는 가구나 방의 구조는 기억하던 그대로였지만 뽀얀 먼지가 아무렇게나 쌓인 채였다. 집안 곳곳 풍기는 서늘한 냉기가 방치된 지 오래되었음을 알려주고 있었다.

"세이, 여긴 아무도 살지 않는 것 같은데?"

"……여관으로 가죠."

"여관?"

나는 의아해하는 사림 일행을 등지고 곧장 마을 안에 있는 여관을 찾았다. 처음 이곳을 방문했을 때 들렀던 바로 그 여관이었다.

문을 열자, 낯익은 여주인의 모습이 보였다. 한창 무언가를 하고 있던 여주인은 문이 열리는 소리에 반색을 하며 돌아보았다.

"어서 오세요! 몇 분이신가요?"

"……오랜만에 뵙습니다. 혹시 저 기억하시겠습니까?"

나는 가볍게 목례를 한 다음 질문했다. 그러자 여주인은 놀란 표정으로 나의 위아래를 살피기 시작했다.

"어머? 그러고 보니 어디서 뵈었던 분 같은데?"

"아마 기억하실 겁니다. 이전에…… 이 마을이 마물족의 공격을 받았을 때 머물렀던 일행 중 하나입니다만."

그 말에 의아한 표정을 짓던 여주인이 반색하며 두 손을 마주쳤다.

"어머! 어머, 어머! 기억나요! 그때 그분이시군요? 세상에! 정말 오랜만이시네요. 혹시 여행 중이신 건가요?"

"아뇨, 실은…… 그때의 약사님을 뵈러 왔습니다."

"약사님? 아, 세메이온 님 말씀이군요?"

여주인은 어렵지 않게 그의 이름을 떠올렸다. 더욱 가중된 긴장감에 나는 무심코 주먹을 움켜쥐었다.

그러나 고대했던 일은 결국 가장 바라지 않던 형태로 나를 찾아왔다.

"……떠나셨다고요?"

"네. 실은 그때 그 일이 마무리되고 나서 얼마 되지 않아 곧 마을을 떠나셨어요. 뭔가 급한 일정이 있다고 하시더라구요."

"어디로…… 가셨는지는 모릅니까?"

"음, 어디였더라? 꽤 멀리 가신다고 했던 것 같은데…… 그냥 먼 남쪽이라는 것만 기억이 나네요."

"남쪽이요?"

"네에, 가는 데만 여기서 반년이 넘게 걸리는, 굉장히 먼 지방이라고 하더라구요. 세, 세…… 뭐라고 했던 것 같은데 정확한 지명이 기억이 안 나네요. 이놈의 정신머리하고는. 죄송해서 어쩌죠?"

"아뇨, 괜찮습니다……."

미안한 듯 난처한 표정을 짓는 여주인을 보며 나는 그저 어색하게 고개를 저었다. 조금 전까지 들끓었던 심장은 어느새 차갑게 식어 있었다.

머릿속이 하얗게 점철되는 기분에 아무런 생각을 할 수가 없었다.

드디어 찾았다고 생각한 순간, 모든 희망이 무너졌다. 마치 갈 곳을 잃은 어린아이처럼, 모든 것이 막막하게 느껴지기 시작했다.

'이제…… 어떻게 해야 하는 거지?'

나는 누구에게 향한 건지 알 수 없는 질문을 건넸다.

당연하게도, 그 질문에 돌아오는 대답은 없었다.

3.

"세이, 괜찮아?"

조심스럽게 물어오는 목소리에 나는 퍼뜩 고개를 들었다. 그러자 커다랗게 뜨여진 은백색의 눈동자와 정면으로 마주했다. 아마도 계속해서 나를 살피고 있었던 듯, 걱정과 안타까움이 교차된 얼굴이었다. 그 옆으로 마찬가지로 불안한 표정의 카림과 라자드가 나를 바라보고 있는 것이 보였다.

'이런. 정신 차려, 세이라키아.'

지금과 같은 모습은 전혀 나답지 않다.

나는 속으로 살짝 혀를 찬 다음 억지로 입가에 미소를 띠웠다.

"네, 괜찮습니다."

"치이~ 거짓말. 표정이 이렇게 어두우면서. 게다가 식사도 거의 하지 않았잖아."

현재 나와 사림 일행은 여관 1층에 마련된 식당에서 식사를 하는 중이었다.

거의 다 비워져가는 다른 사람의 접시와 달리, 내 앞에 놓인 음식은 거의 손도 대지 않은 상태 그대로였다. 나는 조금 난처한 기분으로 대답했다.

"아니요, 정말 괜찮습니다."

"정말이야?"

"그렇다니까요. 지금은 그저 입맛이 없을 뿐입니다. 저 때문에 식사 분위기가 엉망이 되었네요. 죄송합니다. 전 신경 쓰지 말고 드십시오."

"아니, 그런 건 아니지만……."

머뭇거리며 대답한 사림은 곧 남은 음식을 마저 입에 넣기 시작했다. 그때 그 옆에서 가만히 지켜보고 있던 라자드의 목소리가 이어졌다.

"찾는 사람이 이곳엔 없는 것 같은데. 이제부터 어떻게 할 생각인가?"

"네? 아, 글쎄요……. 저도 잘 모르겠습니다."

"떠난 곳이 남쪽이라고 했었지? 거긴 지금까지 우리가 왔던 방향 아닌가?"

"네, 유감스럽게도."

"……끄응, 헛수고를 한 셈이군."

라자드는 기가 막힌다는 표정으로 신음을 흘렸다. 그에 나는 어깨를 으쓱하는 것으로 대답을 대신했다. 막막한 심정은 여전했지만 그래도 머릿속은 한결 차분해진 상태였다.

'남쪽. 게다가 반년 거리의 지방이라…….'

애초에 아스란 제국은 서령에서도 남쪽에 가깝다. 그 중 남부의 끝이라고 할 수 있는 엘프의 숲도 수도에선 불과 3개월 정도면 도달할 수 있었다. 그나마도 지름길을 이용하면 더 빨리 도착할 수 있음은 물론이다.

그런데 그보다 더 긴 시간이 걸린다면 원인은 하나뿐이다. 아마도 산이나 강 따위에 길목이 막혀 있거나 고립되어 있어, 멀리 돌아가야 하는 위치임이 분명했다.

'그럼 우선 남쪽에서 고립된 위치의 영지를 중심으로 찾아봐야 하는 건가. ……잠깐만, 남쪽?'

그 순간 퍼뜩 스치는 생각에 나는 급히 품안에서 지도를 꺼내 펼쳐 들었다. 그러자 갑작스런 나의 행동에 놀랐는지 사림 일행이 어리둥절한 표정으로 바라보는 것이 느껴졌다.

"세이?"

하지만 나는 집중해서 지도를 살피느라 부르는 음성에 대답할 여유가 없었다.

선명한 잉크로 그려진 지도에는 각 지방과 그 안에 속한 영지의 이름들이 세세히 적혀 있었다. 그 중 가장 남반구에 위치한 한 가장자리에, 익숙한 지명이 눈에 띄었다.

세란타.

나의 고향이자, 돌아가신 어머니의 무덤이 있는 곳. 틀림없이 그 영지의 이름이었다.

나는 떨리는 손끝으로 글자가 새겨진 부분을 매만졌다. 비록 10살까지의 추억밖엔 없지만, 흐릿한 기억으로도 영지의 주변은 높은 산과 절벽으로 둘러싸여져 있었다.

그 때문에 상당히 낙후된 환경이었고, 유동인구의 숫자가 그다지 많지 않았다.

그 당시 우연히 한 상인에게서 이야기를 들을 기회가 있었는데, 수도에서 영지까지 오는 데만 반년이 넘는 시간이 걸린다고 했다. 한마디로 시골 중의 시골인 셈이었다.

실제로 외조부를 따라 영지를 나왔을 때, 공작가에 도착하기까지 상당히 오랜 시일을 소모한 것을 보면 그 말이 맞을 것이다. 텔레포트 스크롤을 여러 번 사용했는데도, 도착했을 땐 한 계절이 훌쩍 지나가 있을 정도였으니까.

그 순간 조금 전 여관의 여주인이 했던 말이 다시금 머릿속을 맴돌았다.

"세, 세…… 뭐라고 했던 것 같은데 정확한 지명이 기억이 안 나네요."

"……설마."

세메이온, 그가 향한 곳이 그 세란타 영지라고?

엄습하는 나쁜 예감에 심장이 빠르게 뛰었다. 나는 입술을 악물며 고개를 세차게 흔들었다.

그럴 리가 없다. 왕의 아들을 찾고 있을 그가 세란타 영지에 갈 리가 없지 않은가. 더욱이 그 왕의 아들은 이미 마물족의 수중에 들어간 상태다. 이제 와서 나와의 연관성을 생각하는 건 억지나 다름없었다.

'하지만 정말 골치 아프군. 남부에서 '세' 자로 시작되는 이름의 영지는 세란타 하나뿐인데.'

나는 한숨을 내쉬며 다시금 세세히 지도를 살폈다. 그러나 아무리 살펴보아도 '세' 자는 물론, 비슷한 발음이 연상되는 영지조차 찾아볼 수 없었다.

보통 수작업으로 제작되는 지도의 특성상, 기입되지 않은 지방이나 영지도 많은 편이다. 그나마 내가 가지고 있는 것은 자세하게 기록된 편이었지만, 누락된 영지가 없지는 않았다. 세메이온이 향한 곳이 그 중 하나일 수도 있었다.

더구나 애초에 은밀히 움직이는 상황인 만큼, 그가 사람들에게 거짓말하고 떠났을 가능성도 배제하긴 힘들었다. 설령 정말로 세란타에 갔다 해도, 이제 와서 그 뒤를 쫓기엔 시일이 너무 임박했다. 또 그 사이에 엇갈리지 않으리란 보장도 없었다.

'이곳에 오면 단서를 찾을 수 있으리라 믿은 건 너무 안일한 생각이었나.'

처음부터 각오하고 있던 일이긴 했지만, 막상 계획했던 일정이 틀어지니 생각보다 허무감이 컸다.

그때 사림의 목소리가 다시금 내 상념을 일깨웠다.

"세이, 왜 그래? 혹시 뭔가 짐작되는 곳이라도 있는 거야?"

"아뇨, 그런 건 아닙니다."

"흐음. 그럼 이제 어떻게 할 거야? 설마 진짜로 남쪽을 다 뒤져볼 생각은 아니지?"

"저도 고민 중입니다."

"나참, 고민할 게 뭐 있어? 그건 아무리 생각해도 무리라고. 바쁘다고 하지 않았어? 근데 어느 틈에 그 넓은 땅을 다 돌아보겠다는 거야?"

딱히 반박할 말이 없었기에 나는 가만히 입을 다물었다. 그러자 힐끔 내 눈치를 보던 사림이 조심스럽게 말했다.

"저기, 세이. 무슨 일인지는 모르겠지만, 이러니저러니 해도 문제가 된다면 차라리 우리랑 같이 수도로 가는 건 어때?"

"수도로 말입니까?"

"응. 어차피 여기서 멀리 떨어지지도 않았고, 세이는 수도 출신이라며. 그럼 아는 사람들도 많을 것 아냐. 그 사람들한테 부탁을 해보는 게 어때? 서령의 정보 길드는 꽤 체계적으로 운영되고 있다고 들었는데, 그쪽을 통해 뭔가 정보를 얻을 수도 있지 않을까?"

"일리가 있기는 합니다만. 아무리 정보 길드라도 단기간에 어디에 있는지도 모르는 사람을 찾아내는 건 무리입니다."

"그래도 혼자 찾는 것보다는 훨씬 낫지 않을까? 게다가 수도엔 하마르도 있잖아. 지금 관리가 되었다면서. 그럼 더 좋은 방법을 알고 있을지도 몰라."

'그래, 그러고 보니 보안부가 있었군.'

그 순간 퍼뜩 떠오른 생각에 나는 속으로 중얼거렸다. 제국 보안부의 정보망은 일반적인 정보 길드에 비할 바가 되지 않는다. 그들의 도움을 받는다면 세메이온의 행방을 찾아낼 확률은 훨씬 더 높아진다. 더불어, 끌려간 일족들의 행방 또한 알아낼 수 있을지 몰랐다.

'보안부의 정보망을 이용할 수 있을까?'

나는 속으로 중얼거리며 고개를 끄덕였다.

"그렇긴 하군요."

그런 나의 긍정적인 태도가 마음에 들었는지 사림은 한결 밝아진 얼굴로 말했다.

"뭐, 바로 출발하자는 건 아니니까 천천히 생각해 봐. 나도 최대한 도와줄게. 뭐, 이대로 세이랑 헤어지는 게 아쉽기도 하고 말이지."

"흐음, 저한테 반하셨습니까?"

"컥! 무, 무슨 소리야?"

"그냥 해본 말입니다만. 그렇게 당황하니 더 수상한데요."

나는 당황하는 사림을 향해 빙긋 웃으며 말했다. 그러자 카림이 놀란 얼굴로 바라보며 소리쳤다.

"엑! 정말이야, 사림? 세이한테 반했어?"

"뭐, 뭐? 그런 거 아니거든?"

"그치만 지금 얼굴이 완전 새빨간 걸?"

"아니야! 내가 언제……."

"하긴, 지금 사림의 나이라면 이성에 호기심을 느낄 시기긴 하지요. 게다가 세이 군은 잘생기기도 했으니 끌리는 것도 당연합니다."

그때 묵묵히 식사를 하던 라자드가 조용히 한마디 거들었다. 그 말에 사림이 경련을 일으키듯 기겁하며 소리쳤다.

"누, 누가 누구한테 끌렸다는 거야?"

"사림, 그러면 안 돼. 자신의 감정엔 솔직해야지."

"맞습니다. 그러다 다른 여자가 채간 다음에 후회하면 늦는 다구요."

"에에잇! 아니야! 대체 무슨 소리들을 하는 거야! 나는 일편단

심 하마르뿐이라고!"

콰앙—!

사림은 거칠게 테이블을 내리치며 외쳤다. 큰 소리에 주위에 있던 사람들이 힐끔거리는 것이 보였지만 전혀 신경 쓰지 않는 모습이었다. 그러자 카림은 대수롭지 않다는 듯이 고개를 끄덕이며 내게 말했다.

"그렇다는데요, 세이? 사림은 포기하는 게 좋겠어요."

"그렇군요. 아쉽네요. 내심 기대했는데."

"호오, 사림 같은 여자가 취향이었나? 좀 특이하군."

"딱히 취향이라는 건 없긴 합니다만."

"그래? 그렇다면 지금이라도 늦지 않았다. 다시 제대로 눈을 높여보는 것이……."

"이씨! 다들 지금 나 놀리는 거지!"

그제야 뭔가 이상하다는 것을 깨달았는지 사림의 얼굴이 잔뜩 일그러졌다.

카림과 라자드는 터져 나오는 웃음을 굳이 감추지 않고 소리 내어 웃기 시작했다.

"아하하! 그치만 사림이 너무 당황하니까 재밌잖아. 아니면 아닌 거지 뭘 그렇게 당황해하고 그래?"

"세이가 너무 진지한 표정으로 말하니까 그렇지! 카림이 나라면 당황하지 않게 생겼어?"

"하긴, 세이의 말투가 농담인지 진담인지 잘 구분이 안 가긴 해."

"그렇다니까? 가만 보면 정말 성격 나쁜 것 같아."

"그걸 이제 아셨다니 유감이네요. 어쨌든 조금 전의 열렬한 사랑 고백은 잘 들었습니다. 하마르 님께 꼭 전해 드리죠."

"크윽! 진짜 나빴어! ……어? 그럼 우리랑 같이 가는 거야?"

사림은 다시 반짝이는 눈으로 나를 응시했다. 이미 조금 전에 겪은 일은 전부 잊어버린 얼굴이었다.

'이런 점도 카밀 같군.'

나는 씁쓸하게 웃으며 어깨를 으쓱해 보였다.

"아직 생각중입니다."

"응, 그럼 더 생각해 봐. 나머진 밥 먹고 나서 다시 얘기하자고."

명랑하게 대답한 사림은 다시 눈앞의 음식을 먹어치우는 일에 집중하기 시작했다. 그 모습을 복잡한 기분으로 바라보기를 잠시, 갑자기 들려오는 시끌벅적한 소리에 나는 천천히 고개를 들었다.

"야, 이 자식! 왜 이제야 오는 거냐? 그깟 오줌 누는 게 시간이 얼마나 걸린다고. 너 기다리느라 지금까지 주문도 못하고, 배고파서 돌아가시는 줄 알았잖아!"

"말도 마. 사람이 얼마나 많던지. 화장실이 바깥까지 꽉 차있었단 말이야."

"사내자식이 화장실이 없으면 어때! 그냥 아무 데서나 바지 까고 누면 되지!"

"지랄. 너나 그렇게 해라, 인마."

"똥도 아니고 고작 오줌가지고 유난은. 어차피 볼 것도 없는 자식이."

"죽고 싶냐?"

대화 소리는 바로 옆쪽 테이블의 일행에게서 흘러나오고 있었다.

아마도 용병인 듯 행동과 입담이 상당히 거친 자들이었다. 특히 대화 내용이 내용이다 보니, 막 음식을 입에 넣고 있던 사람은 얼굴을 찌푸리고 투덜거렸다.

"아으, 식당에서 왜 더러운 얘기를 하고 난리야? 그것도 저렇게 큰 소리로."

"그러게 말입니다. 매너가 없는 자들이군요."

라자드 역시 불만스러운 표정으로 말을 받았다. 나는 피식 웃으며 다시금 생각에 집중하려 했다. 그런데 다음으로 이어지는 그들의 대화가 나의 흥미를 이끌었다.

"그런데 너 그 소식 들었냐? 수도 관문이 엄청 강화되었다면서?"

"아아, 말도 마. 안 그래도 까다롭던 절차가 더 심해졌다고 여기저기서 다들 난리다. 통행증이 있어도 시간이 엄청 오래 걸리는 모양이야."

"대체 무슨 일이래? 뭐 좀 들은 거 없어?"

"그걸 왜 나한테 물어?"

"너 발 넓잖냐. 관문 병사랑 고향 친구라고 했던 걸 내 두 귀로 똑똑히 들었는데 어디서 발뺌 질이야?"

"쳇, 내가 그런 소리를 했었나?"

낭패라는 듯 머리를 긁적인 남자는 곧 주변을 슬쩍 살피더니 낮은 목소리로 일행에게 말했다. 하지만 바로 근처에 있었던 탓인지 내게는 그의 목소리가 비교적 또렷하게 들려왔다.

"너만 알고 있어라. 아무래도 관문에 구멍이 생긴 모양이야."

"구멍이라니?"

"나도 자세하겐 모르겠는데, 웬 수상한 수레들이 검사도 받지 않고 통과를 한 것 같아. 왜, 보통 안의 내용물이 보이지 않으면 전부 다 꺼내서 확인하게 되어 있잖아. 그 절차를 무시한 모양이더라고."

'수레?'

순간 이상한 느낌이 나를 사로잡았다. 머릿속에서 그냥 지나쳐서는 안 된다는 신호가 울리고 있었다. 나는 조금 더 자세히 그들의 대화에 귀를 기울이기 시작했다.

"헤에~ 별일이네. 관문의 병사가 그런 실수를 하다니."

"그게 실수가 아니니까 문제지."

"실수가 아니면?"

"기억이 조작되었다나? 암튼 의도적으로 병사들을 조종한 모양이더라고."

"헉! 마법이라도 쓴 건가?"

"그야 나도 모르지. 그래도 황궁에서 높은 분들까지 내려와서 조사한 결과라니까 아마 틀리진 않을 거야."

"한마디로 지금 수도에 뭐가 들어와 있는지 모른단 소리네?"

"바로 그거지. 여튼 그래서 요즘 병사랑 치안대 분위기가 말이 아닌 모양이야. 야, 이거 진짜 극비사항이니까 어디 가서 절대 말하지 마라. 그 친구도 말하면 안 된다는 걸 내가 애걸복걸해서 간신히 알려준 거니까."

"알았어."

그 뒤 그들은 다시 쓸데없는 잡담을 이어가기 시작했다. 혹시 무언가 더 정보를 얻을 수 있을까 싶어서 계속 주시했으나, 그 뒤로는 그저 일상적인 대화만 이어질 뿐이었다.

'관문을 통과한 수상한 수레들이라…….'

나는 그들의 모습을 가만히 바라보다가 사림 일행에게 말했다.

"수도에 같이 가겠습니다."

"헛! 정말이야, 세이?"

갑작스러운 말에 당황했는지 사림은 꽤나 놀란 표정이었다. 나는 차분하게 고개를 끄덕이며 답했다.

"네, 아무래도 당분간 더 신세를 져야 할 것 같습니다. 앞으로도 잘 부탁드립니다."

"그런 인사는 우리가 해야지. 우와, 잘 생각했어! 근데 계속 망설이는 것 같더니 왜 이렇게 빨리 결정을……?"

사림은 의아한 눈으로 나를 바라보았다. 나는 여전히 잡담 중인 용병들에게서 시선을 떼지 않은 채 대답했다.

"한 가지 확인해 볼 것이 생겼거든요."

4.

여관에서 하루를 묵은 나와 사림 일행은 이른 아침이 되자마자 바로 수도로 향했다. 눈이 오기 전에 관문을 통과하자는 내 제안 때문이었다.

그렇게 꼬박 반나절을 걸어 도착한 관문 앞은 줄지은 사람들의 행렬로 북적이고 있는 상태였다.

그렇지 않아도 지쳐있던 사림 일행은 하염없이 이어지고 있는 행렬에 질린 표정을 지었다.

"우와, 무슨 사람이 이렇게 많아? 여기 원래 이래?"

"아닙니다. 검문이 강화되었다고 하더니 그 때문인 것 같네요."

"으으, 아무리 그래도 그렇지. 줄이 끝이 안 보이도록 길잖아. 대체 얼마나 기다려야 하는 거야?"

"그러게 말입니다. 이거 오늘 중엔 들어갈 수 있을지 모르겠군요."

라자드는 저물어가는 해를 염려어린 시선으로 바라보았다. 그렇지 않아도 낮이 짧은 겨울의 특성상 이미 주변은 상당히 어두워진 상태였다. 기다리다 지친 사람들 중에선 벌써부터 야영준비를 시작하는 자들도 있었다.

그 모습에 사림은 기함을 토했다.

"말도 안 돼! 바로 코앞에 목적지를 놔두고 노숙을 해야 한다고?"

"들어갈 상황이 안 되면 그렇게 할 수밖에 없습니다. 그래도 새벽 안으로는 들어갈 수 있겠죠."

"하아, 다 와서 이게 무슨 고생이람."

"그래도 이제 금방이잖아. 조금만 참자, 사림."

투덜거리던 사림은 달래는 목소리에 어쩔 수 없다는 듯 고개를 끄덕였다.

나는 그들의 모습을 뒤로 한 채 잠시 주변을 돌아보았다. 곳곳마다 앙상한 가지를 드리운 나무들이 보였다.

"여기서 잠시 기다리고 계시겠습니까?"

"응? 어디 가려고?"

"금방 다녀오겠습니다."

의아하게 바라보는 시선을 뒤로 한 채, 나는 곧장 나무들이 있는 쪽으로 몸을 돌렸다. 이윽고 그 앞으로 다가서자 고요하게 울리는 바람소리가 들려왔다. 여느 때처럼 반갑게 말을 걸어오는 음성은 없었다. 규칙적으로 반복되는 그것은, 단잠에 빠진 식물들의 숨소리였다.

'역시 자고 있나.'

본격적인 추위가 시작되면서부터 식물들은 부쩍 잠에 빠지기 시작했다.

아마도 겨울을 보내는 그들만의 방식인 듯했다. 나는 그중 한 나무의 기둥을 손으로 짚은 다음, 그 위에 이마를 기대며 낮게 속삭였다.

"……단꿈을 깨워서 미안하지만, 나 좀 도와주겠어? 반드시 확인해야 할 일이 있어.”

그 순간 손바닥의 피부를 타고 약한 진동이 느껴지기 시작했다. 나의 목소리를 들은 나무가 깨어나고 있는 것이다. 나는 천천히 눈을 감으며 정신을 집중했다.

“너희의 기억을 내게 나눠줘.”

쏴아아—

나무는 나의 요청에 응했다. 그와 동시에 내 머릿속으로 수많은 잔상들이 쏟아져 들어오기 시작했다. 온몸을 헤집는 바람의 폭풍에 정신을 차리기가 힘들 정도였다.

그렇게 얼마나 흘렀을까. 이윽고 희미하게 들려오는 말발굽 소리에 나는 감고 있던 눈을 떴다. 기억의 잔상에 들어온 것이다.

다그닥 다그닥!

주변은 새카만 어둠이 내려앉은 밤중이었다.

거친 숨을 내뱉은 말들이 거대한 수레를 이끌고 있었다. 수레의 겉은 온통 검은 천으로 뒤덮여, 내부가 전혀 보이지 않은 상태였다. 그러한 수레가 한 대가 아니라 뒤쪽으로 여러 대 이어지고 있었다.

수레들이 관문에 다다르자 지키고 서 있던 병사가 미심쩍은 표정을 지었다. 그런 그들을 향해, 수레를 이끄는 자들이 아무렇지 않게 통행증을 건넸다. 병사들이 그것을 확인하는 사이, 수레는 다시 움직이기 시작했다.

“잠깐, 멈추시오!”

깜짝 놀란 병사들이 손을 들어 수레를 제지했다. 그에 통행증을 건넨 자가 의아한 목소리로 물었다. 착각일까? 그 소리가 유난히 귀에 익었다.

"왜 그러십니까?"

"절차 상 수레 안에 뭐가 들어 있는지 확인해야 하겠소. 천을 걷어주시오."

"그럴 수 없습니다."

"무슨! 저항할 생각이라면……!"

그 순간 소리치던 병사들의 움직임이 곧 멎었다. 마치 석상처럼 그대로 굳어버린 것이다. 그 모습을 가만히 바라보던 수레의 남자가 일행들을 향해 신호를 보냈다.

"자, 이제 출발하도록 하지요."

그러자 일행 중 한 명이 머뭇거리며 물었다.

"괜찮은 거냐? 관문의 병사를 죽이면 틀림없이 소동이 벌어질 거다."

"물론 저도 그 정도는 알고 있습니다."

"그럼?"

"기억을 지운 것뿐입니다. 조금 지나면 다시 멀쩡히 움직일 겁니다."

"아아, 그렇군."

잠시 후 수레는 다시 미끄러지듯 움직이기 시작했다. 관문 안으로 들어선 순간, 쏟아져 들어오는 달빛에 선두에 서 있는 자들의 모습이 드러났다. 모두가 하나같이 낯이 익은 얼굴들이었다. 그

중 유달리 눈에 띄는 회색빛 머리칼의 남자가 있었다.
타론, 바로 그였다.

"……크윽!"
머리가 깨질 듯한 느낌에 나는 급히 신음을 삼켰다. 속이 전부 뒤집힐 것처럼 헛구역질이 치밀었다.
강제로 기억을 일깨운 탓일까. 지금까지 한 번도 겪어보지 못한 극심한 힘의 소모가 느껴졌다. 가만히 있어도 손끝이 덜덜 떨릴 정도였다. 그 순간에도 나는 방금 전에 본 것을 도무지 믿을 수가 없었다.
'타론, 그자가 이곳을 지나가다니!'
설마 했던 예감이 현실이 되었다. 관문을 통과한 수상한 수레는 마물족의 소행이었던 것이다. 수레 안에 있는 것은 끌려간 클로네 일족들임이 틀림없었다.
'일족들이 이곳에 있는 건가? 이곳 수도 안에?'
전혀 생각지도 못한 일에 심장이 터질듯이 뛰었다. 당장이라도 달려가 수도 곳곳을 수색하고 싶었지만, 탈진한 몸이 말을 듣지 않았다. 오히려 움직이려 할수록 현기증이 더욱 짙어질 뿐이었다.
그 순간 귓가에 친숙한 목소리가 들려왔다.
"세이! 왜 그래? 무슨 일이야?"
어지러운 눈으로 고개를 드니, 걱정이 가득한 사림의 얼굴이 보였다. 아마도 내가 자리를 뜨자, 바로 그 뒤를 따라온 듯했다.

"사림……."

"세상에, 이 식은땀 좀 봐! 갑자기 왜 이러는 거야? 어디 아파?"

사림은 급히 나를 부축해 억지로 자리에 앉게 했다. 어차피 저항할 힘도 없었기 때문에 나는 맥없이 바닥에 주저앉았다. 얼굴 가득 흥건히 맺혀 있던 땀이 뚝뚝 밑으로 흘러내렸다.

"기다려 봐. 누군가 도와줄 사람을……."

"……전 괜찮습니다."

"괜찮긴 뭐가 괜찮아? 얼굴이 이렇게 창백한데!"

"거기, 무슨 일인가?"

그때 소란을 느낀 듯 말을 타고 행렬을 주시하던 병사 하나가 가까이 다가왔다. 어쩔 줄 몰라 하던 사림은 반색을 하며 몸을 일으켰다.

"아! 병사님, 저희 좀 도와주세요. 제 일행이 아파요!"

"뭐야, 환자가 생긴 건가?"

병사는 귀찮다는 표정으로 말에서 내렸다. 그리곤 힐끗 내 모습을 살피며 물었다.

"부상을 당한 건 아닌 것 같고……. 왜 이러는 거지?"

"모르겠어요. 갑자기 쓰러져서는……."

"크흠, 혹시 전염병 같은 거라면 곤란한데. 이봐, 괜찮나? 일어설 수 있겠어?"

나는 천천히 고개를 끄덕이며 대답하려 했다. 그러나 그런 나보다 사림이 외치는 소리가 더 빨리 이어졌다.

"식은땀을 이렇게 흘리고 있는데 괜찮을 리가 있어요? 당장 의원에게 데려가야지요!"

"절차상 신분이 확인되지 않은 사람은 관문을 통과할 수 없다. 더구나 무슨 병에 걸렸는지도 모르는 사람을 수도 안에 들여놓을 순 없어."

"병에 걸린 건 아니에요! 세이는 조금 전까지만 해도 멀쩡했단 말이에요!"

"그래? 어쨌건 지금 바로 의원에게 가는 건 무리다. 여기서 검문 차례가 오기를 기다리도록. 순서가 되면 신분을 확인하고 들여보내 주겠다."

병사는 정색한 얼굴로 말했다. 그에 사림은 기막히다는 표정을 지었다.

"지금 농담하시는 거죠? 저 많은 사람들을 언제 다 기다려요? 그냥 여기서 확인해 주시면 되잖아요. 저희 수상한 사람 아닙니다."

"수상하건 그렇지 않건, 규정이라 어쩔 수 없다."

"어쩔 수 없다고 하면 다인가요? 그 사이에 세이 상태가 더 악화되면 병사님이 책임질 거예요?"

"크흠, 아직 어려서 뭘 모르는가 본데, 원래 모든 일엔 법도와 규칙이라는 게 있는 법이다. 특별히 누군가에게만 혜택을 베풀 순 없어."

"그래도 사람이 아프잖아요! 아파서 의원에게 가겠다는 건데, 그 정도는 해줄 수 있는 것 아니에요?"

"이곳에서 사정이 없는 사람이 얼마나 있을 것 같은가? 그런 식으로 하나하나 봐주다간 끝이 나지 않는다."

"그럼 이곳으로 의원을 불러 주던가요. 그 정도는 할 수 있잖아요!"

"나는 관문의 병사지 네 심부름꾼이 아니다. 왜 그런 부탁에 응해야 하지?"

"하지만……!"

"이봐, 꼬맹이. 계속 이런 식으로 시끄럽게 굴면 공무집행방해죄로 체포하는 수가 있다. 이대로 지하 감옥에 갇히고 싶나?"

병사의 단호한 태도에 사림은 억울한 표정으로 입을 다물었다. 그제야 말이 통했다고 생각했는지 병사의 입가에 비웃음이 맺혔다.

"알아들었으면 여기서 얌전히 기다려라. 하여튼 안 그래도 바빠 죽겠는데 별 재수 없는 것들이 난리군."

그 순간 사림의 눈썹이 꿈틀거리는 것이 보였다. 당황한 나는 급히 그의 팔을 붙잡으려 했다. 그러나 손을 뻗었을 땐 이미 그의 입에서 고함이 터져나간 뒤였다.

"뭐야? 너 지금 뭐라고 그랬어?"

그러자 막 돌아서려던 병사의 움직임이 우뚝 멈췄다. 다시 돌아본 그의 얼굴은 잔뜩 굳어 있었다.

"……너? 지금 관문의 병사인 내게 너라고 한 거냐?"

"그래! 그렇게 불렀다, 어쩔래!"

"이게 정말 따끔한 맛을 봐야 정신을 차리겠군!"

좌익!

얼굴을 일그러뜨린 병사는 곧장 허리춤에서 채찍을 꺼내 들었다. 그에 흠칫 놀란 사림이 주춤거리며 몇 발자국 뒤로 물러섰다.

"뭐, 뭐야? 설마 그걸로 날 때리려고?"

"그렇다! 이 버릇없는 꼬마 같으니! 제국의 병사를 건드리면 어떻게 되는지 똑똑히 알게 해주마!"

흉흉한 외침에 사림의 얼굴이 하얗게 질렸다. 그제야 실수를 깨달은 얼굴이었지만, 이미 사태는 악화될 대로 악화된 상태였다. 나는 한숨을 내쉬며 머리를 짚었다.

'골치 아프게 됐군.'

관문을 지키는 병사는 대게 호전적인 성격으로, 자비심이 없는 편이다.

평소라면 사림의 화려한 외모 때문에라도 조심스러워했을 테지만, 지금은 주변이 어두워서인지 미처 그 점까진 신경을 쓰지 못하는 것 같았다.

나는 천천히 주먹을 움켜쥐었다 펴는 것을 반복해 보았다. 여전히 힘들기는 마찬가지였지만, 조금 전보다는 한결 상태가 회복되어 있었다.

이윽고 병사가 채찍을 높이 쳐드는 것이 보였다. 사림이 반사적으로 몸을 웅크리는 사이, 나는 급히 몸을 일으켜 그의 팔을 붙들었다.

"이건 또 뭐야?"

"세, 세이!"

"죄송합니다. 일행이 많이 흥분하여 실수한 것 같습니다. 본심이 아닐 테니 용서하십시오."

나는 그를 진정시킬 생각으로 차분하게 대답했다. 하지만 병사는 더욱 눈썹을 험악하게 꿈틀거릴 뿐이었다.

"조금 전까지 다 죽어가던 새끼가 멀쩡하게 일어나서 날 막아? 아하, 이제 알았다. 꾀병을 부려 관문을 피해 가려는 속셈이었군?"

"그렇지 않습니다. 전 수도 출신으로, 신분증도 가지고 있습니다."

"이게 어디서 뻔한 거짓말을!"

그때 뒤편에서 낯익은 목소리가 울렸다. 뒤늦게 소동을 눈치 채고 달려온 라자드와 카림이었다.

"사림! 세이! 대체 무슨 일입니까!"

"라, 라자드!"

아군의 등장에 사림은 울 것 같은 표정으로 라자드에게 안겨들었다. 그런 사림의 어깨를 보호하듯 감싸 안은 라자드가 험악한 표정을 지으며 병사를 노려보았다.

"이게 무슨 짓이지? 아스란 제국의 병사는 선량한 사람을 괴롭히는 것이 취미인가?"

"누가 괴롭혔다는 거냐! 감히 제국의 병사를 매도하다니!"

"지금 이들을 채찍으로 치려하는 걸 내 두 눈으로 똑똑히 보았는데도 말인가? 제대로 설명하지 않으면, 내가 섬기는 가문의 이름을 걸고 널 용서하지 않겠다."

"이, 이런 건방진!"

눈을 부릅뜬 병사의 얼굴은 붉어졌다 파래지기를 반복하고 있었다. 점점 더 험악해지는 분위기만 보아도 쉽사리 분쟁이 해결될 기미가 보이지 않았다. 그 모습에 나는 점점 더 초조해지기 시작했다.

'지금 이럴 때가 아니야.'

타론이 수도에 들어간 것을 지금 막 알아낸 참이다. 한시라도 빨리 일족들의 안전을 확인해야 하는 상황에서 문제가 생기니 속이 바짝 타들어가는 것 같았다.

어느새 우리의 주변은 소동을 구경하는 사람들로 가득 차 있는 상태였다. 그 탓에 그렇지 않아도 느린 검문이 더욱 밀리고 있었다. 나는 입술을 악물며 주변을 돌아보았다.

그나마 다행이라고 해야 할까. 마침 병사들 중에서도 계급이 높아 보이는 자가 소란을 느끼고 달려오는 것이 보였다.

"이봐, 뭐야? 대체 무슨 일이야?"

"대장님! 잘 오셨습니다! 지금 수상한 것들을 발견했습니다! 전부 지하 감옥에 처넣어야 합니다!"

"수상한 자들?"

대장이라 불린 남자는 힐끔거리는 시선으로 나와 사림 일행들을 훑어보았다.

"그냥 여행자들이잖아. 별 문제 없어 보이는데?"

"속여서 검문을 통과하려 했습니다!"

"……사실이오?"

그는 미심쩍은 얼굴로 일행을 둘러보며 물었다. 그에 내가 나서서 변론했다.

“아닙니다. 제가 잠시 현기증을 일으켰는데, 그 때문에 일행이 의원에게 데려가 달라고 한 것뿐입니다. 검문을 피하려는 생각은 조금도 없었습니다. 원하시면 지금 여기서 제 신분을 증명할 수도 있습니다만.”

그러자 병사의 대장은 그럴 필요까진 없다는 듯 고개를 저으며 부하를 향해 말했다.

“그냥 돌려보내.”

“대장님!”

“시끄러. 지금 황궁에서 이르킨이 나오셨다는 걸 잊은 거냐? 그 분께 이런 꼴을 보일 참이야?”

“하지만!”

“무슨 일이지?”

그 순간 들려오는 낮은 음성에 병사들의 몸이 뻣뻣하게 굳었다. 점점이 켜진 횃불들 사이로 제복을 걸친 한 남자가 천천히 걸어 나오고 있는 것이 보였다.

“아까부터 계속 이쪽이 시끄럽던데. 무슨 문제라도 생겼나?”

“아, 아무 일도 아닙니다, 프로스트 남작님! 잠시 오해가 생긴 듯합니다.”

“오해?”

그 순간 돌아보는 남자와 나의 시선이 동시에 마주쳤다. 똑똑히 보이는 낯익은 얼굴에 나는 당황할 수밖에 없었다. 그 또한 상당히 놀란 듯 눈을 크게 뜨고 나를 바라보고 있었다.

"……에드밀 님?"

"세이? 네가 왜 여기에 있는 거지?"

그는 바로 루피너스의 열매를 구하러 갔을 때 함께했던 에드밀 폰 프로스트였다.

그가 나를 향해 아는 낯을 하자 병사들은 화들짝 놀란 표정을 지었다.

"아, 아시는 분입니까?"

"내 동료다."

"나, 남작님의 동료라면?"

그 말에 병사들의 안색이 하얗게 변했다.

황궁의 '이르킨.' 즉, 관료인 그의 동료라는 것은 나 또한 관료라는 뜻이었으니 당연한 반응이었다. 그들은 급히 나를 향해 허리를 숙이기 시작했다.

"죄, 죄송합니다! 몰라 뵙고 큰 무례를 저질렀습니다!"

"용서하십시오!"

갑자기 돌변한 병사들의 태도에 당황한 건 사림 일행 역시 마찬가지였다. 그들은 경악한 얼굴로 나를 바라보며 소리쳤다.

"헉! 뭐야. 설마 세이도 관리였어?"

"왜 지금까지 말을 하지 않았지?"

여기서 굳이 사표를 냈다는 말은 할 필요가 없었기에 나는 그저 쓰게 웃을 수밖에 없었다. 그때 에드밀이 사림 일행에게 관심을 보이며 물었다.

"일행들인가? 남령인 같은데……."

"하마르 님의 고향 친구 분들입니다. 이곳으로 오는 길에 우연히 만났습니다."

"하마르의?"

에드밀은 이채어린 눈으로 그들의 모습을 훑었다. 어리둥절해하는 사림 일행에게 나는 차분히 그를 소개시켰다.

"에드밀 폰 프로스트, 하마르 님과 가장 가까운 친구 분이십니다."

"엑? 하마르의 친구라고?"

"앗, 그러셨군요! 처음 뵙겠습니다."

실제 하마르를 만난 것도 아니었는데, 사림 일행은 마치 하마르 본인을 만난 듯이 반가워했다. 반면 에드밀은 가볍게 고개를 숙여 보이는 것으로 인사를 대신했다. 그리곤 내게 바로 시선을 돌리며 말했다.

"그나저나 궁에 다시 돌아온 건가? 레이단 백작께서 기뻐하시겠군."

"네? 아니, 그런 건……."

고개를 저으려던 순간 나는 퍼뜩 떠오르는 사실에 생각이 미치자 그를 바라보았다.

나의 얼굴에 서린 다급함을 읽었는지, 에드밀이 의아한 표정으로 물었다.

"왜 그러지?"

"한 가지 부탁이 있습니다, 에드밀 님."

"부탁?"

"황태자 전하를 뵙고 싶습니다."

"헉!"

황태자라는 말에 병사들 사이에서 헛숨을 삼키는 소리가 터져 나왔다. 아무리 직분이 높은 관리라도 황족은 함부로 만날 수 없었다.

더욱이 황태자는 만나고 싶다고 해서 만날 수 있는 존재가 아니었다. 그것이 상식이니만큼, 병사들의 동요는 당연했다. 사림 일행 역시 어안이 벙벙한 얼굴로 나를 바라보고 있었다. 그들 중에서 유일하게 침착한 사람은 에드밀밖에 없었다.

"태자 전하를?"

"중요한 일입니다. 무리한 부탁인 줄은 압니다만, 저를 도와주실 수 있겠습니까?"

보안부에서도 상당한 직분을 가진 그라면, 황태자에게 말을 전하는 것 정도는 가능할 것이다. 일단 소식만 전해지면 나의 정체를 알고 있는 황태자는 만남을 거절하진 않을 터였다.

그러나 문제는 에드밀이었다. 황족에게 개인적인 소식을 전하는 것은 상당히 친한 사이라도 무척 까다로운 일이다. 하물며 나와 그다지 친분이 깊지도 않은 그가 이런 부탁에 응해 줄 것인지 자신할 수 없었다.

에드밀은 말없이 나를 응시하고 있었다. 본래 감정 표현이 드문 만큼, 표정만으론 무슨 생각을 하는지 알 수가 없었다.

'역시 안 되는 건가.'

나는 살짝 실망하며 한숨을 내쉬었다. 바로 그때 에드밀의 입이 열렸다.

"아아, 넌 아직 모르는군."

"네?"

"일단 들어가서 얘기하지. 이들은 내가 데려가겠다. 괜찮겠나?"

"아! 예, 옙! 뜻대로 하십시오."

병사들은 화들짝 놀라서 대답했다. 그에 만족한 듯 에드밀의 고개가 끄덕여졌다.

"따라와라. 거기, 하마르의 친구들도."

그렇게 말한 그는 미처 반응을 보이기도 전에 곧장 몸을 돌려 빠르게 걸어갔다. 서둘러 따라가려 했을 땐 벌써 뒷모습이 희미해질 정도로 간격이 벌어진 뒤였다. 그에 사림 일행이 황당한 표정으로 서로를 바라보았다.

"되게 무뚝뚝한 사람이네. 그치, 카림?"

"으응. 좀 무섭다."

"어쨌든 시간을 절약하게 되었군요. 다행입니다."

나는 수군거리는 소리를 들으며 말없이 하늘을 올려다보았다. 어느새 캄캄해진 밤하늘에 희뿌연 달무리가 번지고 있었다.

제7장 외면해 왔던 일

1.

에드밀이 나를 데리고 향한 곳은 황궁의 내성 안이었다. 황태자와의 알현을 요청하긴 했지만, 설마 이렇게 빨리 입성하게 될 줄은 몰랐기에 나는 조금 당황할 수밖에 없었다. 뒤따르는 사림 일행 또한 확연히 긴장한 기색이었다.

"우와, 구, 궁 진짜 넓다. 복도가 끝이 안 보여."

"과연 제국이네. 이런 곳에서 하마르가 일한다 이거지?"

"정말 멋지군요. 그런데 이방인인 저희가 여기까지 들어와도 되는 걸까요?"

라자드의 질문에 사림과 카림의 시선이 곧장 내게 향했다. 앞서 걷는 에드밀은 대하기 어렵다 보니 자연스레 나에게 대답을 기대하는 것 같았다. 나는 조금 머뭇거리다 고개를 끄덕였다.

"괜찮을 겁니다. 황제 폐하가 계신 본궁이라면 몰라도, 여긴 비교적 출입이 자유로운 곳이니까요. 허가만 받으면 일반인들도 들어올 수 있습니다."

"아아, 그렇구나. 여긴 다른 궁인 건가?"

"이쪽은 주로 관리들이 일하는 곳입니다. 근위대의 집무실을 비롯한 여러 부서들이 존재하지요."

"그럼 하마르도 여기에 있어? 혹시 만날 수 있을까?"

"그건 저도 잘 모르겠네요. 하마르 님이 이곳에서 일하시는 건 맞지만, 지금은 저녁때라 이미 퇴근하셨을 수도 있으니까요. 또 그분의 경우엔 부서의 특성상 근무시간이라 해도 성안에 없는 경우가 더 많습니다."

"헤에, 무슨 부서인데?"

"제국 기밀 정보 처리부, 줄여서 통칭 보안부라 불리는 곳입니다."

"헉! 그거 엄청 대단한 곳 아니야?"

사림은 두 눈을 휘둥그렇게 뜨고 물었다. 흔히 보이는 반응이었기에 나는 피식 웃으며 고개를 저었다.

"분야만 다를 뿐 관리의 일이란 대게 비슷합니다. 딱히 대단하다는 말을 들을 정도는 아닙니다."

"그래도 보안부라니 왠지 뭔가 굉장해 보이는 걸? 그럼 세이도 보안부인 거야?"

"예? 아아, 아뇨. 실은 저는……."

그 순간 맞은편 복도에서부터 보안부 제복을 걸친 남자가 걸어오고 있는 것이 보였다. 갈색의 머리칼과 단정하게 생긴 얼굴이 상당히 낯익은 사람이었다. 그 모습에 나는 대답하는 것을 잊고 멍하니 그를 응시했다. 그 또한 당황한 표정으로 나를 바라보고 있었다.

"어? 세이! 너 세이 아니냐?"

"로일 형."

그는 바로 황궁에서 나와 가장 친하게 지냈던 로일이었다. 오랜만에 보는 그의 모습에 나는 어떤 반응을 보여야 할지 알 수가 없었다.

"뭐야, 너! 이곳 일 그만두고 떠난 거 아니었어? 다시 돌아온 거야?"

반가운 얼굴로 가까이 다가오던 로일은 잠시 후 걸음을 멈췄다. 내 앞에 서 있는 에드밀을 뒤늦게 발견한 것이다. 그는 뻣뻣하게 굳은 동작으로 급히 경례했다.

"헉! 늦은 시간에 수고하십니다, 에드밀 폰 프로스트 님. 미처 몰라 뵙고 인사가 늦었습니다. 죄송합니다."

그에 에드밀은 전혀 개의치 않은 얼굴로 말했다.

"마침 잘됐군. 미안하지만 세이가 나와 잠시 가야 할 곳이 있어서 그러는데, 자네에게 이들을 맡겨도 될까?"

"예? 이분들은?"

그가 가리킨 사람들은 바로 사림 일행이었다. 로일이 의아한 표정을 짓자 그는 무심한 어조로 대답했다.

"하마르의 친구다. 녀석을 만나러 남령에서 온 것 같더군."

"아아, 그러고 보니 모두 남령 분들이시군요. 그런데 어떻게 세이와…….”

“바쁘다면 다른 사람을 찾아보겠다.”

“아, 아닙니다! 제가 인솔하겠습니다.”

말단에 오래 있었던 만큼 로일은 눈치가 빠른 편이었다. 어리둥절해하던 표정을 급히 수습한 그는, 곧 반듯하게 미소 지으며 사림 일행을 향해 정중하게 인사를 건넸다.

“만나 뵙게 되어 반갑습니다. 저는 보안부의 로일이라 합니다.”

그러자 모두를 대신 해서 라자드가 그의 인사에 화답했다.

“라자드라고 합니다. 여기 계신 사림과 카림 님의 호위무사입니다.”

“그러시군요. 저를 따라오시지요. 하마르 님께서 계실지는 모르겠지만, 일단 그분의 집무실로 안내해 드리겠습니다.”

“하마르 님의 집무실 말입니까?”

“예. 이곳에서 그리 멀지 않습니다.”

그 말에 사림과 카림이 묘한 표정으로 서로를 바라보았다. 특히 사림은 ‘하마르’라는 이름을 듣는 순간부터 완전히 얼어 있는 상태였다. 궁에 들어온 순간에도 담담한 얼굴이더니 이제야 그와의 재회를 실감한 것 같았다. 그 모습에 나는 피식 웃으며 말했다.

“잘됐네요, 사림. 이제 드디어 하마르 님을 만나실 수 있겠군요.”

“으, 으응. 그, 그렇네.”

“잘 다녀오십시오. 하마르 님을 만나면 안부 전해 주시고요.”

“으응. 그, 그런데 세이는? 같이 안 가는 거야?”

“저는 따로 해야 할 일이 있어서요.”

이제껏 모든 일정을 함께 해와서일까. 처음으로 나와 떨어지게 된 것에 사림은 불안함을 느끼는 것 같았다. 그러자 로일이 부드럽게 미소 지으며 말했다.

"세이는 걱정하지 않으셔도 됩니다. 제가 책임지고 다시 만나게 해드릴 테니까요."

"……정말이에요?"

"예. 용무가 끝나는 대로 연락을 받게 해드리겠습니다. 혹 먼저 숙소로 가게 되시더라도 세이에게 주소가 전해질 테니 길이 엇갈릴 염려는 없습니다."

그제야 사림은 안심한 얼굴로 미소 지었다. 친절한 로일의 태도에 호감을 느낀 것인지, 조금 전까지만 해도 경계심이 섞여 있던 얼굴에 호의가 드러나 있었다.

"로일이라고 했죠? 고마워요."

"아닙니다. 자, 그럼 이만 가볼까요?"

밝게 웃으며 대답한 그는 에드밀과 나를 향해 말했다.

"저는 이분들을 모시고 가보겠습니다. 세이, 나중에 보자."

'나중에'라는 말에 힘이 들어갔다고 느낀 것은 나의 착각만이 아닐 것이다. 표정은 부드러웠지만 주시하는 눈빛엔 많은 말들이 담겨 있었다. 나는 쓰게 웃는 것으로 대답을 대신했다.

이윽고 로일은 사림 일행을 데리고 다른 쪽 복도로 이동하기 시작했다. 그들의 모습이 시야에서 완전히 사라졌을 때, 담담한 에드밀의 목소리가 울렸다.

"그럼 우리는 태자궁으로 가지."

"……정말로 태자 전하를 뵙게 될 줄은 몰랐습니다."

"중요한 일이라고 하지 않았었나?"

"그건 그렇긴 합니다만. 그런데 이런 늦은 시각에 찾아 봬도 되는 겁니까?"

"어차피 이 시간에는 집무실에 계시니 상관없다. 하지만 지금 그 몰골은 조금 문제가 되겠군."

"네? 아……."

그 말에 나는 난처한 기분으로 내 옷차림을 내려다보았다. 딱히 격식에 거슬리는 건 아니었지만, 오랜 여행과 잦은 야영 탓에 상당히 지저분한 상태였다.

"따라와라."

한마디를 내뱉은 에드밀은 이번에도 먼저 어디론가 걸어가기 시작했다. 당황해서 급히 그를 쫓은 나는 곧 복도의 한 부분에 있는 방에 이르렀다.

"여긴……."

"내 개인 집무실이다."

황성에선 3급 이상의 관리부터 개인 공간을 지급한다. 알고는 있었지만 그 공간 안에 직접 들어온 것은 이번이 처음이었다. 먼저 문을 열고 들어간 에드밀은 뒤따라선 나를 향해 여전히 무심한 어조로 말했다.

"오른쪽 옆으로 들어가면 욕실이 있을 거다. 10분 줄 테니 씻고 나오도록."

"……."

"왜 그러지? 10분으론 모자라나?"

"아닙니다. 배려에 감사드립니다."

"천만에."

나는 살짝 고개를 숙인 다음 욕실 안으로 들어갔다. 하지만 이후 간단히 씻고 나왔을 때, 나는 당황할 수밖에 없었다. 욕실에 들어서기 전 벗어둔 옷가지는 물론, 여벌의 옷이 들어 있던 짐까지 전부 사라져 있었던 것이다.

그 대신 문 앞엔 에드밀이 준비해 둔 것으로 보이는 옷더미가 놓여 있었다. 검은색의, 전체적으로 낯익은 형태에 나는 살짝 얼굴이 굳어지는 것을 느꼈다. 그것은 다름 아닌 보안부의 제복이었다.

'쓸데없는 짓을…….'

한숨이 흘러나왔지만 마땅히 다른 옷이 없었기 때문에 나는 묵묵히 그것을 입었다. 단 에드밀의 것이라서일까. 함께 준비된 스카프의 색이 보라색이었기 때문에 그것만은 착용하지 않았다.

"다 끝났나?"

문을 열고 나서자 기다리고 있던 에드밀이 자리에서 일어나는 것이 보였다. 내가 고개를 끄덕이자 그는 가늘게 뜬 눈으로 내 모습을 훑었다. 무언가 마음에 들지 않은 기색이었다.

"에드밀 님?"

"스카프를 착용하지 않았군. 정복은 전부 갖춰 입는 것이 예의다."

"아아, 그건 저도 알고 있습니다. 하지만 스카프의 색이 보라색이더군요."

"뭐가 문제지?"

의아하다는 듯이 묻는 말에 나는 잠시 할 말을 잃었다. 농담을 하는 것인가 싶었지만, 그런 것치곤 바라보는 그의 눈동자가 너무도 진지했다.

"보라색 스카프는 3급 요원만 착용할 수 있습니다."

"그래서?"

"……잊고 계시는 것 같습니다만, 전 일단 5급이었습니다. 게다가 솔직하게 말씀드리면, 이미 사직한 상태에서 이 제복을 입는 것도 조금 거북합니다."

그러나 다음 순간 이어지는 에드밀의 말에 나는 두 귀를 의심할 수밖에 없었다.

"너야말로 뭔가 오해하고 있는 것 같은데, 넌 여전히 보안부의 요원이다."

"……네?"

"네가 놔두고 간 사표가 수리되지 않았다는 뜻이다."

무심하게 답하는 말에 나는 한동안 아무런 반응을 보일 수가 없었다. 분명히 똑똑히 들었음에도 불구하고, 머릿속에서 한 번에 이해가 되지 않았다.

"그게 무슨……. 사표가 수리되지 않았다고요?"

"그래. 사라져 있던 그동안은 장기 휴가 중으로 처리된 상태고, 다시 돌아온 시점에서 이제 막 복귀한 셈이 되는 거지. 정말 몰랐던 모양이군."

"말도 안 됩니다. 어째서……."

"보안부는 황태자 전하의 입김이 가장 크게 미친다는 걸 잊었나? 전하께선 널 사퇴시킬 의향이 전혀 없으신 것 같더군. 오히려 얼마 전에 있던 간부회의에 나타나셔서 네 진급을 청원하셨지. 이젠 넌 더 이상 5급이 아니라 나와 같은 3급 요원이다."

"……!"

"이제, 어떻게 된 건지 알겠나?"

그렇게 말한 에드밀은 내게 무언가를 쥐어주었다. 무심결에 받아 든 그것은 바로 스카프였다. 진보랏빛 색상을 띤 스카프의 모습에 나는 간신히 참고 있던 신음을 흘렸다.

'그런 거였나.'

진급, 그것도 2단계나 올라간 3급이라니. 이제야 태자를 만나고 싶다고 했을 때, 에드밀이 보였던 모호한 반응이 이해가 되었다.

3급 이상의 요원들은 딱히 특별한 절차 없이도 허가만 얻으면 언제든 태자와 독대할 수 있는 권한이 있다. 그로선 직접 궁에 들어가 알현을 요청해도 될 일을, 굳이 자신을 거쳐 부탁하는 내가 이상했을 터였다.

'……당했군.'

황태자 에스테반. 이 순간 그를 만나야 할 이유가 또 하나 늘어나 있었다.

2.

태자궁 앞에 이르자 에드밀은 앞서 걷던 걸음을 멈췄다. 그리곤 나를 돌아보며 특유의 담담한 어조로 말했다.

"난 여기까지다. 전하께는 미리 언질을 넣었으니 들어가 보도록 해라."

"신경 써주셔서 감사합니다, 에드밀 님."

끄덕.

가볍게 고개를 주억거린 그는 이내 어디론가 걸어가기 시작했다. 멀어지는 뒷모습을 바라보길 잠시, 나는 태자궁 안의 집무실로 향했다. 집무실 앞을 지키고 있던 기사는 내가 다가서자 별 말없이 문을 열었다.

달칵— 가벼운 마찰음과 함께, 깔끔하게 배치된 사무공간이 눈에 들어왔다. 그중 한가운데에 위치한 책상 앞에 앉아 있는 황태자의 모습이 보였다.

"세이라키아! 돌아왔군요!"

내가 들어오는 것을 본 황태자는 반가운 표정으로 자리에서 일어났다. 나는 살짝 고개를 숙여 인사했다.

"오랜만에 뵙습니다, 태자 전하."

"그대가 돌아왔다는 말을 듣고 상당히 놀랐습니다. 갑자기 어떻게 된 겁니까? 나로선 그대가 다시 와줘서 기쁘긴 합니다만……."

"……그 전에 어떻게 된 일인지 설명을 해주시지 않겠습니까?"

"네?"

의아한 표정으로 바라보길 잠시, 황태자는 내가 입고 있는 제복에 시선이 머물더니 이해한다는 듯한 표정을 지었다.

"아아, 진급건 말이군요. 그대에게 양해도 구하지 않고 멋대로 진급을 청원한 건 나도 미안하게 생각합니다. 하지만 아무리 생각해도 그대 같은 인재를 5급에 놔두기엔 아깝더군요. 그래도 걱정할 건 아무것도 없습니다. 루스터 공작도 동의한 일이니까요."

"하아, 그런 게 아니라……."

"그것 말고 또 다른 문제가 있습니까?"

"……전 분명 떠난다고 말씀을 드리고 사표를 썼습니다. 그런데 어째서 아직도 재직 중인 상태로 되어 있는 것인지 궁금합니다만."

그러자 황태자는 당연하지 않느냐는 얼굴로 대꾸했다.

"그야 사람의 앞일은 아무도 모르는 것이니까요."

"네?"

"한마디로 말해서, 세이 군이 돌아올 때를 생각해서 그대로 놔둔 거라는 겁니다. 언제든 저와 독대할 수 있고, 제국의 일에 관여할 수 있도록 말이죠."

"말도 안 됩니다. 루스터 공작이 그런 걸 허가했을 리가……."

"물론 조건을 걸었지요. 3년 이내에 돌아오지 않으면 내가 그에 관련된 모든 책임을 지기로 말입니다."

그 말에 나는 진심으로 묻지 않을 수가 없었다.

"……만일 제가 오지 않으면 어떻게 하실 생각이셨습니까?"
"지금 이렇게 돌아왔잖습니까?"
"복귀할 생각으로 온 것이 아닙니다. 지금은 사정이 있어서……."
"어쨌든 돌아온 것은 온 것이죠. 이렇게 다시 얼굴을 보니 새삼 자리를 남겨두기로 한 결정을 잘 했다는 생각이 드는군요."
"……태자 전하."
이렇게 무모한 성격이었던가.
나는 지끈거리는 머리를 짚으며 한숨을 내쉬었다. 그런 나와 달리 두통의 원인인 황태자는 빙긋 미소 짓고 있었다.
"너무 부담 가질 필요는 없습니다. 내가 좋아서 한 일이니까요. 게다가 복귀 문제를 제쳐두더라도, 아스란 제국의 3급 관리라는 신분은 어디를 가든 꽤 도움이 될 겁니다. 내 나름대로의 신세를 갚는 방법이라 생각하세요."
"신세라니……."
"폐하의 중독을 치료해 주었잖습니까? 황실의 은인에게 이 정도 혜택을 베푸는 건 아무것도 아닙니다."
가볍게 웃으며 대답한 그는 곧 궁금한 표정을 지으며 나를 바라보며 물었다.
"그런데 정말 무슨 일로 돌아온 겁니까? 사실 이래봬도 생각보다 이른 만남이라 조금 당황한 상태였습니다. 적어도 성년이 된 후에나 올 것이라고 생각했었거든요."
'그러고 보니 벌써 혜택을 받은 셈이군.'

아마 보안부에 재직 중인 상태가 아니었다면, 이렇게 쉽게 황태자를 만날 수는 없었을 것이다. 나는 그의 혜안에 내심 감탄하며 조심스럽게 입을 열었다.

"실은…… 전하께 한 가지 도움을 요청할 일이 있어 찾아왔습니다."

"도움이라고요?"

"아마 태자 전하께서도 알고 계신 일일 겁니다. 관문을 통과하여 수도에 들어온 수상한 수레들 말입니다."

그 순간 미소 짓고 있던 황태자의 얼굴에서 표정이 사라졌다. 언젠가 나를 적으로 오해했을 때만큼은 아니었지만, 눈동자가 차갑게 식은 것이 보였다.

"……그걸 세이 군이 어떻게 알고 있는 겁니까?"

"전 지금 그 수레들의 행방을 찾고 있는 중입니다."

"수레의 행방을 찾고 있다고요? 설마 그 안에 무엇이 들어 있는지 세이 군은 알고 있는 겁니까?"

나는 굳은 얼굴로 고개를 끄덕였다. 그에 황태자는 묻고 싶은 것이 많은 표정을 지었으나, 내가 입을 여는 것이 더 빨랐다.

"관련 수사에 협조하게 해주십시오. 반드시 수레를 찾아야 합니다."

"대체 무슨……."

"부탁드립니다, 전하. 저희 일족의 안전이 걸린 일입니다."

"……안전이라니. 설마 클로네족에게 무슨 일이 생겼습니까?"

그때서야 무언가를 직감한 듯 황태자가 굳은 얼굴로 물었다. 어차피 그에게는 전부 설명할 생각이었기에, 나는 차분히 지난 시간 동안에 있었던 일들을 털어놓기 시작했다.

듣는 내내 경직되어 있던 황태자의 얼굴은 이야기가 끝났을 때 즈음엔 거의 하얗게 질려 있었다.

"……타론, 그 마물족이 클로네의 마을에 나타났다고요? 게다가 인질을 잡고 있다니. 그럼 클로네족들은……."

"모두 투항했습니다. 저 혼자만 간신히 탈출했기 때문에 이후의 상황은 잘 모릅니다."

"설마 그 수레 안에 있는 것이……?"

나는 대답 대신 고개를 끄덕였다. 꿀꺽, 마른침을 삼키는 소리가 황태자의 목울대에서 울렸다.

"확실한 겁니까?"

"수레를 몰던 자들 중에 타론이 있었습니다. 관문 근처에 있던 나무들의 기억을 통해, 그의 모습을 보았습니다."

그러자 황태자는 허탈한 얼굴로 의자의 등받이에 몸을 기댔다. 갑작스러운 그의 행동에 나는 의아해질 수밖에 없었다.

"전하?"

"……후우, 이거야 원. 요 근래 철야를 반복하게 만들던 요주의 문제 하나가 이런 식으로 간단히 해결이 되어 버리는군요. 역시 세이 군은 우리 제국에 꼭 필요한 인재예요."

"전하, 농담하실 때가 아닙니다."

"농담이 아닙니다. 지금 이 제국엔 그대와 같은 사람이 필요합니다, 세이군. 혹시 그거 압니까? 그대가 떠난 이후로 사무팀의 업무 속도가 이전보다 몇 배나 느려졌다는 것을?"

"예?"

"그 탓에 사무팀과 연계되는 다른 모든 업무들까지 전부 제동이 걸린 상태입니다. 뭐, 덕분에 사무팀을 있으나마나한 곳이라 여기던 인식들도 바뀐 듯합니다만."

"그런……."

"사실 이렇게 큰 황궁에서 고작 한 사람이 빠진 걸로 업무차질을 빚는 것도 우스운 일이긴 하죠. 그래도 세이 군의 빈자리가 크다는 걸 인정하지 않을 수가 없군요."

푸념처럼 중얼거리던 그는 곧 빙긋 웃으며 나를 바라보았다.

"어쨌든 수레의 행방에 관해서라면 걱정할 건 없습니다. 이미 파악되었으니까요."

"……! 그게 정말입니까?"

"그렇게 큰 수레가 여러 대나 들어왔는데 흔적을 전혀 남기지 않을 리가 없죠. 보안부의 철저한 수사 끝에 바로 며칠 전 그 당시의 수레로 짐작되는 파손된 나무판자들과 수레바퀴들을 발견했습니다. 그리고 근방에 새겨진 바퀴자국을 대조하며 추적한 결과, 거대한 저택을 하나 찾아냈지요."

"저택?"

"사람이 살지 않는 빈 저택이었습니다. 일대 부지와 건물매매건을 조사해 본 결과, 소유주는 드센 시(市)의 모라이아 남작이더군요. 혹시 알고 있습니까?"

"모라이아 남작이라면…… 일황자 알트만 전하의 측근 중 한 사람 아닙니까?"

"맞습니다. 알고 있었군요."

감탄하는 황태자의 말에 나는 주먹을 움켜쥐었다.

일황자. 역시 그가 마물족과 연관되어 있었던가. 수상하다는 것은 이미 예전부터 직감하고 있었다. 황제가 쓰러진 순간 시기적절하게 터졌던 황태자의 음해설도 그랬고, 타론과 수상한 대화를 나누고 있었던 모습까지. 그가 모든 일의 배후에 일황자가 있음을 짐작하게 만드는 요지로 충분했다.

그러나 나는 한 번도 그 부분에 대해 깊이 조사해 볼 생각은 하지 않았다. 마물족에 대해서 큰 관심이 없기도 했고, 내가 관여할 일이 아니라고 여겼기 때문이었다.

아니, 사실대로 말하면 아무래도 상관이 없었다. 황궁도, 제국도, 마물족도, 떠나버리면 다시는 인연이 닿지 않을 거라 생각했으니까.

만약 그때 일황자와 마물족의 관계를 파헤쳤다면, 마을에서의 일도 일어나지 않았지 않았을까? 나의 미숙한 판단이 모두를 위험에 빠트리게 만들었다. 뒤늦게 밀려드는 후회에 눈앞이 캄캄해지는 기분이었다.

"세이 군? 괜찮습니까? 안색이 창백한데."

"……아니, 아무것도 아닙니다."

황태자의 목소리에 나는 급히 정신 차리고 고개를 저었다. 잠시 걱정스러운 눈빛으로 나를 살피던 황태자는 이윽고 진지한 표정을 지으며 생각에 잠겼다.

"어쨌든 세이 군의 말대로라면 그 지택 안에 클로네 일족이 갇혀 있을 수 있겠군요. 이제야 좀 머리가 맑아지는 기분이네요. 저택 안에 뭔가를 숨기고 있다는 건 알았지만, 그게 뭔지 도무지 알 수가 있어야 말이죠."

아무리 황태자라 해도 정확한 명분이나 증거도 없이 귀족의 사택을 뒤지는 건 불가능하다. 자칫 문제가 커지면 귀족원의 반발을 사게 될 우려가 있었기 때문이다. 그간 상당히 속을 끓였던 모양인지 황태자는 정말로 개운한 표정을 짓고 있었다. 그러나 그리 오래 가지 않아 그의 얼굴은 다시 심각해졌다.

"하지만 진정한 문제는 이제부터 시작이로군요. 클로네 일족이 정말로 그곳에 있는지 확인하는 것도 문제지만, 설령 그렇다 쳐도 잡혀 있는 그들을 구해내는 건 결코 쉬운 일이 아닐 겁니다. 제 예상으론 아마도 저택의 겉모습은 눈속임에 불과하고, 다른 곳과 연결되어 있을 가능성이 크거든요."

"지하 공간 같은 것 말입니까?"

나의 질문에 황태자는 고개를 끄덕이며 말을 이었다.

"게다가 지금 그곳 일대는 상당히 삼엄한 경계망이 펼쳐져 있습니다. 훈련된 병사들이 교대로 번갈아가며 저택을 지키고 있죠. 가까이 접근하는 것도 여의치 않은 상태입니다."

"제가 그곳을 가 봐도 되겠습니까?"

"그건 상관없습니다만, 괜찮겠습니까? 세이 군은 이미 마물족에게 얼굴이 알려진 상태일 텐데요. 곧바로 발각될지도 모릅니다."

"그렇다 해도 이곳까지 와서 일족들의 위험을 마냥 방관하고 있을 순 없습니다. 제가 할 수 있는 일이라면 무엇이든 할 겁니다."

간절한 마음이 통한 것일까. 한동안 말없이 나를 응시하던 황태자는 이내 어쩔 수 없다는 듯 한숨을 내쉬었다.

"알겠습니다. 위치를 알려드리죠."

"감사합니다, 전하."

"딱히 인사를 받을 일은 아닙니다. 단, 위험할지 모르니 에드밀 군과 동행하도록 하세요."

"에드밀 님이요?"

"그는 이번 사건조사를 맡은 담당자입니다. 함께하면 많은 도움이 될 겁니다."

거절하려 했으나 이 부분에 대한 황태자의 뜻은 완강했다. 그와 동행하지 않으면 정보를 주지 않겠노라 선언한 것이다. 결국 나는 어쩔 수 없이 그의 제안을 받아들일 수밖에 없었다.

"전하의 호의, 감사히 받겠습니다."

"천만에요. 그나저나 인질로 잡혀 있다는 왕의 아들 말입니다. 세이 군과 동갑이라고 했던가요?"

"예, 맞습니다."

"흑발에 청안, 본인의 부친이 누군지도 모른 채 인간으로 자랐다고요?"

"그렇습니다만. 혹시 뭔가 짐작 가는 사람이라도?"

"아아, 알트만 형님의 주변에서 비슷한 용모를 가진 사람을 본 적이 있는 것 같아서요."

"그게 정말입니까?"

뜻밖의 대답에 나는 눈을 크게 뜨고 그를 바라보았다. 황태자는 무언가를 생각하는 얼굴로 가만히 얼굴을 쓸어내리고 있었다. 가볍게 찌푸린 눈썹이 현재의 상황을 불쾌하게 여기는 것 같기도, 황당해하는 것 같기도 했다.

"네에. 하지만 정말로 제가 생각하는 그라면, 그들이 헛다리를 단단히 짚은 셈이군요. 이걸 불쌍히 여겨야 할지, 다행이라 여겨야 할지……."

"그게 무슨 말씀이신지……?"

어리둥절해서 묻는 말에도 그는 그저 묘하게 미소 짓고 있기만 했다. 그때 황태자가 나를 바라보며 말했다.

"그보다 세이 군, 그대에게 한 가지 물어볼 것이 있습니다만."

"……제게 말입니까?"

"어쩌면 지금 제가 하는 질문이 불쾌하게 들릴지도 모르겠습니다. 하지만 반드시 확인해 둬야 할 일이라서 말입니다."

"……? 예, 말씀하십시오."

진지한 모습에 나는 의아해하면서도 고개를 끄덕였다. 어차피 나의 종족인 클로네에 관련된 것이겠거니 싶었던 것이다. 그러나 이어지는 그의 질문은 나의 예상을 완전히 벗어나 있었다.

"듀이 폰 라반트와 어떤 관계입니까?"

"……!"

흠칫, 나도 모르게 어깨가 굳었다.

설마 이곳에서 그 이름을 듣게 될 줄은 전혀 생각지 못했다.

나는 뻣뻣하게 경직되어 가는 얼굴을 느끼며 황태자를 향해 고개를 들었다. 그는 호기심과 흥미를 담은 눈으로 나를 주시하고 있었다.

"실은 그대와 카밀 군이 사촌이라는 소문이 있어서 말입니다. 모두의 앞에서 당신이 라반트 백작가의 차남이라고 밝혔다던데. 그게 사실인가요?"

"그런 걸 왜 갑자기……."

"아아, 역시 당황스럽나 보군요. 좋아요, 이왕 이렇게 된 김에 단도직입적으로 묻지요."

가볍게 고개를 끄덕이는 그의 모습을 나는 복잡한 기분으로 바라보았다. 왠지 다음 질문도 그다지 유쾌하지 않을 것이란 강렬한 예감이 들었다. 그리고 그런 나의 예감은 어김없이 맞아 떨어졌다.

"샐비어 폰 라반트. 그녀가 낳은 친아들이 그대와 듀이군 중 누구입니까?"

3.

"하마르가 없었어!"

투정부리듯 외치는 목소리에 나는 퍼뜩 정신을 차렸다. 고개를 들자 얼굴이 잔뜩 일그러진 사림이 씩씩거리며 소리치는 것이 보였다.

"글쎄, 장기 출장 중이라지 뭐야! 어디로 갔냐고 물어봤더니 그건 황성의 업무에 관계된 일이라서 말해 줄 수가 없대! 뭐 이런 황당한 경우가 다 있어?"

요컨대 상황은 이러했다. 로일의 안내를 받으며 하마르의 집무실에 도착한 사림 일행은 곧 다가올 재회의 순간을 기대하며 꿈에 부풀어 있었다. 그러나 막상 문을 열고 들어선 그들을 맞이한 것은 휑하게 비어 있는 방 안과 마침 청소 중이던 시종뿐이었다.

당황한 로일은 곧장 그의 퇴근 여부를 알아보았고, 그가 꽤 오래전에 임무를 받아 떠났다는 사실을 알아냈다. 부서는 같아도 속한 팀이 다르다 보니 지금껏 관련 소식을 알지 못하고 있었던 것이다.

더구나 하마르 같은 고급요원은 기밀에 속하는 임무를 주로 맡기 때문에 주변에 알리지 않고 행동하는 경우가 많았다(물론 여기서 그의 성격 탓이 아주 없다곤 할 수 없다). 오늘만을 위해 달려왔던 사림 일행에겐 그야말로 청천벽력과도 같은 소식이었다.

"하마르 나빠! 하필 왜 이런 때 출장을 가고 난리냐고! 바보! 똥개! 말미잘! 확 모래지옥의 귀령이나 되라!"

"사, 사림. 그건 좀 심한 소리 같은데요."

"마, 맞아. 하마르가 일부러 그런 것도 아닌데."

"시끄러! 제 놈을 만나려고 내가 얼마나 고생을 하면서 여기까지 왔는데! 감히 날 바람 맞혀!"

사림의 은백색 눈동자엔 물기가 가득 고여 있었다.

고된 여정 끝에 간신히 목적지에 도착했는데, 정작 만나야 할 당사자가 부재중이라니. 그의 상심이 클 만도 했다. 분노로 타오르는 눈빛은 이미 '바람' 이라는 것이 쌍방의 약속이 있었다는 전제 하에 성립된다는 것조차 잊은 듯 보였다.

'……아니, 어떤 의미로는 '바람' 이긴 하지.'

나는 언젠가 풍문으로 들은 적 있던 하마르의 여성편력에 대해 떠올리며 씁쓸하게 고개를 끄덕였다. 이국적인 외모에 활달한 성격 때문인지 그는 상당히 여자들에게 인기가 많은 편이었다.

더구나 오는 사람을 막지도, 가는 사람을 막지도 않는 것으로도 유명해서 누구나 부담 없이(?) 유혹의 손길을 내밀곤 했다. 그렇게 은근슬쩍 그가 손을 댄 황궁의 시녀들만 해도 상당한 숫자라고 들었다. 사림의 입장에선 차라리 이렇게 된 게 다행일지도.

"세이! 내 말 듣고 있어?"

"네? 아아, 네. 듣고 있습니다."

"거짓말. 딴 생각하고 있었으면서!"

"아닙니다. 정말 듣고 있었어요."

나는 힘없이 웃으며 대답했다. 그러자 화난 표정이던 사림이 굳어 있던 얼굴을 풀고 의아하게 나를 바라보았다.

"……뭐야, 세이. 혹시 무슨 일 있었어?"

"네?"

"표정이 너무 어둡잖아. 가뜩이나 세이는 표정이 담백해서 인형 같은데, 그러고 있으니 꼭 유령 같……!"

하지만 사림의 말은 거기에서 더 이어질 수 없었다. 뒤쪽에 서 있던 카림이 그의 입을 급히 틀어막았기 때문이었다.

"읍읍!"

"그, 그런 말은 실례잖아, 사림! 미안해요, 세이. 사림이 원래 무신경해서……."

"괜찮습니다. 한두 번도 아닌걸요."

"……푸하! 세이, 지금 은근슬쩍 가차 없는 발언했지?"

버둥거리다 간신히 입에서 카림의 손을 떼어낸 사림이 볼멘소리로 투덜거렸다. 나는 피식 웃으며 어깨를 으쓱해 보였다. 그러자 안절부절못하며 지켜보고 있던 카림이 조심스럽게 물었다.

"근데 정말 안색이 안 좋아요. 뭔가 나쁜 일이 있었던 건 아니죠?"

"아니, 아무것도 아닙니다."

나쁜 일이라. 어쩌면 그보다 더 최악의 상황일지도.

나는 비릿하게 올라오는 느낌을 잊으려고 노력하며 입가에 억지로 미소를 지어 올렸다. 이 순간에도 머릿속에선 태자궁에서 들었던 말이 계속해서 맴돌고 있었다.

"왜……그런 걸 물으시는 겁니까?"

"듀이 군과 형제라는 건 부정하지 않는군요."

생긋 웃으며 답하는 말에 나는 입을 꾹 다물었다. 그에 아랑곳하지 않은 채 황태자는 다음 말을 이었다.

"그 대답에 따라 향후 그대가 세워야 할 계획이 달라질 겁니다."

"무슨……."

"제가 듣기론 듀이 군의 나이도 세이 군과 동갑이었죠. 그가 알트만 형님의 호위기사라는 건 알고 있습니까?"

"그건 알고 있습니다."

"그래요, 그럼 설명하기가 더 쉽겠군요."

직선으로 올려다보는 파란 눈동자에 빛이 서렸다. 그것은 너무도 깊고 깊어 어디까지 이어질지 모르는 심연의 빛이었다. 언젠가 사림이 말해 준 바다라는 것이 저런 느낌일까. 피해야 한다는 머릿속의 생각과는 달리, 나는 계속 그의 눈에서 시선을 뗄 수가 없었다.

"조사해 본 바에 의하면 알트만 형님은 듀이 군을 상당히 편애한다고 하더군요. 딱히 눈에 띄는 구석이 없음에도 불구하고 어릴 때부터 그를 후원해 왔었던 모양입니다. 게다가 자신의 사촌 여동생과의 혼인까지 주선하고 있는 상태고요."

"그거야…… 외가인 루스터 공작가를 의식한 것이겠지요."

"저도 처음엔 그렇게 생각했습니다. 하지만 그것만이 전부가 아닌 것 같더군요. 그거 아십니까? 듀이 군은 매일 일거수일투족을 일황자 측근들의 감시 하에 보내고 있습니다."

"무슨……?"

"그는 업무 외의 개인적인 일정에서조차 일황자 쪽의 사람들을 항시 대동하고 다녀야 하지요. 마치 누군가로부터 보호받듯이 말입니다. 본인은 의식하지 못한 것 같습니다만, 이래서야 누가 호위대상이고 호위할 사람인지 모를 지경이죠."

"……무슨 의미로 하시는 말씀이신지 모르겠습니다."

나는 딱딱하게 굳어지는 얼굴을 느끼며 말했다. 그에 황태자의 입가에 서린 미소가 더욱 짙어지는 것이 보였다.

"언젠가 듀이 폰 라반트를 만나본 적이 있습니다. 검은 머리칼에 푸른색 눈동자를 가진 준수한 느낌의 청년이었지요."

"……!"

"어디서 많이 들어본 듯한 인상착의 아닙니까?"

쿠웅―

심장이 울렸다. 그 한 번의 울림으로, 부언가가 눈앞에서 산산이 무너져 내리기 시작했다. 그건, 지금까지 내가 애써 모른 척 외면해 왔던 것들이기도 했다.

왕의 후계자가 나와 같은 나이였던가. 먼저 잉태된 나보다 듀이가 더 일찍 태어났던가. 그가 어머니의 친아들로 알려져 있었던가. 세메이온이 후계자를 찾아 떠난 곳이 세란타라고 했던가. 내 눈동자 색이 왕의 눈동자 색과 같다고 했던가.

그리고…… 친부의 머리색이…… 은발이라고 했던가.

"왕은 아카시아 나무야."

"늦봄이면 온 숲에 은백색의 꽃이 만개하지."

"몰랐나? 세이라키아― '하늘의 달빛' 이란 뜻이다."

조각조각 흩어져가는 기억의 파편들이, 무자비하게 가슴을 찌르고 피부를 헤집었다. 온몸이 너덜너덜한 피투성이가 되어 가는 것 같았다.

"아시겠습니까?"

귓가에 스며드는 음성을 이 순간만큼은 듣고 싶지 않았다. 그러나 나는 그저 멀거니 굳어 있는 것 외에는 아무런 행동도 할 수 없었다.

"어쩌면 그들은 처음부터 큰 착각을 하고 있었던 걸지도 모릅니다."

나는 그대로 두 눈을 감았다.

눈가에 맺혀 있던 뜨거운 무언가가 볼을 타고 흘러내렸다.

"세이, 세이?"

"네? 아, 죄송합니다. 뭐라고 하셨죠?"

"나참, 정말 괜찮은 거 맞아? 왜 자꾸 멍해 있어?"

"죄송합니다. 조금 피곤해서요."

불만스럽게 쳐다보던 사림은 그제야 납득한 표정으로 나를 살폈다.

"하긴, 오늘 하루 종일 걸었는데 계속 쉬지도 못했지? 우린 세이 기다리는 동안에 좀 쉬었는데 말이야. 미안해. 눈 좀 붙일래? 우린 다른 방으로 갈 테니까."

현재 나와 사림 일행이 있는 곳은 황궁 근처에 있는 큰 여관이었다. 나보다 먼저 일정이 끝난 사림 일행을 위해 로일이 미리 안내해 준 곳으로, 나는 뒤늦게 주소를 받아 들어온 참이었다.

"아뇨, 괜찮습니다. 그나저나 하마르 님이 장기 출장 중이라니 일이 복잡하게 되었군요. 언제 돌아올 예정인지는 듣지 못하셨습니까?"

"으으, 적어도 3개월은 넘게 걸릴 거래."

"꽤 기네요. 그럼 이제부터 어떻게 하실 겁니까? 여기서 머무시면서 기다리실 건가요?"

"으음, 글쎄. 너무 오래 있으면 부모님이 걱정하실 것 같기도 하고. 그렇다고 여기까지 와서 하마르를 만나고 가지 않을 수도 없고."

"이왕 이렇게 된 김에 천천히 생각하십시오. 시간은 충분히 있으니까요."

나는 머리를 부여잡고 번민하는 사림을 향해 차분히 말했다. 그때 얼굴 옆쪽에서 찌르는 것 같은 시선이 느껴졌다. 돌아본 나는 곧게 응시하고 있는 카림의 눈동자와 정면으로 시선을 마주했다. 안절부절못하는 모습이, 뭔가 하고 싶은 말이 있는 얼굴이었다.

"제게 할 말이라도?"

"아, 저어……. 세이는 어떻게 할 거예요?"

"저 말입니까?"

"네. 찾던 사람은 못 만났잖아요. 여기서 뭔가 확인해야 할 게 있다고 하지 않았어요?"

"아아, 그건 확인했습니다."

"헤에, 혹시 그것 때문에 황태자를 만난 건가요?"

내가 고개를 끄덕이자 그는 무척 감탄한 표정을 지었다. 라자드와 사림 또한 나를 보는 시선이 달라진 것이 느껴졌다. 하지만 그것도 잠시, 사림은 곧 서운한 표정으로 투덜거렸다.

"뭐야, 세이. 전에는 귀족이 아니라고 해놓고선. 알고 보니 엄청 높은 사람이었잖아?"

"작위는 없습니다."

"그, 그래도 황태자를 만날 정도면 정말 대단한 신분이라는 거잖아. 게다가 지금 목에 맨 스카프, 그 에드밀인지 뭔지 하는 사람이랑 똑같은 색 아냐? 로일이라는 사람은 검은색이었던 것 같은데."

'……생각보다 눈썰미가 좋군.'

나는 살짝 혀를 차며 스카프를 풀어냈다.

"이 부분에는 사정이 있습니다. 여러분께 설명을 드리기는 좀 곤란할 것 같네요."

"치이~ 그런 식으로 나온다 이거지?"

"사림. 사정이 있다고 하잖습니까? 계속 캐물으면 세이가 곤란해할 겁니다."

"아, 알고 있어. 나도 그 정도쯤은."

라자드의 충고에 사림은 붉어진 얼굴로 시선을 피하며 중얼거렸다. 그런 그의 모습을 부드러운 눈빛으로 지켜보길 잠시, 라자드는 곧 내게 시선을 돌리고 물었다.

"어쨌든 황태자를 만났으니 이제 이곳에서의 일은 다 끝난 건가?"

"아니오. 아직 남은 일이 더 있습니다."

"남은 일?"

"예. 그래서 말인데, 이만 여러분과는 일정을 따로 해야 할 것 같습니다."

그 말에 듣고 있던 사림 일행의 눈동자가 휘둥그렇게 커졌다.

"말도 안 돼! 이제 와서 일정을 따로 하자고?"

"그, 그럼 헤어지는 거예요?"

"무슨 일인지 모르지만 우리도 같이 하면 안 되는 건가?"

차례대로 이어지는 질문엔 하나같이 당황한 기색이 역력했다. 우연히 동행하게 된 사이라곤 해도 함께해 온 기간이 있던 만큼, 갑작스러운 이별을 받아들이기 힘든 것 같았다.

그에 나는 업무에 관계된 일인 것처럼 에둘러 이유를 설명했다. 나의 직업을 알아서인지 그들은 애석해하면서도 순순히 고개를 끄덕였다.

"그런 거라면 이방인인 우리가 끼어들 순 없겠군."

"으으, 그럼 진짜 이렇게 헤어지는 거야? 수도에 온 지 얼마 되지도 않았는데?"

"아쉬워요. 좀 더 같이 있을 거라고 생각했는데."

"인연이 있다면 다음에 다시 만날 수 있겠죠. 그동안 여러모로 감사했습니다."

서운해하는 그들에게 나는 옅은 미소를 지으며 고개를 숙였다. 그러자 사림이 정색을 하며 손을 내저었다.

"아니, 감사인사는 오히려 이쪽에서 해야지. 우리가 세이에게 도움 받은 게 얼만데. 아마 우리끼리 왔다면 절대 이렇게 쉽게 도착하진 못했을 거야. 특히 세이랑 만난 후부터 카림의 건강이 얼마나 좋아졌다고. 그것만 생각하면 엎드려 절을 해도 모자를 정도야."

"열을 내렸던 것 말입니까? 그건 그저 식물의 도움을 받았을 뿐……."

"그것만이 아니야."

사림은 단호하게 대답하며 말을 이었다.

"전에 카림이 호흡기가 약하다고 말했었지? 그게 심해지면 가끔 발작을 일으키기도 하거든. 그런데 세이랑 만난 후부턴 한 번도 발작을 일으킨 적이 없어. 물어보니까 세이 옆에 있으면 숨 쉬기가 편하다고 하더라고."

"숨 쉬기가 편하다고요?"

"응, 분명히 그렇게 말했어. 그치, 카림?"

사림이 동의를 구하듯 돌아보자, 카림은 붉어진 얼굴로 조심스럽게 대답했다.

"으응. 마치 숲속에 들어가 있는 것처럼 공기가 맑아지는 기분이었어요. 이건 저 혼자만의 생각이긴 한데, 세이 주위엔 특별히 맑은 공기가 흐르고 있는 것 같아요."

"아, 그건 저도 동감합니다. 먼지가 많은 곳에 있어도 세이 옆에 있을 땐 덜하더군요."

"그것 봐. 역시 세이 덕분이라니까? 세이에겐 식물과 대화하는 것 말고도 특별한 힘이 있는 게 틀림없어."

라자드까지 맞장구를 치자 사림은 더욱 의기양양해져서 말했다. 그에 나는 난처한 얼굴로 웃을 수밖에 없었다. 사실대로 말하면, 나 역시 숲에서 그들을 만난 뒤로 상당히 호흡이 편해진 상태였기 때문이다.

그전까지만 해도 텁텁하고 불편하던 공기가 사림 일행과 함께 하고서부턴 맑고 상쾌하게 느껴졌다. 아마도 이것이 세리지가 말한 '반대의 호흡법' 덕분인 것 같았다.

'아, 그러고 보니…….'

그때 문득 떠오른 기억에 나는 살짝 자리에서 일어났다. 그러자 사림이 곧장 의아한 표정으로 바라보았다.

"어? 세이, 어디 가려고?"

"잠시만 나갔다 오겠습니다. 할 일이 생각나서요."

"할 일?"

양해를 구하고 나간 나는 곧바로 여관의 1층으로 내려갔다. 그리고 근처의 식당가에서 몇 가지 식재료들을 구한 다음, 적당히 빻은 그것에 내 피를 섞었다. 마지막으로 동그랗게 모양을 만드니 제법 그럴듯한 모습이 완성되었다.

'이른바 가짜 루피너스 열매……랄까. 하지만 효과는 같으니 상관없겠지.'

나는 완성된 약을 종이로 밀봉한 후에 다시 사림 일행이 있는 곳으로 몸을 돌렸다. 갑자기 나갔다 온 내 행동에 그들은 하나같이 어리둥절한 표정을 짓고 있었다.

"기다리시게 해서 죄송합니다."

"아니, 그건 상관없는데. 뭘 하다 온 거야?"

"이걸 드린다는 걸 잊고 있었더군요."

"응? 이게 뭔데?"

사림은 내게 건네받은 가짜 루피너스 열매를 의아한 표정으로 바라보았다.
"전에 건강에 좋은 약을 만들어 드린다고 했잖습니까? 바로 이겁니다."
"에? 이것 때문에 나갔다 온 거였어? 하지만 이제 카림 많이 건강해져서 굳이 안 먹어도 될 것 같은데……."
"그래도 가져가십시오. 만들어 드린다고 했으니 제 말에 책임을 져야 마음이 편할 것 같습니다."
"으음, 그래도 이런 걸 공짜로 받긴 미안한걸."
"괜찮습니다. 그다지 비싼 약재가 들어간 것도 아니니까요."
그때 곰곰이 생각하는 표정을 짓던 사림이 갑자기 목 뒤쪽으로 손을 가져가 무언가를 푸는 듯했다.
그러자 그의 손가락을 타고 은색의 얇은 사슬이 옷 속에서 달려 올라왔다. 그 가운데에는 마찬가지로 은색으로 된 초승달 모양의 메달이 걸려 있었다.
'목걸이? 저런 걸 하고 있었나?'
사림은 내가 채 의문을 표하기도 전에 풀어낸 목걸이를 억지로 내 손에 쥐어주었다.
"자, 받아."
"이건……?"
"카림을 위해 애써준 보답이자, 이별 선물! ……이라고 말하고 싶지만 사실은 주는 게 아니라 맡겨두는 거야. 이 다음에 남령에 올 일이 있으면 꼭 바하칸 왕국에 놀러오라고 말이야."
"바하칸 왕국이요?"

"응. 우리가 살고 있는 왕국의 이름이야. 이곳 아스란 제국보다는 못하지만 그래도 아름답고 무척 풍요로운 곳이지. 아다드 가문을 찾아와서 이걸 보여주면 쉽게 날 만날 수 있을 거야."

훗날 다시 만날 때를 대비한 연결고리인가. 나는 손바닥 위에 올려진 목걸이를 찬찬히 훑어보았다.

은으로 만들어진 듯 매끄러운 메달의 표면에는 알 수 없는 문양과 글자가 새겨져 있었다. 둥그렇게 휘어진 끝 부분에는 각각 붉은색과 푸른색의 보석이 박혀 있었는데, 표면의 은빛과 어울려 아름다운 조화를 이루었다. 한눈에 봐도 값비싸 보이는 물건임을 알 수 있었다.

목걸이에서 시선을 뗀 나는 이번엔 사림을 응시했다. 지금까지 계속 몸에 지니고 다녔던 것을 보면 사림에게도 소중한 물건임이 분명했다. 아무리 고마움이 크다곤 해도 만난 지 얼마 되지도 않은 내게 이런 것을 준 진의를 알 수가 없었다.

"뭘 그렇게 봐?"

"괜찮습니까? 귀한 물건인 것 같은데."

"아, 그렇긴 한데. 어지간한 걸로는 우리와의 인연을 증명할 수 없을 것 같아서. 그거라면 누구라도 단번에 내 거라는 걸 알아볼 수 있을 거야. 그만큼 세이가 나한테 소중한 친구라는 뜻이니까 부담스러워할 것 없어."

"친구요?"

"응, 친구! 당연한 거 아니야?"

밝게 웃으며 되묻는 말에 나는 잠시 아무런 말도 할 수 없었다.

친구란 것이 이렇게 쉽게 성립되는 것이었던가? 나와 그들은 그저 도움을 주고받는 사이였을 뿐이다. 그것도 이제 곧 끝나는, 스쳐지나가는 바람과도 같은 인연. 돌아서면 두 번 다시 만날 수 없는 그저 그러한 관계. 지금까지 만나왔던 숱한 사람들이 그랬고, 앞으로도 그럴 것이라 믿었다.

그 순간 들려오는 사림의 목소리에 나는 간신히 멍해 있던 정신을 일깨웠다.

"세이! 듣고 있는 거야?"

"예?"

"나 참, 또 딴생각 했구나? 그거 그래 봬도 나한테는 정말 소중한 거니까 나중에 꼭 돌려줘야 된다고 말했어."

"아, 그런 거라면 지금 그냥 돌려드리겠습니다."

"으익! 그게 아니지! 그러니까 반드시 바하칸에 놀러 와야 한다는 소리잖아! 내가 뭣 때문에 굳이 맡긴다고 생각하는 거야?"

"네? 아아, 그 뜻이군요."

"그래! 그러니까 꼭 와야 돼! 알았지? 알았지?"

초롱초롱하게 응시하는 얼굴은 기대감으로 반짝이고 있었다. 호의와 신뢰로 가득한 눈동자. 그 눈빛은 내가 알고 있던 누군가를 연상케 했다. 이전부터 그와 닮았다고 느꼈던 한 사람.

'……굳이 이런 것까지 카밀과 닮을 필요는 없는데 말이지.'

가만히 그의 모습을 응시하던 나는 순간 충동적으로 고개를 끄덕였다.

"……알겠습니다."

"우와, 정말?"

"다른 사람의 물건을 맡아두고 그냥 모른 척할 만큼 양심이 없진 않습니다."

"헤헤, 진짜 약속한 거다?"

"네, 약속하겠습니다."

'안 돼. 지금 뭘 하는 거야, 세이라키아.'

대답한 순간 나는 곧바로 입술을 악물었다. 앞으로 어떤 미래가 기다리고 있을지 나 자신도 알 수 없다. 이런 상황에서 지키지도 못할 약속을 하는 것은 상대를 기만하는 것과 다름이 없었다. 망설이던 나는 다시 거절하기 위해 입을 열었다.

"아, 죄송합니다. 지금 말은……."

"우와! 들었지, 카림? 세이가 바하칸에 놀러오겠대!"

"응! 진짜 잘됐다. 이대로 헤어지면 다시는 못 만나는 건가 싶었는데! 응? 근데 세이, 뭐라고 했어요?"

"……아뇨, 아무것도 아닙니다."

나는 한숨을 내쉬며 고개를 저었다. 거절해야 한다는 생각은 들었지만, 지금 기대감으로 눈을 빛내는 그들을 실망시키고 싶진 않았다. 그건 나 자신조차도 처음 느껴보는 생소한 기분이기도 했다. 곧 내 주위는 들떠 있는 사림 일행의 수다 소리로 가득차기 시작했다.

"아, 기대된다. 세이가 놀러오면 뭐 하지?"

"바다에 가보는 건 어때? 전에 세이가 한 번도 바다를 본 적이 없다고 말했잖아."

“우와! 그거 좋은 생각이야, 카림. 세이 넌 어때?”

“아아, 네. 뭐…….”

“좋아! 그럼 바다로 결정이다!”

“와아!”

사림 일행은 벌써 바다에 도착한 것 마냥 기뻐했다. 어린아이처럼 즐거워하는 그들의 모습을 보며, 나는 쓰게 웃을 수밖에 없었다.

‘뭐, 이것도 나쁘진 않군.’

나는 들고 있던 목걸이를 품안에 갈무리해 넣었다.

금속 특유의 묵직한 감각이 기분을 가라앉혔지만, 이상하리만치 후회는 되지 않았다. 나도 모르는 사이 그들의 낙천적인 기운에 전염이라도 된 것 같았다.

그래서일까. 앞으로 이런 평온한 시간이 다신 찾아오지 않을 것 같은 기분이 들었다.

“다시 한 번 묻겠습니다. 듀이 군과 형제가 맞습니까?”

잊고 있던 순간 다시금 떠오른 목소리가 머릿속을 울렸다. 나는 주먹을 불끈 쥐는 것 외에는 어떠한 행동도 할 수 없었다.

제8장
숲의 전언

1.

좌아악!

"키에에엑!"

쿠웅!

거친 비명 소리를 울리며 절명한 것은 한 마리의 트롤이었다. 육중한 체구가 바닥으로 무너지고, 갈라진 부위에서 역한 냄새를 풍기는 진녹색의 피가 흘러나왔다.

카밀은 트롤에게서 흘러나온 피가 신발에 닿지 않도록 한 걸음 뒤로 물러섰다. 피가 고인 바닥에서 치이익 하며 타는 듯한 소리가 흘러나왔다.

강한 산성으로 이루어진 트롤의 피는 닿기만 해도 옷을 태울 만큼 지독하다. 더구나 상처가 생겨도 곧바로 아물 정도로 뛰어난 재생력을 자랑하기에 싸우기 여간 어려운 게 아니었다. 피가 튀지 않도록 조심하면서 일격에 목을 베어야 하는 만큼, 그 어느 때보다 고도의 집중력과 순발력을 필요로 했다.

"후우."

힘겨운 전투를 마친 카밀은 숨을 고르며 이마에 흐르는 땀을 닦아냈다. 그 순간 그의 등 뒤에서 경쾌하게 박수를 치는 소리가 울렸다.

짝짝짝—

"잘했어, 카밀! 이번에도 멋진 솜씨였어."

카밀은 검에 묻은 피를 털어내며 뒤를 돌아보았다. 그곳에는 이제 막 전투를 끝마친 듯한 하마르와 아빌이 서 있었다. 아빌은 카밀의 앞에 쓰러져 있는 거대한 트롤들의 시체를 보며 감탄했다.

"언제 봐도 카밀 군의 검술실력은 정말 대단한 것 같아요. 아직 나이도 어린데 트롤을 한 마리도 아니고 여러 마리나 이렇게 쉽게 잡다니."

"과찬이십니다. 그쪽은 다 처리하신 겁니까?"

"뭐, 보시다시피."

어깨를 으쓱이는 하마르의 뒤편에는 축 늘어진 고블린의 시체가 산더미처럼 쌓여 있었다.

각각 마법과 검에 엉망으로 난자된 탓에 본래의 형체를 알아보기가 힘들 정도였다. 보통 사람은 지켜보는 것만으로 헛구역질을 할 정도로 고약한 장면이었지만, 카밀은 아무렇지 않게 둘러보며 찬사했다.

"역시 대단하시네요. 그 짧은 시간에 이 많은 몬스터를 다 죽이시다니."

"뭐, 이쪽은 둘이잖아. 게다가 아무리 그래봤자 저쪽만 하겠어?"

그 말에 카밀은 굳은 표정으로 그가 가리키는 방향을 바라보았다. 그곳엔 셋이 죽인 숫자를 합친 것보다 더 많은 고블린과 트롤들의 시체가 바닥에 늘어져 있었다.

게다가 이쪽과는 달리 사체의 상태도 온전했다. 허투루 찔리거나 갈린 부위가 없이, 모두 가슴 부위에 동일한 검상만을 입고 있었던 것이다. 단 한 사람의 검에 일격으로 죽었다는 증거였다.

그 압도적인 활약의 주인공은 새카만 머리칼에 붉은색 눈동자를 지닌 청년이었다.

그는 여유롭게 바위 위에 걸터앉아 검을 손질하는 중이었다. 그렇게 많은 몬스터를 처리한 후인데도 얼굴에서 지치거나 힘들어하는 기색은 찾아볼 수 없었다.

"휘유. 여전히 괴물 같은 실력이구만."

"……그러게요."

사실 그의 이런 모습을 보는 것이 이번이 처음은 아니었다. 지금까지 여러 번 몬스터 떼와 조우해 왔지만, 그때마다 그는 자신 몫의 몬스터를 누구보다 빨리, 간단하게 베어 없앴다. 그가 전투하는 모습을 지켜보는 것만으로 온몸에 전율이 일 정도였다.

'차원이 달라.'

카밀은 복잡한 표정으로 청년의 모습을 주시했다. 그때 툭툭 누군가 자신의 뺨을 두드리는 것이 느껴졌다. 돌아본 카밀은 하마르의 얼굴과 정면으로 마주했다.

"신경 쓰지 마라. 마물족 둘을 간단하게 죽여 없앤 놈이야. 뭔들 엄청나지 않겠어?"

"……저도 알고 있습니다."

카밀은 씁쓸하게 웃으며 고개를 끄덕였다. 결계의 영향이라곤 했지만, 그 당시 속수무책으로 당하기만 하던 자신과 달리 그는 너무도 쉽게 마물족을 쓰러트렸다.

그래서일까. 죽은 마물족의 시체를 보았을 때, 카밀은 살았다는 안도감보다 허무함을 더 크게 느꼈다. 지금껏 자신을 지탱해 온 모든 것들이 발밑에서부터 한꺼번에 산산이 무너진 기분이었다.

하지만 카밀의 생각은 거기에서 더 이어질 수 없었다. 갑자기 목을 조여든 하마르의 팔 때문이었다.

"우왁! 무, 무슨 짓입니까?"

"뭐긴 뭐야. 왜 갑자기 기죽은 얼굴을 하고 그래? 내가 보기엔 너도 충분히 대단하다고. 어쨌거나 백 년 만에 한번 나타날까 말까 한 검술의 천재잖아, 근위대의 기대주씨. 보안부에서 널 빼어 갔다고 근위대 놈들이 우리를 얼마나 죽일 듯이 노려봤는지 알아?"

"그런 호칭 그만 두세요. 그리고 뭐가 백 년 입니까? 저 사람, 저랑 나이 차이도 별로 나지 않은 것 같은데."

"그럼 저쪽은 천 년 만에 나오는 천재라거나……? 아, 미안. 농담이야, 농담. 삐치지 말라고."

"안 삐쳤습니다! 누가 그런 거에 삐쳤다는 겁니까?"

"에이, 표정은 그게 아닌데?"

빙글빙글 웃으며 묻는 말투엔 놀리는 기색이 역력했지만 카밀은 평소처럼 화를 낼 수가 없었다. 그가 자신을 걱정하고 있다는 것을 느낄 수 있었기 때문이었다. 그의 옆에 서 있는 아빌 또한 내색하진 않았지만 지켜보는 눈동자에 염려의 빛이 섞여 있음을 알 수 있었다.

'최악이다. 주변 사람까지 걱정시키다니.'

태어나 처음으로 경험한 무력감 때문일까. 의식하지 않으려 해도 그를 바라보고 있으면 신경이 곤두선다. 그런 자신의 모습이 일행들 앞에 여실히 드러났다는 것에 카밀은 말할 수 없이 부끄러웠다.

"칸."

그때 어디선가 들려오는 단정한 목소리에 바위에 앉아 있던 청년이 벌떡 자리에서 일어났다.

그가 바라보는 곳에선 후드를 덮어쓴 장신의 남자가 걸어오고 있었다. 그의 손엔 지금 막 떠온 것으로 보이는 수통이 들려 있었다.

"세온! 다녀오셨어요!"

칸이라 불린 청년은 쪼르륵 달려가 그의 옆에 달라붙었다. 세온, 정식 명칭 세메이온은 그런 그의 머리를 쓰다듬어주며 물었다.

"응. 다녀왔어. 이번에도 굉장하네. 어디 다친 곳은 없어?"
"네, 그럼요."
해맑게 웃으며 대답하는 칸의 얼굴은 마치 어린아이처럼 천진난만했다. 조금 전 서늘한 얼굴로 몬스터를 베어가던 존재와 동일인물이라고는 도무지 생각하기 힘든 모습이었다.
갑자기 달라진 그의 모습을 카밀 일행은 떨떠름한 시선으로 바라보았다. 지금은 많이 익숙해졌지만, 처음 그 변화를 보았을 땐 일행들 모두 경악을 금치 못했다. 사람의 얼굴이 어떻게 저렇게 한순간에 변할 수 있는지 심각하게 토론까지 벌일 정도였다. 물론 적응이 된 지금도 여전히 지켜보는 것이 껄끄럽기는 마찬가지였다.
그 순간 이어진 세메이온의 말에 카밀 일행은 황급히 정신을 차렸다.
"죄송합니다. 제가 좀 늦었나요?"
"아, 아닙니다. 그런데 어딜 다녀오신 겁니까?"
"이 근처에 개울이 있더군요. 그래서 물을 떠왔습니다."
세메이온은 빙긋 웃으며 묵직한 수통을 내밀었다. 이제 막 떠온 새물임을 증명하듯 받아든 하마르의 손에까지 겨울의 시린 기운이 전해지고 있었다.
"이런 곳에 개울이 있었군요."
"예. 마침 수통의 물이 거의 다 떨어져가는 상황이었는데 잘되었죠?"
"그, 그렇네요."

하마르는 어색하게 웃으며 고개를 끄덕였다.

아무것도 없는 산중에서 물을 찾았다는 것에 좀 더 기뻐할 만도 하지만, 사실 이들 일행에겐 이런 일이 그다지 특별한 상황은 아니었다.

물이 바닥이 날 때쯤이면 세메이온이 항상 근처에서 개울이나 샘을 찾아내곤 했던 것이다. 수풀 안에서는 물론, 사방이 온통 바위로만 이루어진 절벽지대에서도 마찬가지였다.

처음 한두 번은 우연이라 생각하며 넘겼지만, 그것이 매번 반복되니 더 이상 운이라고 여길 수가 없었다. 그는 마치 물이 흐르는 방향을 알고 있는 것 같았다.

'저 엄청나게 강한 형씨와의 관계도 그렇고. 약사 주제에 대단한 의료실력도 그렇고. 하여튼 이상한 구석이 많은 사람이야. 대체 정체가 뭐지?'

예전에 크게 다쳤을 때, 그가 자신의 팔을 하루 만에 완치했다는 것은 알고 있었다. 그 당시엔 그저 고마운 마음밖엔 없었지만, 지금 생각해 보면 상당히 이상한 구석이 많았다.

하마르가 보기에도 그 당시 자신이 입었던 부상은 상당히 심각했다. 피부가 깊이 찢어져 뼈가 드러나 보일 정도였으니까. 그만한 부상이면 보통 바늘로 꿰매 상처를 봉합해도 아물기까지 오랜 시간이 걸리는 것이 정석이다.

하지만 세메이온은 단지 약초만을 이용하여 치료를 감행, 단 하루 만에 완치에 가까운 상태에 이르게 했다. 하마르 그 자신도 약사 가문의 출신이기 때문에, 그것이 얼마나 엄청난 일인지 누구보다 잘 알고 있었다. 그만한 실력을 가진 사람이 지금까지 세상에 알려지지 않은 것이 이해가 되지 않을 정도였다.

'보안부의 정보망으로도 끝내 누군지 알아낼 수 없었지. 아마 세메이온이란 이름은 가명일지도…….'

눈을 가늘게 뜬 하마르는 문득 그와 재회하던 순간을 떠올렸다.

"이야~ 이런 곳에서 다시 만나다니. 이거 정말 기가 막힌 인연인데요?"

일련의 소동이 마무리 된 후, 기절에서 깨어난 하마르는 자신들을 구해 준 세메이온에게 열렬한 감사인사를 보냈다. 그로선 한 번도 아니고 두 번이나 그에게 목숨 빚을 지게 된 셈이니 몇 번의 인사로도 부족할 정도였다.

"실은 영락없이 죽을 거라 생각했거든요. 정말 감사합니다. 이 은혜를 어떻게 갚아야 할지……."

그러나 세메이온은 단정한 얼굴에 미소를 지은 채 그저 고개를 저을 뿐이었다.

"신경 쓰지 마십시오. 당연히 해야 할 일을 한 것뿐이니까요. 그나저나 다치신 곳은 괜찮습니까? 조금 전에 확인해 본 바로는 딱히 이상은 없어 보였습니다만."

"하하! 예. 약간 욱씬거리는 것 빼곤 멀쩡합니다."

"다행이군요. 일단 통증에 좋은 약초를 드릴 테니 드십시오. 그럼 한결 좋아지실 겁니다."

"헉! 아닙니다. 거기까지 폐를 끼칠 수는……."

"괜찮습니다. 칸, 내 배낭 좀 가져와주겠어? 약재가 들어 있는 것으로."

"네, 세온."

대답한 사람은 그의 옆에 서 있던 검은머리 청년이었다. 그 순간 얼굴이 확연이 굳어지는 카밀을 보며 하마르는 고개를 갸웃거렸다.

마물족과의 대치 당시, 일찌감치 기절한 그는 의식을 잃은 동안의 자세한 상황은 알지 못했다.

그저 세메이온과 그의 동료가 위기의 순간에 나타나 도와줬다고만 전해 들었을 뿐이었다. 때문에 청년을 경계하는 카밀의 태도도 이해할 수 없었다.

"그런데 실례지만 저분은?"

"제 동료인 칸입니다. 함께 여행하면서 제 일을 많이 도와주고 있지요."

"아, 그렇군요."

그때 멀찍이 사라졌던 칸이 다시 돌아왔다. 그의 손에는 낡은 배낭꾸러미가 들려 있었다.

"여기 있어요, 세온. 이것 맞죠?"

"응, 맞아. 고마워."

배낭을 받은 세메이온은 곧 그 안에서 두툼하게 접힌 종이더미를 꺼냈다. 그것을 펼치자 곱게 말린 식물의 뿌리가 드러났다.

"해열과 진통, 소염효과가 있는 약초입니다. 뿌리째 먹을수록 효과가 더 좋지요. 조금 쓰긴 합니다만…….”

“아! 이 약초 저도 알고 있습니다. 근데 이거 이 계절엔 구하기도 힘들뿐더러, 꽤 비싼 걸 텐데요? 이런 걸 주셔도 되는 겁니까?”

“상관없습니다. 도움이 되는 사람에게 가는 것이 이 약초들도 바라는 바일 테니까요.”

“이거 자꾸 신세만 지게 되는군요.”

“아닙니다. 다른 분들도 하나씩 드십시오. 아픈 것도 참으면 병이 된답니다.”

그 말에 하마르와 아빌은 각자 약초를 받아 입에 넣었다. 하지만 카밀은 그저 묵묵히 앉아 있을 뿐이었다.

“카밀 군은 안 드십니까?”

“……전 괜찮습니다.”

“하지만 피를 토하셨던 것 같은데요. 그 정도면 겉으론 티가 나지 않아도 내상을 크게 입으셨을 겁니다. 상당히 아프실 텐데…….”

“아뇨, 이 정도는 견딜 만합니다.”

“그래도 상처를 방치하는 건 좋지 않습니다. 아프지 않더라도 약은 드셔야 합니다.”

“그래, 카밀. 무엇보다 이런 호의를 거절하는 건 예의가 아니라고. 어서 받지 않고 뭐해?”

결국 하마르의 독촉에 못 이긴 카밀은 어쩔 수 없이 약초를 받을 수밖에 없었다. 하지만 약초를 받은 후에도 카밀은 먹지 않고 그저 가만히 있을 뿐이었다. 그에 모두의 시선이 카밀에게 이르렀을 때였다.

"칸이라고 하셨죠. 그때 그 마을에서 마물족을 죽인 사람이 바로 당신이었군요."

그 말에 세메이온과 칸의 고개가 동시에 들렸다. 다른 사람들 역시 당황한 얼굴로 카밀을 응시했다.

"뭐? 그게 무슨 소리야, 카밀?"

"마을이라면…… 설마 그때 그 유령 마을 말이에요?"

아빌의 질문에 카밀은 고개를 끄덕였다. 그에 하마르의 눈동자가 크게 뜨였다.

사람이 사라지던 유령 마을. 그곳은 바로 그들과 세메이온이 처음으로 만난 장소이기도 했다.

당시의 사건은 실종사건의 원인으로 밝혀진 마물족이 하루아침에 마을의 광장에서 시체로 발견됨으로써 종식되었다. 그러나 누가 그 마물족을 죽였는지에 대해서는 끝내 알아내지 못했다.

그런데 지금, 칸이란 청년이 바로 그때의 마물족을 죽인 자라고 말하고 있는 것이다.

"조금 전 당신이 죽인 마물족들의 사체를 살펴봤습니다. 그때 죽은 마물족과 마찬가지로, 동일한 부위에 치명상을 입고 절명했더군요. 같은 사람의 솜씨가 아니라면 그렇게까지 일치할 수는 없겠죠."

"그, 그럴 수가. 그럼 정말로?"

"하지만 마을에선 보지 못했는데……."

하마르와 아빌은 해명을 요구하는 시선으로 칸을 바라보았다.

그에 칸은 당황한 기색도 없이 무표정하게 고개를 끄덕였다.

"맞아, 내가 했어. 그런데 그게 왜?"

"왜, 왜냐니……."

"말해 두지만, 세온과 나는 너희들이 오기 훨씬 전부터 그 마물족의 흔적을 쫓고 있었어. 너희들 덕분에 조금 더 빨리 찾아내긴 했지만, 어쨌든 원래 우리가 하려던 일이었다고. 그러니 가로챘다는 비난은 듣지 않겠어."

쌀쌀맞은 답변이었지만 정작 세 사람이 당황한 것은 그 부분이 아니었다. 모두의 시선이 곧장 세메이온을 향했다.

"우리……? 세메이온 님, 당신들은 마물족을 쫓고 있는 겁니까?"

"설마 이곳에 온 것도?"

그에 세메이온은 난처한 표정을 지으며 고개를 저었다.

"으음. 아니오. 일부러 쫓고 있는 건 아닙니다. 그땐 그저…… 마을이 습격당하는 상황인데 그냥 두고 볼 수가 없어서 나섰을 뿐입니다."

"그럼 이곳에 온 것은……."

"단순한 우연입니다. 사실 마물족이 숨어 있는 마을은 상당히 많습니다. 그전의 마을에 가기 전에도 도중에 몇 번이나 마주친 적이 있었지요. 물론 가장 큰 인명피해를 입은 건 여러분을 만났던 그 마을이었지만 말입니다."

"앗! 그래서 마물족에 대해서 알고 있었던 거군요?"

아빌의 외침에 세메이온은 그저 빙긋 미소 지었다. 긍정인지 부정인지 알 수 없는 모호한 태도였지만, 하마르는 일단 그것을 긍정으로 이해하기로 했다.

"그런데 왜 그땐 아무 말도 안 하셨습니까?"

"굳이 설명할 필요가 없었으니까요. 우연히 마물족을 없앤 것일 뿐, 저희들은 그저 평범한 여행자에 불과하답니다."

평범하다는 말엔 동의할 수 없었지만(세상의 모든 평범한 여행자가 그들과 같다면 치안대는 필요하지도 않을 것이다), 하마르를 비롯한 세 사람은 일단 고개를 끄덕였다. 그때 세메이온이 부드럽게 웃으며 질문했다.

"그나저나 이번엔 저번보다 일행이 줄어들었군요. 실례가 아니라면 어디를 가시는 길인지 여쭤 봐도 되겠습니까?"

"아아, 저흰 엘프의 숲으로 가는 중입니다."

"하마르 님! 그건……."

"됐어. 어차피 우리가 황궁에서 나온 것도 다 아는데 뭐."

"그건 그렇지만……."

"괜찮아. 지금 상황에선 딱히 대단한 정보도 아니니까."

시큰둥한 하마르의 태도에 카밀은 묵묵히 입을 다물었다. 그런 그들의 모습에 세메이온이 의아한 시선을 보냈다.

"지금 상황이라니요? 혹시 무슨 일이 있습니까?"

"응? 지금 이 일대가 전부 몬스터 떼의 출몰 때문에 난리인데 소문을 듣지 못하셨습니까?"

"아아, 다들 잠들어 있어서 소식 전달이……."

"네? 잠들어 있다뇨?"

하마르의 질문에 세메이온은 살짝 고개를 저었다. 워낙 순간적이었기에 그가 난처한 표정을 지었다는 것을 알아본 사람은 없었다.

"아닙니다. 급하게 오느라 제대로 주변 소문을 접할 기회가 없었습니다. 보아하니 상당히 심각한 상황인가 보군요."

"벌써 몰살된 마을도 여러 개인 것 같으니 심각하다면 심각하다고 할 수 있죠. 세메이온 님도 여행 중이시라면 조심하시는 게 좋을 겁니다."

"조언 감사합니다. 그런데 엘프의 숲은 왜……?"

"아아. 몬스터 떼의 출몰이 처음 시작된 곳이 바로 그곳이라고 하더군요. 그래서 사실을 확인하는 차원에서 둘러보려 합니다."

"……엘프의 숲에서 시작되었다고요?"

"네, 몰살된 마을도 숲에서 가까운 마을 순입니다. 그곳을 기점으로 점차 영역을 넓혀가고 있는 것 같아요."

그 말에 세메이온과 칸이 동시에 서로를 바라보았다. 내색하진 않았지만 조금 전보다는 확연히 굳어 있는 표정이었다. 그 순간 이어지는 말에 하마르는 크게 당황했다.

"혹시 그 일정에 저희도 함께할 순 없겠습니까?"

"네? 여러분이요?"

"예. 엘프의 숲에서 시작된 특이 현상이라니. 상당히 흥미가 생기는군요. 동행을 허락해 주십시오. 방해가 되지는 않을 겁니다."

"자, 잠시만요. 이 일은 생각하시는 것보다 훨씬 위험할지도 모릅니다. 그렇게 선뜻 참여하실 일이……."

"위험하니까 오히려 저희들이 더 도움이 되지 않겠습니까?"
"그건 그렇지만……."
"부탁드립니다."
만류하려던 하마르는 정중하게 고개를 숙이는 세메이온의 모습에 그만 할 말을 잃고 말았다.
바로 그것이 이 기묘한 동행이 결정된 순간이었다.

'허락은 했지만 말이지……. 아무리 생각해도 수상한 사람이란 말이야.'
회상에서 깨어난 하마르는 다시금 새삼스럽게 세메이온의 모습을 훑어보았다.
처음 만났을 땐 선명한 초록색이었던 그의 머리색은 현재 밤하늘처럼 검은빛을 띠고 있었다. 그것도 얼마 전에는 옅은 황금색이 섞여 있었는데, 며칠 사이에 무슨 짓을 한 건지 지금은 온전한 흑색이 된 상태였다.
'염색하는 것은 보지 못했는데. 설마 마법인가?'
중상의 환자도 한순간에 낫게 한 것을 보면 마법사일 가능성이 컸다. 하지만 그의 어디를 보아도 마법사 특유의 마나의 기운이 느껴지지 않았다.
마법사는 본래 마나를 다루는 직업이기에, 특유의 마나 흐름을 갖게 되어 있었다. 그의 옆에 있는 아빌만 해도 비록 옅지만 분명한 흐름을 가지고 있었다. 하지만 그에게선 아무것도 느껴지지 않았다.

그때 그의 귓가에 세메이온이 중얼거리는 소리가 들려왔다.

"그나저나 이곳도 많이 변했군요. 예전엔 이렇게까지 살벌한 곳이 아니었는데. 여러분의 말이 맞았네요."

"예전? 전에도 이곳을 오신 적이 있습니까?"

"전 약사니까요. 희귀한 약재들을 구하기 위해 자주 들렸었지요."

현재 그들이 있는 곳은 엘프의 숲으로 들어가는 입구 부분이었다. 엘프의 숲은 갖가지 특이한 식물과 약초들이 자라는 것으로 유명하다. 때문에 숱한 약초꾼들과 약사들이 위험하다는 것을 알면서도 방문하는 곳이기도 했다.

딱히 수상할 것이 없는 대답이었지만 하마르는 오히려 더 찜찜한 기분에 사로잡혔다. 일부러 짜 맞춘 것 같은 느낌이 들었기 때문이었다.

'수상해. 역시 너무 수상해.'

그는 벌써 속으로 몇 번째 내뱉는 걸지도 모를 말을 중얼거렸다.

2.

"세온."

"아아……."

칸의 부름에 세메이온은 흐리게 탄식을 내뱉었다. 이미 마을의 지척까지 이른 상황임에도 인기척이 전혀 느껴지지 않았다.

평소라면 인간들이 숲에 접근했다는 것을 눈치챈 일족들이 벌써 파수꾼을 보냈어야 할 시간이었다. 그러나 주변을 아무리 살펴도 지켜보는 시선이 느껴지지 않았다.

좋지 않은 징후였다.

'역시 무슨 일이 생긴 건가. 칼프와 시란이 있으니 큰 문제는 없을 거라고 생각하지만…….'

본격적인 겨울이 시작되면서부터, 주변의 식물들은 하나둘씩 죽거나 잠에 빠져들었다.

덕분에 평소 그들을 통해 정보를 얻던 세메이온은 상대적으로 주위의 소식에 둔감해질 수밖에 없었다.

억지로 들으려면 들을 수도 있으나, 그렇게 하기엔 현재 엉망이 된 몸 상태로는 너무 부담이 컸다. 날이 갈수록 약해지고 있는 그의 기운은 이젠 거의 아생 시절, 즉 인간과 다를 바가 없을 정도로 쇠약해져 있었다.

인간들 사이에 직접 섞여들어 정보를 얻는 방법도 있었지만, 시간에 쫓기는 지금은 그런 식으로 여유를 부릴 수도 없었다. 그래서 무한정 목적지를 향해 내달리기만 했다.

만약 잠들기 전의 식물들이 '엘프의 숲에 가보라' 고 하지만 않았다면, 그리고 이상한 느낌을 받지만 않았다면, 굳이 이쪽으로 들릴 생각은 하지 않았을 것이다.

그리고 직접 와서 돌아본 숲의 정경은 예상했던 것보다 더욱 처참했다. 크고 작은 나무들은 너나 할 것 없이 거의 다 쓰러지거나 뿌리가 뽑혀 있었고, 군데군데 절단된 산짐승의 사체들이 널려 있었다.

특히 바닥의 흙은 무엇으로 오염이 된 것인지 새카맣게 변색된 채였다. 마르고 짓밟혀 있는 모습에선 지난날의 아름다웠던 광경은 찾아보기가 힘들었다.

'소리가 들리지 않아.'

이 정도로 엉망이 된 상태라면 잠들었던 식물들도 강제로 깨어나기 충분했다. 하지만 그런데도 들려오는 음성이 없었다. 규칙적으로 내뱉는 숨소리조차 사라진 상태였다.

그것이 의미하는 것은 단 하나밖에 없었다. 일대의 식물들이 전부 죽은 것이다.

칸은 바닥의 흙을 조금 집어 들고 코에 대었다. 찌르듯이 역하게 풍기는 비린내에 그의 얼굴이 저절로 찌푸려졌다.

"마물족의 피 냄새예요. 수맥을 통해 흘려보낸 것 같아요. 지독한 짓을 하는군요."

"……역시 여기까지 왔군."

마물족의 피는 그 자체로 강렬한 독. 보통의 평범한 식물인 나무나 잡초들이 버텨낼 리가 없었다.

아직 눈치챈 사람은 없었으나 시간이 갈수록 세메이온의 얼굴은 점점 더 굳어지고 있었다. 유일하게 그의 심정을 알고 있는 칸이 낮은 목소리로 입을 열었다.

"그냥 지금 바로 마을에 가보는 게 좋지 않겠어요, 세온? 이런 식으론 너무 느리잖아요. 날 타고가면 마을까진 몇 분 만에……."

"아니. 사람들을 버리고 갈 순 없어. 우리가 떠나면 이들만으론 몬스터의 공격을 막아낼 수 없을 거야."

오늘만 해도 벌써 몇 번째 몬스터 떼와 마주친 상태다. 그때마다 수시로 베어 없애나가곤 있지만, 안으로 들어갈수록 마주하는 숫자는 늘어나면 늘어났지, 줄어들 기미를 보이지 않고 있었다.

아직까진 무난히 버텨나가고 있으나, 조만간 여유를 부리지 못할 정도로 수많은 몬스터 떼와 부딪힐 것이 틀림없었다. 그렇게 되면 단 세 명뿐인 인원으로는 오래 버티지 못할 것이다. 그것은 칸 역시 짐작하고 있는 일이었다. 그는 불만스러운 표정으로 중얼거렸다.

"그러니까 처음부터 우리끼리 가자고 그랬잖아요. 그렇지 않아도 바쁜데 인간들 때문에 발목을 잡히다니."

"숲에 갈 걸 뻔히 알면서 내버려둘 수도 없잖아. 게다가 이렇게 위험한걸."

"지금 세온이 다른 사람 입장을 생각해 줄 때예요?"

"하하. 괜찮아, 칸. 조금 느려진다고 해서 일정에 큰 지장이 생기는 건 아니니까."

"……하아, 이런 점은 굳이 라헬 님을 본받지 않아도 된다고요. 클로네들은 하나같이 너무 착해서 탈이라니까. 그냥 확 내 맘대로 업고 뛰어갈까 보다."

투덜거리는 말에 세메이온은 피식 웃었다. 말은 저렇게 해도 칸이 자신의 의사를 반(反)하는 행동을 하지 않는다는 것을 알고 있었기 때문이었다.

좌아악!

"크에엑!"

"젠장, 끝이 없네."

그 사이 새로 나타난 몬스터를 베어 넘긴 하마르는 진저리를 치며 중얼거렸다.

각오는 했지만 막상 엄청난 숫자의 몬스터를 상대하고 있자니 정신이 아득해지는 기분이었다.

그의 평생에 걸쳐 볼 수 있는 몬스터들을 이 자리에서 모두 한꺼번에 만나는 것 같았다. 그 정도로 쏟아져 나오는 몬스터의 숫자가 많았다.

"베고, 베고, 또 베도 다시 나타나는구만. 이놈들은 지치지도 않나? 어떻게 하나같이 쉴 틈을 안주는 거야?"

"애초에 그런 배려가 있으면 몬스터가 아니죠. 이미 이곳은 놈들의 영역이에요. 우린 놈들의 영역에 침입한 초대받지 않은 손님이고요. 수시로 공격하러 오는 것이 당연해요."

아빌은 차분하게 설명하며 이마에 흐르는 땀을 닦아냈다. 날씨는 추웠지만 쉬지 않고 마법을 쓴 탓에 온몸이 흠뻑 땀으로 젖어있는 상태였다.

"괜찮습니까, 아빌 양?"

"네. 아직은 버틸 만해요."

하지만 말과는 달리 그녀는 팔과 다리를 후들후들 떨고 있었다. 지나친 마나 소비로 한계에 달한 것이다. 그만이 아니라 하마르와 카밀 역시 지친 기색이 역력했다.

상황이 이리되자 그들은 슬슬 앞으로 나가기를 주저했다. 자칫 하다간 사방에서 몬스터 떼에게 포위되기 십상이었기 때문이었다.

"어떡하죠, 하마르 님? 더 안으로 들어가 볼까요?"

"당연하지. 엘프들의 마을은 아직 나오지도 않았다고. 경비로 천 골드나 받았는데 확인도 안 하고 돌아가면 영감님이 날 죽이려고 할걸?"

"그전에 여기서 죽지나 않으면 다행이겠군요."

"재수 없는 소리! 누가 이딴 곳에서 죽을 것 같아? 난 꿋꿋하게 백 살까지 다 채우고, 마지막은 화려한 침실에서 백 명의 아름다운 여인들의 시중을 받으며 죽을 거다! 이런 퀘퀘한 몬스터들 시체 속에서가 아니라!"

그 말에 카밀은 몬스터를 베어 넘기다 말고 황당한 표정을 지었다.

"……뭡니까, 그 망측한 꿈은."

"뭐가 어때서? 남자라면 누구나 동경할 만한 상황 아니냐? 아름다운 여인이 백 명이나 침실에서 시중을 든다고! 그거야말로 완벽한 로망이지!"

"……뭐라 우기셔도 상관은 없는데요. 그거 성희롱입니다, 하마르 님."

"뭐? 헉!"

어리둥절해하던 하마르는 곧 자신의 실수를 깨달았다. 바로 옆에서 무시무시하게 노려보는 아벨의 모습을 본 것이다.

"하마르 님이 그런 분이신 줄 몰랐네요. 상당히 재치 있고 멋진 분이라고 생각했는데."

"아, 아빌 양. 그, 그게 아니고요."

"됐으니까 앞으로 제게 말 걸지 말아주세요. 불결하니까요."

"크윽!"

제법 충격이 큰 듯 하마르는 가슴을 움켜잡으며 비틀거렸다. 하지만 이미 냉정하게 돌아선 아빌은 다른 쪽으로 척척 걸어가고 있을 뿐이었다.

"아, 아빌 양! 혼자 가면 위험……."

"따라오지 마세욧!"

사납게 외치는 소리에 하마르는 움찔 붙잡으려던 손을 멈췄다. 그러자 안절부절못하는 그를 대신해서, 세메이온이 빙긋 웃으며 말했다.

"저희가 가보겠습니다."

"네? 아아……."

이윽고 수풀 사이로 사라진 아빌의 뒤를 세메이온과 칸이 뒤쫓았다.

그 뒷모습을 한동안 망연하게 바라보던 하마르는 곧 울적한 얼굴로 카밀의 어깨에 머리를 기댔다.

"카미일~ 내가 불결하대."

"……그러니까 레이디 앞에선 그런 얘긴 조심하셨어야죠."

"뭐가? 난 그냥 로망을 말했을 뿐이라고! 카밀 너도 남자라면 알 것 아냐!"

"백 명의 여인과 침실 어쩌고 하는 거 말인가요? 죄송하지만 전 일평생 한 여자만 사랑하면서 지켜주는 게 꿈이라서 말입니다. 별로 동감할 수 없네요."

"크! 뭐야, 그 고리타분한 사고방식은! 하여튼 이래서 도련님들은 안 된다니까."

"그래도 불결한 것보다는 낫잖습니까?"

"쿨럭! ……그 사이에 많이 발전했군, 도령."

"누구 덕분에 말이죠."

카밀은 씩 웃으면서 대꾸했다. 그 모습에 하마르의 얼굴이 배신감으로 일그러졌다. 설마 저 순둥이 도련님이 이런 반격을 가할 줄 누가 알았겠는가! 전혀 예상하지 못했던 일이었기에 더욱 충격이 컸다.

"내가 호랑이 새끼를 키웠어……."

한탄하는 모습에 어깨를 으쓱이길 잠시, 카밀이 문득 기억을 상기하며 물었다.

"그나저나 괜찮으신 겁니까?"

"이게 괜찮아 보여?"

"아니, 그거 말고요. 하마르 님이 찾는 분들 말입니다."

"……!"

그 순간 하마르의 눈동자가 살짝 흔들렸다. 그의 마음 속 동요를 읽은 카밀은 조금 주저하며 말을 이었다.

"그분들의 이동 경로에 엘프의 숲이 있다고 하셨잖습니까? 이렇게 몬스터가 많은데 무사히 탈출했을까 싶어서요."

"그럼 설마 죽었을까봐?"
"그런 게 아니라…… 걱정이 돼서 드리는 말씀입니다. 저희들도 이렇게 벅찬 상황이니까요."
그 말에 하마르의 얼굴이 조금 전보다 더 굳어졌다. 내색하진 않았지만 그렇지 않아도 그 역시 그 부분을 신경 쓰고 있었기 때문이었다. 하지만 그는 곧 성의 없이 한 손을 휘저으며 대꾸했다.
"괜찮을 거야. 강하니까."
"강하다니……. 어릴 때 이후로 한 번도 만난 적 없다고 했잖습니까. 그런데 그런 걸 어떻게 압니까?"
"안 봐도 뻔하지. 그 녀석 집안은 대대로 뛰어난 무장을 배출해 낸 무도가거든. 가신은 물론 하인들까지 전부 수준급의 전사로만 이루어져 있어."
"하인까지요?"
카밀이 놀란 얼굴로 응시하자 하마르는 천천히 고개를 끄덕였다.
"지금은 왕정이지만, 이백 년 전만 해도 바하칸은 부족국가였으니까 말이야. 틈만 나면 여기저기서 공격을 해대니, 살아남기 위해서라도 식솔 전부가 단련해야 했지. 그게 지금까지 습관으로 굳어졌다고 할까. 내 친구는 바로 그런 곳의 후계자야. 그런데 약할 리가 있겠어?"
"흐음, 그렇군요. 하마르 님이 장담하실 정도라면 괜찮겠네요."
"그렇다니까. 뭐, 아주 마음에 걸리는 게 없는 건 아니지만……."

"마음에 걸리는 거라뇨?"

카밀의 질문에 하마르는 머리를 긁적이며 대답했다.

"동생을 데리고 나갔다는 게 좀 걸려. 내가 알기로 그 녀석한테 동생 같은 건 없었거든."

"하마르 님과 헤어진 후에 생겼을 수도 있잖습니까?"

"으음, 그렇긴 한데. 뭔가 찜찜한 기분이 든단 말이지."

한동안 복잡한 표정으로 고민하길 잠시, 그는 곧 머리를 세차게 휘저었다.

"에라 모르겠다. 지금 여기서 신경 쓴다고 해결되는 것도 아니고. 여하튼 정 안되겠다 싶으면 다시 돌아갔을 거야. 게다가 이곳의 몬스터가 갑자기 불어나기 시작한 건 최근이니까, 그전에 숲을 빠져나갔을 수도 있고."

"하긴. 길이 엇갈렸을 수도 있겠네요. 그럼 부디 황궁에 무사히 도착했길 비는 수밖에 없겠군요."

"황궁?"

"하마르 님을 만나려면 황궁에 가야 한다고 생각할 테니까요. 그럼 그쪽의 요원들로부터 뭔가 연락이 오지 않겠습니까?"

밝은 표정으로 묻던 카밀은 다음 순간 이어진 대답에 얼굴이 경직되었다.

"글쎄. 그 녀석은 내가 관리가 된 것도 모르고 있을 걸? 그냥 무작정 날 만나야겠다고 뛰쳐나간 거니까."

"네? 그, 그럼 어떡합니까?"

"수도 어딘가를 배회하겠지. 운이 좋으면 만나는 거고, 아니면 마는 거고. 하지만 아마 나랑 만나기 전에 집에 끌려들어가는 것이 더 빠를걸?"

"그럼 여기까지 온 건……."

"그야말로 헛수고라는 거지."

담백한 말투였지만 대답하는 하마르의 얼굴엔 기운이 빠져 있었다. 카밀은 어떤 말로 위안해야 할지 몰라 머리를 긁적거렸다.

바로 그때였다.

"카밀 군! 하마르 님!"

"헉!"

인기척과 함께 높은 톤의 목소리가 울렸다. 깜짝 놀란 카밀과 하마르는 자기들도 모르게 공격할 자세를 취했다. 하지만 나타난 상대가 먼저 앞서 나갔던 아빌임을 깨닫곤 안도의 한숨을 내쉬었다.

"무, 무슨 일입니까, 아빌 양?"

"아니, 그보다 왜 혼자서……. 세메이온 님과 칸 씨는요?"

"지금 그런 게 중요한 게 아니에요! 굉장한 것을 발견했어요!"

"굉장한 거요?"

"어서 와보세요! 빨리요!"

그 말과 함께 아빌은 다시 왔던 방향으로 몸을 돌렸다.

의아한 표정으로 서로를 바라보길 잠시, 하마르와 카밀은 곧 그녀의 뒤를 따라 뛰기 시작했다.

3.

"아빌 양! 어디까지 가는 겁니까?"

"다 왔어요! 바로 저기예요!"

얼마를 뛰었을까.

숨이 턱까지 차오른 두 사람은 거친 호흡을 고르며 주위를 둘러보았다.

이윽고 아빌이 가리키는 방향을 따라 고개를 돌린 그들은 곧 누가 먼저랄 것도 없이 눈을 부릅떴다. 숲 한가운데, 인가로 보이는 집과 광장이 펼쳐져 있는 것이 아닌가!

"뭐, 뭐야."

"이런 곳에 마을이?"

"정말 굉장하죠? 엘프의 숲 안에 사람이 사는 마을이 있다니! 이건 지금까지 누구에게도 확인되지 않은 정보예요! 정말 대단한 일이라고요!"

흥분한 아빌의 얼굴은 누구보다 가장 붉어져 있었다. 당황한 두 사람은 서둘러 마을 안을 돌아보기 시작했다.

비록 인기척은 느껴지지 않았지만 각 집 안에는 사람이 살았던 흔적이 분명하게 남아 있었다.

게다가 상당히 급하게 떠난 듯, 대부분의 물건이 쓰던 상태 그대로 방치된 채였다.

"사람은 없는 것 같은데…… 엘프 마을인 걸까요?"

"아냐. 엘프들의 집은 나무로 되어 있다고 들었어. 게다가 전해진 정보에 따르면 여기보다 한참 더 들어가야 해."
"그럼 여긴 대체 뭐죠?"
"글쎄, 아마 도망자나 범죄자들이 몰래 들어와 살면서 형성된 건 아닐까?"
"말도 안 됩니다. 엘프족이 그런 걸 묵인했을 리가 없잖습니까?"
"그건 그렇긴 하지만."
"여러분도 오셨군요."
그 순간 들려오는 목소리에 카밀과 하마르는 언쟁을 멈췄다. 다가온 사람은 세메이온과 칸이었다.
그런데 두 사람의 표정이 상당히 좋지 않았다. 특히 세메이온은 당장 쓰러지지 않은 것이 신기할 정도로 얼굴이 창백해진 상태였다.
"무슨 일입니까, 세메이온 님? 안색이 나쁘신데."
"아무것도 아닙니다. 그보다 이만 이곳을 벗어나는 것이 좋겠습니다. 날이 저물기 전에 안전한 장소로 이동하도록 하죠."
"네? 하지만 숲 안에 이런 마을이 있는 걸 발견했는데 좀 더 조사를 해봐야……."
"조사해 볼 필요는 없습니다. 여긴 클로네 일족의 마을이니까요."
"에? 클……로? 그게 뭔데요?"
하지만 어리둥절해하는 하마르와 달리 카밀은 곧바로 얼굴이 굳어졌다. 그는 딱딱하게 경직된 눈빛으로 세메이온을 응시하며 물었다.

"……방금 뭐라고 하셨습니까? 클로네라고요?"

"네. 클로네들이 사는 마을입니다. 아니, '마을 이었던 곳' 이라고 부르는 편이 더 낫겠군요. 이젠 아무도 살지 않는 것 같으니까요."

그 순간 카밀은 바로 몸을 돌려 집 안으로 뛰어가기 시작했다. 갑작스러운 그의 행동에 하마르와 아빌은 놀란 표정을 지을 수밖에 없었다.

"뭐, 뭐야, 카밀! 어디 가는 거야?"

"카밀 군?"

하지만 동료들의 부름에도 그는 돌아보지 않았다. 그가 향한 곳은 마을 안에 늘어져 있는 빈집 안이었다. 아무도 없는 텅 빈 공간임이 분명한데도, 카밀은 무언가를 찾듯 고개를 빠르게 움직이기 시작했다.

밀폐된 용기부터 시작하여 장식장 안까지 꼼꼼히 살펴본 그는 이어서 또 다른 집으로 돌아가 같은 행동을 반복했다. 정신없이 집 안의 물건들을 살피는 그의 모습은, 마치 광기에 사로잡혀 있는 것처럼 보였다.

"저 녀석 대체 뭘 하는 거야?"

황당해하는 말에도 카밀의 행동은 멈추지 않았다. 결국 보다 못한 하마르가 억지로 끌어내려고 할 때였다.

우뚝—

한참 서랍장을 뒤적거리던 카밀의 손이 불현듯 멈췄다. 이윽고 그는 떨리는 손으로 잡힌 것을 들어 올렸다. 그것을 바라보는 눈동자가 크게 흔들리고 있었다.

"……역시."

그의 손에 들린 것은 새카만 천으로 이루어진 한 벌의 옷이었다. 섬세한 무늬가 새겨진 커프스와 단추. 가죽으로 된 허리띠. 한데 놓인 검은색의 스카프까지. 모두 카밀의 눈에 낯익은 형식들뿐이었다.

"어이, 카밀! 대체 뭘 하는……. 헉? 왜 이런 곳에 우리 보안부 제복이 있어?"

뒤늦게 쫓아온 하마르가 그가 들고 있는 것을 발견하고 당황한 표정을 지었다. 비슷한 것인가 싶었지만 틀림없었다. 그건 확실히 보안부의 제복이었다.

"세이 겁니다."

"뭐?"

"세이가 ……이곳에 있었어."

마지막 말은 거의 알아들을 수 없을 정도로 작았다. 하지만 그 전의 말도 하마르로선 이해하기 힘들긴 마찬가지였다. 세이의 것이라니. 세이의 제복이 왜 이런 곳에 있다는 거지? 그는 어리둥절한 얼굴로 카밀을 바라보았다.

"카밀? 너 대체 무슨 소리를……."

그 순간 이를 악문 카밀은 거의 구기듯이 옷을 움켜쥔 채 자리에서 일어났다. 이윽고 그가 향한 곳은 광장에 서 있는 세메이온의 앞이었다.

“세이를 어떻게 한 겁니까?”

“네? 무슨 말씀이신지…….”

“모른 척해도 소용없습니다. 당신도 클로네잖아요?”

“……!”

갑작스러운 그의 말에 세메이온과 칸의 얼굴이 굳어졌다. 하지만 사실 카밀은 이미 오래전부터 그의 정체를 눈치채고 있었다.

처음 만났을 때 보았던 특이한 머리색도, 경이로울 정도로 뛰어난 치유 능력도, 마물족에 대한 정보력도. 모두가 지금까지 그가 접했던 클로네 종족의 특징과 일치했기 때문이었다.

더구나 그는 아무도 모르던 이 마을의 정체까지 알고 있었다. 이보다 더 확실한 증거가 어디에 있을까.

긴장한 두 사람의 모습을 바라보는 카밀의 얼굴엔 비릿한 조소가 떠올라 있었다.

“왜 대답을 안 하시죠?”

“카밀 군……. 진정하고 제 말을…….”

“세이를 어떻게 했냐고 묻잖아!”

크게 소리친 그는 덤벼들듯이 세메이온을 향해 달려 나갔다. 하지만 바로 그때 뒤쫓아 온 하마르가 그의 몸을 붙들었다.

“카밀! 뭐하는 거야! 너 미쳤어?”

“이거 놔요! 저 사람은 클로네라구요! 세이를 데려갔단 말입니다! 세이가 어디에 있는지 찾아야 한다고요!”

“세이, 세이! 아까부터 대체 무슨 알아들을 수 없는 소리를 하는 거야? 아니 그 전에 클로네가 어째? 그게 대체 뭔데?"

"이거 놓으라니까요!"

"아, 좀 가만히 있어! 뭘 알아야 내버려두든지 말든지 할 것 아니야!"

버둥거리는 상대를 힘으로 제압하는 것은 쉬운 일이 아니다. 더구나 체격만 해도 카밀이 우세한 상황이었기에 하마르는 금세 한계를 느꼈다. 신음을 흘린 그는 굳어 있는 세메이온을 바라보며 물었다.

"이봐요, 세메이온 님. 그렇게 멍하니 보고 있지만 말고 당신이 설명 좀 해주시죠. 대체 뭐가 어떻게 된 겁니까?"

"……저도 무슨 상황인지 잘 모르겠습니다."

"그런데 이 녀석이 갑자기 왜 이래요? 세이랑 대체 무슨 관계가 있는 겁니까?"

"글쎄요. 저는 정말 무슨 일인지……. 세이라면, 지난번 여행에서 여러분과 함께했던 그 검은 머리 소년 아닙니까? 그런데 클로네가 그를 데려갔다고요?"

그 말에 카밀은 버둥거리던 것을 멈추고 세메이온을 노려보았다. 이런 상황에서도 끝까지 시치미를 떼는 그의 모습이 가증스럽기만 했다.

"뭘 모른 척하는 겁니까! 세이를 데려간 증거가 여기 명백하게 있는데!"

"아니, 미안한 말입니다만, 저는 정말 모르는 일입니다."

"하! 정말로 모른다고?"

"네, 모릅니다. 당신이 말한 대로 제가 클로네인 건 맞습니다. 하지만 마을에 돌아온 것은 상당히 오랜만이라서요. 지금 상황이 당황스럽기는 저 또한 당신과 마찬가지입니다."

"……!"

그때서야 카밀은 분노를 진정시키고 세메이온을 바라보았다. 그의 얼굴은 진심으로 혼란스러워 하는 기색이 역력했다. 거짓말을 하는 것 같아 보이진 않았다.

"마을에…… 오랜만에 오는 거라고요?"

"네. 적어도 세이 군을 만난 이후 이곳에 온 적은 없습니다."

"읏……."

"자, 이제 상황을 설명해 주십시오. 대체 왜 우리가 세이 군을 데려갔다고 생각하시는 겁니까?"

아연해 있기를 잠시, 곧바로 이어지는 세메이온의 질문에 카밀은 흠칫 정신을 차렸다. 그는 살짝 입술을 깨물며 고개를 숙였다.

"……사실 저도 어떻게 된 건진 잘 모릅니다. 단지, 떠나기 전 세이가 자신이 클로네라고 말했습니다. 그래서……."

"그게 무슨……. 세이 군이…… 클로네라고요?"

뜻밖의 이야기에 세메이온은 자신의 귀를 의심했다. 그에 자신을 믿지 못하고 있다고 여긴 카밀이 목소리에 더욱 힘을 주어 말했다.

"분명 그렇게 말했습니다. 우연히 만난 클로네 일족이 자신의 정체를 알려줬다고. 그래서 일족들이 있는 마을에 갈 거라고 하고 떠났단 말입니다!"

"그런……."

당황한 세메이온은 급히 기억을 되돌려 세이를 만났던 순간을 회상했다.

낯익은 눈동자 색 때문이었을까. 마주쳤을 때부터 헤어질 때까지 계속해서 마음이 쓰이던 소년이었다. 준수한 얼굴 외에는 그다지 눈에 띄지 않는 편임에도 어째서인지 끝까지 시선을 뗄 수가 없었다.

설마 그것이 피의 이끌림이었던가. 바로 앞에 두고서도 깨닫지 못하다니. 세메이온의 눈빛이 어둡게 가라앉았다.

아마 평소였다면 한눈에 그의 정체를 알아보았을 것이다. 하지만 약해진 기운과, 머릿속을 꽉 채운 생각들이 그의 정신을 흩뜨렸다. 그래서 이상하다는 것을 느끼면서도 무시한 것이다. 다시 생각하건데, 정말 어처구니없는 실수였다.

"자, 그럼 이제 정리를 해보죠."

그 순간 하마르의 목소리가 두 사람 사이에 끼어들었다. 사실 이 자리에 있는 사람들 중에서, 현재의 상황이 가장 곤혹스러운 사람은 다름 아닌 그였다.

알아들을 수 없는 대화들 탓에 머릿속이 터져나갈 지경이었다. 하지만 일단 책임자의 입장이다 보니, 이 사태를 진정시키기 위해서라도 정리할 필요가 있었다.

"그러니까, 여기 계신 약사님과 세이가 클로네인지 뭔지 하는 거란 말이죠. 그리고 이곳은 그 클로네들이 모여 사는 마을이고요. 그런데 오랜만에 와봤더니 마을이 사라진 상태다. 이게 맞습니까?"

"네, 맞습니다."

"세이랑 다른 사람들이 어디로 갔는지는 전혀 모르시고요?"

"으음, 아마 피난을 떠났을 겁니다."

"피난?"

"피난이라니? 그게 무슨 소리입니까?"

그 순간 이어진 카밀의 질문에, 세메이온을 대신하여 칸이 입을 열었다.

"말 그대로야. 이 장소는 적들에게 발각당하기 쉬우니까. 들키기 전에 거처를 옮긴 거겠지."

"적이라면……."

"마물족이나 몬스터 같은 놈들이지 뭐겠어? 지금 이 근방에 널려 있는 몬스터 떼를 생각해 봐. 여기서 무사히 살기 힘들 거란 건 누구나 알 수 있는 일 아닌가?"

"윽……."

맞는 말이었기에 카밀은 아무런 말도 반박할 수가 없었다. 신음을 삼킨 그는 곧 조심스럽게 질문을 건넸다.

"그럼 세이는 안전한 겁니까?"

"그야 나도 모르지. 하지만 무사할 거야. 클로네들은 모두 일족의 아이에게 친절하니까. 자신의 목숨을 걸고서라도 지켜내거든."

"그렇다면…… 다행이지만."

카밀은 우물거리며 고개를 끄덕였다. 그러나 여전히 안심하지 못한 듯 불안한 표정을 감추지 못하고 있었다. 그 모습에 한숨을 내쉰 하마르가 입을 열었다.

"뭐, 일단 다 좋다 이거야. 그런데 카밀, 넌 대체 왜 그렇게 세이를 찾는 거냐?"

"네?"

"칸 씨의 말대로, 냉정하게 생각하면 몬스터가 많아 피난을 떠났다는 것쯤은 누구라도 알 수 있었어. 그런데 다짜고짜 흥분해서 사람을 윽박지르다니. 평소의 너답지 않은 행동이었다고. 내가 얼마나 당황했는지 알아?"

"죄송합니다. 세이가 너무 걱정이 돼서 그만……."

"그러니까, 대체 뭐 때문에 다 큰 녀석 걱정을 그렇게 하는 거냐고. 세이는 자진해서 황궁을 나간 거야. 그럼 그걸로 더 이상 신경 쓸 필요 없는 것 아니야? 너희들이 어릴 때 죽마고우라던가 형제라면 또 몰라. 만난 지 얼마 되지도 않은 사이면서 마치 죽고 못 살 우정인 것처럼……."

"……형제 맞습니다."

그 순간 이어진 카밀의 대답에 하마르는 늘어놓던 말을 멈추고 그를 바라보았다. 다른 사람들도 모두 놀란 눈빛으로 카밀을 향해 고개를 돌렸다.

"뭐?"

"이제야 말씀드려서 죄송하지만. 세이는 제 사촌 동생입니다. 제게는 거의 친형제나 마찬가지고요."

"무슨……. 세이는 평민이잖아?"

"그 녀석이 평민 자격으로 입관시험을 치렀거든요. 그래서 그렇게 알려진 것뿐입니다. 하지만 틀림없는 귀족이에요. 성장과정에서 여러 가지 일들이 있어서, 본인이 그것을 밝히고 싶어 하지 않을 뿐."

"맙소사, 그게 정말이야?"

경악하는 하마르의 모습에 카밀은 고개를 끄덕였다. 바로 그때였다.

"세이 군이…… 귀족이라고요?"

느릿하게 내뱉어진 음성에 카밀의 시선이 무심코 그쪽을 향했다. 그곳엔 마치 유령이라도 본 것처럼 파리하게 질린 세메이온과 칸이 서 있었다. 단지 귀족이라는 사실에 놀란 것치곤 두 사람 다 지나치게 굳어 있는 반응이었다.

"혹시, 어느 가문의 자제인지 여쭤 봐도 되겠습니까?"

착각일까. 질문하는 그의 목소리가 떨리고 있는 것 같았다. 별로 어려울 것 없는 부분이었기에, 카밀은 의아해하면서도 선뜻 답변했다.

"라반트 백작가문입니다. 세이라키아 폰 라반트. 그게 세이의 정식 이름이죠."

푸드득—

그 순간 사방에서 우렁찬 날갯짓 소리가 울려 퍼졌다. 무언가에 놀란 듯한 새 떼가 하늘을 향해 날아오른 것이다. 수백 마리의 새들이 일시에 날개를 펴고 하늘을 선회하는 모습은 그 자체로 장관이었다.

그러나 모두가 그 모습에 시선을 뺏긴 상황에서도 세메이온만은 그 자리에 가만히 굳어 있을 뿐이었다. 지금 그의 머릿속엔 방금 전 들은 이름만이 반복해서 맴돌고 있었다.

"세이라키아…… 폰 라반트……."

그토록 찾아 헤맸던 이름을, 이곳에서 듣는가.

가슴 부근을 움켜쥔 그의 손은 가늘게 떨리고 있었다. 만약 그 순간 들려오는 가느다란 음성이 아니었다면, 그는 계속 그 자리에 멍하니 서 있었을 터였다.

—나, 나이트 세메이온. 돌아오셨군요.

"……!"

익숙한 음성에 그는 반사적으로 고개를 돌렸다. 무너지고 황폐해진 공간 한가운데, 반쯤 쓰러지다 남은 거목의 모습이 보였다. 이 숲에서 클로네들과 가장 오랜 시간을 함께해 왔던 노목(老木)이었다.

'아직 살아 있는 나무가 있었나!'

당황한 세메이온은 급히 그 앞으로 다가섰다. 나무의 숨은 거의 끊어져 가고 있는 상태였다.

—오시길…… 기다리고 있었습니다. 당신께…… 숲의 전언(傳言)을…….

헐떡이는 목소리에 세메이온의 얼굴이 어두워졌다.

전언이란 식물들의 입을 통해서 전해지고 전해지는 말을 응축한 것이다. 직접 기억을 나눠주거나 들려줄 수 없는 상황에서, 식물들이 클로네에게 소식을 전달하는 방법 중 하나였다.

"말씀하십시오."

차분하게 대답한 세메이온은 한쪽 무릎을 굽히고 앉아, 나무가 말하기를 기다렸다. 아마도 이 말은 숲의 유언이자, 노목의 유언이 될 터였다.

그러나 다음으로 이어지는 '전언'을 듣는 순간, 그는 자신도 모르게 몸을 일으켰다.

"마물족에 의해 클로네의 거처가 파괴되었다. 왕의 세 나이트를 비롯한 모든 일족이 사로잡히고, 어린 아생 하나만이 간신히 탈출하였다. 이 소식을 가능한 많은 클로네들에게 알려 사태의 위기를 전하라."

"……사로잡혔다고? 아생은? 탈출한 아생은 어찌되었습니까?"

탈출한 아생. 그는 분명 세이일 것이다. 세메이온은 자신도 모르게 다급한 어조로 재촉했다. 그러자 거친 신음와 함께 힘겨운 대답이 들려왔다.

—크읏. 그, 그는…… 드래곤 마커티스에 의해 목숨을 건졌습니다. 그리고 당신을 만나기 위해 먼 여행을 떠났지요.

"나를 만나기 위해?"

—사명을…… 받았습니다. 왕의 첫 번째 나이트인 당신에게 일족의 위험을 전하라는.

"……!"

그가 자신을 만나기 위해 혼자 먼 여정을 떠났다는 말에 세메이온은 입술을 악물었다. 결국, 이렇게 또다시 엇갈리고 만 것이다.

—이것으로…… 제 역할은 끝났습니다. 이 소식을 알려드리고 떠날 수 있어서 정말로…… 다……행…….

이윽고 가쁜 숨소리와 함께 내뱉어지던 음성이 서서히 흐려졌다. 더 이상 이어지는 목소리도, 들리는 숨소리도 없었다.

우득—

움켜쥔 주먹에서 뒤틀린 소리가 울렸다. 악문 입술 사이에선 터져 나온 피가 흘러내리고 있었다.

곧 주변은 고요한 적막으로 가득차기 시작했다.

제9장
마지막 발아

1.

"저곳이다."

에드밀의 말에 나는 살짝 고개를 들었다. 멀찍이 떨어져 있는 전방 앞으로, 공허할 정도로 텅 비어 있는 작은 언덕이 보였다. 바로 그 위에 을씨년스러운 분위기를 풍기는 새하얀 저택이 서 있었다.

한가운데 서 있는 거대한 철문과 근방을 감시하고 있는 병사들까지. 황태자 에스테반이 알려준 것과 대부분이 일치하는 모습이었다.

'황궁 근처에 이런 곳이 있었다니…….'

저택의 주변은 지나치리만치 황폐한 느낌을 풍겼다.

가만히 살피던 나는 곧 그 이유를 깨달았다. 마치 마른 사막처럼 주변에 식물이 하나도 존재하지 않았던 것이다.

간간히 밑동만 남은 나무가 있는 걸로 봐선 누군가의 인위적인 손길이 닿았음이 틀림없었다.

심지어 본래 정원으로 보이는 곳도 바위와 모래 같은 것으로 바닥을 전부 매운 상태였다.

“일부러 제거한 거다. 아마도 전방의 감시를 편하게 하기 위해서겠지.”

“그것도 있겠지만, 제 생각이 맞는다면 여기선 다른 의미가 더 클 겁니다.”

“다른 의미?”

“갇혀 있는 자들이 식물의 도움을 받지 못하게 만든 거겠죠. 더불어 서로 연락을 주고받는 것을 방지하려는 목적도 있을 테고요.”

“아아. 그러고 보니 클로네는 식물을 다룰 수 있다고 했었지.”

납득한 표정을 지은 에드밀은 곧 호기심이 깃든 눈으로 나를 바라보며 물었다.

“네가 가진 능력도 바로 그런 종류인가?”

“네. 맞습니다.”

“흐음. 식물을 자유자재로 키우고, 대화를 하고, 식물이 본 장면까지 그대로 볼 수 있다고? 들으면 들을수록 신기한 종족이군.”

“저도 그렇게 생각합니다. 어쨌든, 이것으로 저 안에 제가 찾는 사람들이 있다는 것이 더욱 확실해졌군요.”

나의 대답에 그는 동감이라는 듯 고개를 끄덕였다.

이곳으로 출발하기 직전, 갑작스러운 협조 공문에 의아해하는 에드밀에게 나는 사건의 전말을 비롯한 나의 정체를 전부 털어놓았다.

그 편이 앞으로의 계획을 짜는데 편할 거라는 황태자의 조언이 있었기 때문이었다.

나의 개인적인 목적 때문에 아무 관련도 없는 사람들을 끌어들이는 것은 내기지 않았으나, 황태자의 설명이 마음을 흔들었다.

"세이 군. 그대는 뭐든지 혼자서 하려는 경향이 있습니다만. 그건 그다지 좋은 습관이 아닙니다."

혼자 가겠다고 말한 내게, 그는 천천히 고개를 저으며 그렇게 말했다.

"더욱이 이번 일엔 인간들이 개입되어 있습니다. 단지 클로네들만의 문제라 볼 수 없는 거지요. 좀 더 적극적으로 주변의 힘을 활용하도록 하세요. 그러기 위해서 제가 있는 것이니까요."

"하지만……."

"지금은 다른 문제를 신경 쓸 때가 아닙니다. 일족들을 구하는 것이 가장 중요하잖습니까?"

그 말은 그때까지도 망설이던 나를 일깨우기에 충분했다. 그의 말대로, 현재 내가 신경 써야 할 부분은 잡혀간 사람들을 무사히 구출해내는 것뿐이었으니까. 얼굴을 굳히는 내게 그는 단호한 어조로 강조했다.

"명심하십시오. 지금 당신의 선택에 모두의 생명이 걸려 있다는 것을."

결국, 나는 고개를 끄덕일 수밖에 없었다.

'……왠지 그 황태자에겐 계속 휘둘리기만 하는 것 같아. 상관은 없지만.'

오히려 생각지도 않은 것 이상의 도움을 받고 있으니 몇 번의 감사인사를 해도 부족할 정도다. 나는 살짝 한숨을 내쉬며 주위를 둘러보았다.

아직 해가 뜨지 않은 시각이어서인지 주변은 전체적으로 어슴푸레한 상태였다. 그때 하늘을 올려다본 에드밀이 짧게 중얼거리는 소리가 들렸다.

"평소보다 흐린 것 같군."

"곧 눈이 올 겁니다."

"눈?"

"네. 아마 꽤 많이 내릴 것 같군요. 이틀에 걸쳐 내린 눈이 무릎까지 쌓일 것 같습니다."

"그런 것도 알 수 있나?"

"습기가 느껴지거든요. 농도에 따라 어느 정도는 예측할 수 있습니다."

"편리하군."

담담한 말투였지만 그의 눈동자엔 경탄의 빛이 떠올라 있었다. 나는 어깨를 으쓱한 다음, 다시금 하늘을 올려보았다. 점차 불어가기 시작하는 먹구름을 보니, 적어도 정오부터는 본격적인 함박눈이 쏟아질 것 같았다.

'사림 일행이 좋아하겠군.'

그들 일행과는 어제 오후에 헤어진 참이다. 당분간은 수도에 머물 거라고 했으니 눈이 내리는 것도 볼 수 있을 것이다. 신이 나서 눈싸움을 할 모습을 생각하니 나도 모르게 미소가 지어졌다.

“이제 어떻게 할 거지? 들어갈 건가?”

동이 틀 때가 다가오자 에드밀이 물었다.

저택 앞은 대체로 한산한 상태였다. 육안으로 식별할 정도의 거리긴 했지만, 너무 멀리 떨어진 탓에 보다 자세한 상황을 살필 수 없는 것이 아쉬웠다.

“가만히 있어선 아무것도 할 수 없으니까요. 병사들의 교대 시간이 동이 틀 때라고 하셨습니까?”

“그렇긴 한데…… 설마 몰래 들어갈 생각인가?”

“달리 방법이 없으니까요.”

그러자 에드밀의 얼굴에 황당하다는 표정이 떠올랐다.

“바깥의 경비만 신경 쓸 게 아니다. 말했다시피 저택 안쪽에 대한 정보는 전혀 없는 상태야. 안에도 병사들이 있을 가능성이 크다.”

“그건 그렇긴 합니다만…….”

“알고 있다면 이해도 빠르겠군. 그들 전부에게 들키지 않고 다닐 수 있거나, 싸워서 이길 자신이 없다면 단념해라. 난 네가 죽는 것을 보러 여기까지 온 게 아니니까.”

냉정한 답변이었지만 틀린 소리는 아니었기에 나는 아무런 반박을 할 수가 없었다. 그때 에드밀이 내 허리춤에 걸려 있는 장검을 발견하고 물었다.

"그래도 검은 가지고 있군. 예전엔 없었던 것 같은데."
"아는 분께 받은 겁니다."
"호신술도 익히지 않았다고 들었는데, 다룰 줄은 아는 건가?"
"방어 정도라면……."
"방어뿐이라, 누군갈 죽여 본 경험은?"
"없습니다."
"……그러고 보니 내내 사무팀 소속이었지."
에드밀은 찌푸린 얼굴로 한숨을 내쉬었다.
"할 수 없지. 정 가겠다면 일단 내가 안까지는 데려다 주겠다. 더불어 저쪽의 시선을 분산시켜 시간을 벌도록 하지. 그 사이에 넌 아무 곳에나 숨어라."
"숨으라고요?"
"그 편이 무모하게 들어가는 것보다야 살 수 있는 확률이 높을 거다. 숨어서 기척을 감추고 있다가, 적당히 주위 동태를 보고 움직이도록 해라. 그 정도는 할 수 있겠지?"
"아, 그런 거군요. 해보겠습니다."
"쉽게도 대답하는군. 난 데려다 주는 것뿐 그 이상의 어떤 도움도 줄 수 없다. 나머진 너 혼자 알아서 해야 하는 거야. 기회가 찾아오지 않을 수도 있고, 도중에 들키면 살아서 빠져나오지도 못할 거다. 상황을 이해는 하고 있는 거냐?"
"말씀드렸다시피 달리 방법이 없으니까요. 무엇이든 좋은 계획이 있다면 따르겠습니다."
그러자 에드밀이 물끄러미 나를 응시했다. 그리곤 의외라는 듯이 중얼거렸다.

"……표정이 좋아졌군. 전에는 이렇게 살아 있는 얼굴이 아니었던 것 같은데."

"좋게 봐주셔서 감사합니다. 그보다 데려다 주겠다니…… 어떻게 말입니까?"

"따라와라."

의아해하는 내게 그는 짧게 대꾸하곤 몸을 돌렸다. 그리곤 뒤쪽에 있던 자신의 부하들을 향해 명령했다.

"누가 후드를 가져와."

"예, 대장님!"

잠시 후 다가온 누군가가 그에게 검은색의 천을 내밀었다. 방한용으로 제작된 망토로, 뒤쪽에 후드가 달려 있는 형식이었다. 에드밀은 그것을 받자마자 내게 던지며 말했다.

"써라."

"얼굴을 가리라는 겁니까?"

"네 용모는 적들에게 알려져 있으니까."

나는 잠자코 건네받은 망토를 걸쳤다. 그는 내가 후드를 머리끝까지 덮는 것을 확인한 다음에서야 걸음을 옮겼다.

"지금부터 작전을 개시한다. 모두 착오 없이 진행하도록."

"예!"

힘차게 대답한 그의 부하들은 곧 일사천리로 움직이기 시작했다. 달리 의논을 하는 것을 보지 못했는데도 알아서 행동하는 것을 보면, 이미 이전부터 익숙하게 겪어온 일인 것 같았다. 분주히 뒤쪽으로 정렬하는 사람들을 보며, 나는 에드밀을 향해 물었다.

"대체 어떻게 하실 계획이십니까?"

"이대로 정면 돌파할 거다. 아쉽게도 한 번밖에는 못 쓰는 방법이지만 말이지."

"정면 돌파라니……."

"보면 알 거다."

성의 없는 대꾸에 나는 얼굴을 살짝 찌푸렸다. 앞서 걸어 나간 그는 중얼거리듯이 말했다.

"가급적 내 옆에서 떨어지지 마라."

"……알겠습니다."

나는 빠르게 걷는 그의 보폭에 맞춰 이동속도를 높였다. 하지만 그가 향하는 방향을 보았을 땐 내심 당황하고 말았다. 그가 향한 곳이 다름 아닌 저택의 정문, 병사들이 삼엄한 경비를 펼치고 있는 바로 그 앞이었던 것이다.

'에드밀 님?'

당황한 나는 그를 올려다보았지만, 그의 시선은 오직 정면을 향해 있을 뿐이었다. 할 수 없이 나는 그가 가는 대로 묵묵히 따라 걸을 수밖에 없었다.

그러자 잠시 후 다가오는 기척을 느낀 병사들이 당황하는 것이 보였다. 그들은 들고 있던 창을 곧추 세우며 경계 태세를 취했다.

"뭐하는 놈들이냐!"

"여긴 모라이어 남작님의 사유지다! 걸음을 멈춰라!"

묵묵히 접근하던 에드밀은 병사의 창대가 바로 앞에 이르러서야 나서서는 것을 멈췄다. 그 순간 떠오르는 햇살에 비친 그의 모습을 본 병사들의 얼굴이 굳어졌다. 그가 입고 있는 옷에 시선을 미친 것이다.

"그 제복은 보안부의……."

황성의 관리들은 각자 소속된 부서마다 입는 제복이 다르다. 그중에서도 보안부의 제복은 가장 정교하고 세련된 것으로 유명해서 알아보는 사람이 많았다.

경직돼서 중얼거리는 소리에 에드밀은 담담히 입을 열었다.

"제국 기밀 정보 처리부 소속, 에드밀 폰 프로스트다. 여기 책임자가 누구지?"

"에, 에드밀?"

"보안부의 에드밀이라면……."

의아하게 바라보던 병사들은 곧 헛숨을 삼켰다.

각종 범죄 수사(특히 귀족 관련)에서 활약을 하다 보니 그의 이름은 평민들 사이에서도 많이 알려져 있는 편이었다. 곧 병사들 사이에서 술렁거리는 소리가 울려 퍼지기 시작했다.

"헉! 진짜다. 진짜 에드밀이야."

"뭐야, 정말이야?"

"얼굴 한쪽을 가린 적갈색 머리칼에 감청색 눈동자. 얼굴의 흉터. 틀림없어. 진짜 에드밀 폰 프로스트라고."

"그렇게 유명한 사람이 왜 이곳을?"

그때 병사들 사이에서 40대 전후로 보이는 한 남자가 모습을 드러냈다. 입고 있는 갑옷의 모양이 일반 병사들과 다른 것을 보아,

대장인 듯했다.

"제가 책임자인 안토스입니다만. 보안부 사람이 여긴 무슨 일이십니까?"

그는 유난히 경계하는 표정으로 에드밀과 나를 비롯한 사람들을 살피고 있었다. 에드밀은 그 시선을 아무렇지 않게 받아넘기며 말했다.

"현재 우리가 쫓고 있는 모반 혐의자가 이 저택 안으로 숨어들었다는 제보를 받았다. 이는 반란죄이니 저택 내부를 수색하도록 협조를 요청한다."

"헉!"

"바, 반란?"

반란.

그 한마디로 인한 파장은 상당히 컸다. 모두가 말을 잇지 못하는 가운데, 안토스라고 밝힌 병사들의 대장이 경악한 얼굴로 반박했다.

"무, 무슨! 모반 혐의자라니!"

"그럴 리가 없습니다! 이곳은 그저 모라이어 남작님의 개인 저택일 뿐! 뭔가 착오가 있는 것이 아닙니까?"

"글쎄, 나는 제보를 받은 대로 움직일 뿐이라서 말이야. 일단 제보를 받은 이상, 확인을 해야 하는 것이 나의 임무다."

시큰둥하게 대꾸한 그는 곧 싸늘하게 병사들을 노려보며 말했다.

"협조에 응해라. 그렇지 않으면 모반 혐의자를 숨겨준 죄로, 너희들뿐만 아니라 이 저택의 주인인 모라이어 남작까지 체포될 것이다."

"그, 그런!"

어느 국가나 그렇겠지만, 특히 아스란 제국에서 반란은 모의에 가담하기만 해도 3대가 멸하는 대역죄에 해당했다. 게다가 말을 전한 상대가 보안부 소속이다 보니, 병사들은 더욱 큰 위압감을 느끼는 것 같았다.

마찬가지로 안색이 파리해진 안토스는 서둘러 병사 하나를 붙잡고 무언가 귓속말을 건넸다.

그러자 귓속말을 들은 병사가 급히 고개를 끄덕이며 저택 안쪽으로 뛰어가기 시작했다. 아마도 안에 있는 사람에게 연락을 취하려는 듯했다.

'정면 돌파라는 게 이런 거였군.'

반란 혐의라니.

설마 이렇게 과격한 방법을 쓸 줄은 몰랐기에 나는 살짝 한숨을 내쉬었다. 과연 이런 방식이라면 단 한 번밖에 쓰지 못하는 것이 당연할 것이다.

무단으로 집안을 수색하기엔 더할 나위 없이 적절한 핑계였으나, 그만큼 위험부담도 컸다. 자칫 함부로 '반란'을 거론했다는 점에서 보안부에 역으로 타격이 돌아올 가능성이 있기 때문이다.

"들어가 봐도 되겠나?"

"자, 잠시만 기다려주십시오. 지금 안쪽에 기별을 넣었으니 곧 윗사람이 나올 겁니다."

"안에 사람이 있다고? 여긴 빈 저택일 뿐이고, 소유주인 모라이어 남작은 본거주지인 드세 시에서 살고 있다고 들었는데?"

"그, 그렇긴 합니다만. 남작님의 부탁을 받고 저택을 관리해 주는 대리인이 계십니다."

"그렇군. 만나보도록 하지."

잠시 후 뛰어갔던 병사가 돌아오는 것이 보였다. 그의 뒤쪽으로 회색빛의 로브를 입은 남자가 따라오고 있었다. 그는 짧은 흑갈색 머리칼에 검은색 눈동자를 가진, 다소 창백한 인상의 남자였다.

나이는 이십대 중반쯤 되었을까. 이 거대한 저택을 관리하는 대리인 치고는 상당히 젊어 보였다.

그 순간 그를 보는 에드밀의 눈동자가 한층 가늘어졌다. 마치 탐색하는 듯한 눈빛이었다.

"처음 뵙겠습니다. 이 저택의 관리인인 바엔이라 합니다."

남자는 입가에 나른한 미소를 지으며 허리를 숙였다. 그 모습에 에드밀의 입꼬리가 살짝 비틀어졌다.

"바엔?"

"네, 그렇습니다. 보안부의 유명 인사이신 에드밀 폰 프로스트님을 직접 뵙게 되어 영광입니다."

말끔하게 웃으며 건네는 말투에는 긴장감이 전혀 느껴지지 않았다. 보통 보안부에서 사람이 찾아오면 죄가 없는 사람이라도 당황하기 마련인데, 바엔이란 남자는 일말의 동요하는 기색조차 없어 보였다. 그것만으로 나는 그가 평범한 사람이 아님을 직감했다.

"그런데 무슨 일로 찾아오셨습니까?"

잠시 묘한 표정으로 그를 응시하던 에드밀은 곧 평소의 무뚝뚝한 얼굴로 돌아와 입을 열었다.

"모반 혐의를 지닌 자가 이 저택에 숨어 들었다는 제보를 받았다. 수색하는데 협조를 받고 싶군."

"모반 말입니까?"

바엔은 몹시 놀랍다는 표정을 지으며 되물었다. 그러나 과장되게 들썩이는 표정이 일부러 그렇게 행동한다는 느낌을 피하기 어려웠다.

그래서인지 마주하는 에드밀의 눈동자도 더욱 차갑게 가라앉아 있었다.

"그런 말은 처음 듣는군요. 제가 쭉 이곳을 관리하고 있었지만, 수상한 무리는 본 적이 없습니다. 오해가 있으신 모양이네요."

"오해인지 아닌지는 들어가 보면 알겠지. 순순히 협조하지 않으면 강제로 뚫고 들어가겠다."

"무력을 행사하시겠다는 겁니까?"

"필요하다면."

단호한 말투에 바엔의 눈썹이 미약하게 꿈틀거렸다.

"……알고 계시는지 모르겠지만 이 저택의 주인이신 모라이어 남작님은 일황자 전하와 깊은 친분을 맺고 계십니다. 만약 이 이야기가 일황자 전하께 알려지면 보안부에도 그다지 좋을 것이 없을 텐데요?"

"지금 날 협박하는 건가?"

"설마요. 염려가 되어서 드리는 말씀입니다. 보안부 사람들이 근거 없는 소문을 듣고 찾아와 귀족의 사유지에서 행패를 부렸다는 소문이 돌면 프로스트 님의 입장이 곤란해지실 것 같아서 말이지요."

"그건 자네가 신경 쓸 일이 아니다. 계속 이런 식으로 시간을 끌면, 모반 혐의자를 숨겨주기 위함이라고 판단하겠다."

"……대화가 통하지 않으시는 분이군요. 알겠습니다. 들어오시지요. 안으로 안내하겠습니다."

가볍게 한숨을 내쉬며 대답한 바엔은 먼저 몸을 돌렸다. 그때 나의 귓가에 에드밀이 나직이 속삭이는 목소리가 들려왔다.

"긴장을 늦추지 마라."

"예."

"통상적으로 하는 말이 아니다. 저자는 상당히 위험해. 램파스다."

"……!"

램파스라니. 그건 마탑의 후계자를 지칭하는 말이 아닌가. 설마 저 창백한 안색의 남자가 그라고 말하는 건가?

당황해서 돌아보자 에드밀은 여전히 바엔의 뒷모습에서 시선을 떼지 않은 채 설명했다.

"마탑과 일황자가 손을 잡았다는 증거가 곳곳에서 발견되고 있는 상태다. 아마 마물족의 봉인을 깬 것도 마탑의 짓일 확률이 크다."

"마탑이…… 무슨 이유로……."

"아직 거기까진 알아내지 못했다. 어쨌건, 우린 지금 놈들의 소굴로 들어가는 거다. 정신을 바짝 차리고 있는 게 좋아. 특히, 후드가 벗겨지지 않도록 조심해라."

나는 고개를 끄덕이며 후드의 끝자락을 더욱 깊이 내리 눌렀다. 긴장한 탓인지 손바닥에서 축축한 식은땀이 배어나왔다.

2.

"자, 들어오십시오."

바엔의 뒤를 따라 들어간 저택 안은 보통의 평범한 귀족의 저택과 크게 다르지 않았다.

단지 장식품이나 가구마다 천이 씌워져 있고 창문과 모든 방문이 굳게 잠겨 있어, 아무도 사용하지 않는 공간이라는 느낌을 풍겼다. 심지어 겨울인데도 벽난로를 사용한 흔적조차 보이지 않았다.

"정말 빈집이었군."

"그렇다고 말씀드렸잖습니까? 저는 이곳을 그저 관리하러 간간히 들릴 뿐. 보시는 바대로 사람은 전혀 살고 있지 않습니다."

"숨어 있는 자들이 대놓고 흔적을 드러낼 리는 없겠지."

"정말로 의심이 많으신 분이군요. 좋습니다. 마음대로 찾아보십시오. 그래도 별로 얻어내실 건 없겠지만 말입니다."

"안 그래도 그렇게 할 생각이다."

냉랭하게 대꾸한 에드밀은 곧 부하들에게 명령했다.

"수색해라."

"예!"

이윽고 힘차게 대답한 그의 부하들이 여러 갈래로 흩어지기 시작했다. 나는 조금 망설이다가 에드밀을 올려다보았다. 그런 나를 향해 그는 살짝 고개를 끄덕였다.

어서 적당한 공간을 찾아 숨으라는 뜻이라는 건 바로 알 수 있었다. 그에 마주 고개를 끄덕인 나는 천천히 흩어지는 대열 속에 합류했다. 이대로 기회를 봐서 시야에서 사라질 생각이었다.

"으음? 잠시만 기다려주십시오. 거기…… 후드를 쓰신 분?"

그 순간, 뒤쪽에서 들려오는 음성에 나는 흠칫 걸음을 멈췄다. 이곳에 있는 사람들 중에서 후드를 쓴 사람은 내가 유일했다. 살짝 돌아보자 정확히 나를 살피고 있는 바엔의 모습이 보였다. 무언가 의구심이 깃든 시선이었다.

'들킨 건가.'

나는 긴장한 상태를 내색하지 않으려 노력하며 몸을 돌리려 했다. 바로 그때, 에드밀이 자연스럽게 내 앞을 가로막으며 물었다.

"내 부하에게 무슨 볼일이지?"

"아아. 아뇨, 별건 아닙니다. 그저 왠지 나이가 어리신 분 같아서요. 보안부는 상당히 입관이 어려운 곳이잖습니까? 그런 곳에 어린 분이 계시니 조금 흥미가 생겨서……."

"쓸데없는 관심이다. 그런 자네도 그리 나이는 많아 보이진 않는데. 이름이 바엔이라 했던가? 저택의 대리 관리를 맡을 정도면 모라이어 남작과는 꽤 친분이 있겠군. 어떤 관계지?"
"이런, 이런. 이런 식으로 은근슬쩍 취조를 하시는 겁니까?"
"알아둬서 나쁠 건 없겠지. 모반 혐의자를 찾으면 자네도 혐의를 피해 갈 순 없을 테니 말이야."
"하아, 그렇게 없다고 말하는데도. 정말 못 말릴 분이로군요."
이미 그의 관심은 내게서 멀어진 듯 보였다. 나는 대화를 이어가는 두 사람의 모습을 바라보다 슬쩍 다시 길음을 옮겼다. 다행히 이번엔 붙잡는 목소리가 이어지지 않았다.
'감사합니다, 에드밀 님.'
그가 나를 위해 세운 이 계획이 얼마나 무모하고 위험한 것인지쯤은 알고 있다. 그로 인해 돌아올 파장이 얼마나 클지도.
아마도 이번 일은 일황자의 귀에 곧장 들어가게 될 것이다. 분노한 그가 귀족원에 고발이라도 하게 하면, 지금까지 쌓아온 보안부의 명성이 하락할 것이 틀림없었다. 더불어 그를 움직인 황태자까지 지탄을 피하기 힘들 터였다.
'그리고 이곳의 경계는 더욱 강화가 되겠지. ……혹은 장소를 옮기거나.'
그렇게 되지 않기 위해서라도, 반드시 일족을 찾아서 구출해야 했다.
나는 응접실을 지나 으슥한 곳에 이르렀다. 다행히 저택 안은 어지간한 영주 성을 방불케 할 정도로 넓었다. 누구의 눈에도 띄지 않고 몸을 숨길만한 공간을 쉽게 찾을 수 있을 것 같았다.
마침 구석 깊은 곳에 위치한, 거대한 천막이 둘러쳐진 장식장이 보였다. 그 뒤쪽으로 넓지는 않았지만 사람 한 사람이 간신히 들어갈 만한 공간이 있었다. 나는 그 안으로 살짝 들어가 등을 바짝 기댔다.

얼마의 시간이 흘렀을까. 잠시 후 우르르 흩어졌던 사람들이 달려오는 소리가 들려왔다.

나는 벽면 옆의 가는 틈 사이로, 그들이 에드밀에게 보고하는 장면을 지켜보았다.

"대장님! 수상한 자들을 찾지 못했습니다!"

"이쪽에도 아무런 흔적이 없습니다!"

"그래? 유감이군. 허위제보였나."

"그러게 없다고 말씀드렸잖습니까. 이번 일을 모라이어 남작님께서 아시면 상당히 서운해하실 겁니다."

바엔은 능청스러운 표정을 지으며 말했다. 그에 에드밀은 얼굴을 찌푸렸지만, 곧 무뚝뚝한 얼굴로 사과를 건넸다.

"임무라서 어쩔 수 없었다. 아무래도 이렇게 외딴 곳에 떨어져 있는 저택은 의심이 가기 마련이라서 말이야. 남작님껜 내가 따로 찾아뵙고 사과를 드리지."

"호오, 프로스트 님께서 친히 사과를 하신다면 남작님께서도 이해하실 겁니다. 알겠습니다. 그리 전해 드리지요."

"이만 모두 철수한다."

"예!"

돌아가는 사람들 중에는 나와 같이 후드를 머리에 쓴 사람이 있었다.

아마도 에드밀이 부하 중 한 명에게 미리 지시를 내려 둔 것인 듯했다.

곧 저벅거리는 발자국 소리와 함께 인기척이 썰물처럼 빠져나가는 것이 느껴졌다. 에드밀과 그 부하들이 저택 밖으로 나간 것이다.

기척이 거의 흐려졌을 때, 홀로 남은 바엔이 중얼거리는 소리가 들려왔다.

"흐응. 황태자가 벌써 여기까지 냄새를 맡았나. 귀찮아지기 전에 수를 써야겠군."

서늘하게 가라앉은 음성은 지금까지 들었던 그의 목소리와 완전히 달랐다. 그 순간 문 앞의 병사가 바엔에게 달려와 우렁찬 목소리로 보고했다.

"바엔 님. 놈들이 모두 돌아갔습니다!"

"그렇습니까? 달리 수상한 행동은 없었나요?"

"아니오. 완전히 의심을 거둔 듯했습니다. 뒤를 돌아보거나 주변을 수색하는 행동도 보이지 않았습니다."

"그래도 안심하기엔 이릅니다. 또 어디선가 몰래 주시하고 있을지 모르니 여러분은 저택의 경비를 더욱 강화해 주십시오."

"예, 알겠습니다!"

다행히 그는 돌아간 사람들 중 한 사람이 빠져 있다는 것까진 눈치채지 못한 듯했다.

그때였다.

쿠쿠궁— 거칠게 긁히는 소음과 함께, 저택 전체가 진동하는 느낌이 벽을 통해 전해지기 시작했다.

그와 동시에 그림이 걸려 있던 벽면 한쪽이 서서히 옆으로 밀려나는 것이 보였다.

'저런 곳에 장치가 있었다니.'

드러난 벽면 안쪽은 깊은 계단이 아래를 향해 이어지고 있었다. 지하 공간이 있을 것이란 황태자의 예상이 적중한 것이다.

잠시 후 그 안에서 한 남자가 모습을 드러냈다. 그의 낯익은 얼굴과 목소리에 나는 나도 모르게 터져 나갈 뻔한 신음을 간신히 눌러 참아야 했다.

"바엔 님. 이제 돌아간 겁니까?"

'……타론!'

역시 그도 이곳에 있었나.

짐작했던 일이지만 막상 그의 모습을 보니 온몸이 뻣뻣하게 경직되는 느낌이었다.

나는 호흡이 새어나가지 않게 하기 위해 두 손으로 입을 가로막으며 최대한 기척을 감추었다.

"아아, 타론 님. 신경 쓰지 않으셔도 됩니다. 전부 끝났으니까요."

"보안부에서 이곳을 알아내다니, 예상보다 빠르군요. 장소를 옮기지 않아도 괜찮겠습니까?"

"당장은 증거가 없으니 어쩌지 못할 겁니다. 더구나 오늘 섣부르게 행동한 탓에 이쪽에서 트집 잡을 명분을 잔뜩 만들어주었으니까요. 보안부의 에드밀 폰 프로스트는 상당히 신중한 성격이라고 알고 있는데, 그 치고는 흔치 않은 실수를 했군요. 뭐, 어차피 황태자의 계획이었겠지만 말입니다."

"흐음, 역시 어려서 분별력이 떨어지는 걸까요? 그런 거라면 다행이겠지만."

"무슨 계획이든 그들이 어찌할 방도는 없을 겁니다. 오히려 무력감만 더욱 커져갈 테니까요. 이만 들어가시죠. 엘리하 님께서 기다리시겠군요."

"예."

이윽고 바엔과 타론은 지하계단 안쪽으로 몸을 돌렸다. 그들의 모습이 완전히 사라지자, 다시 진동이 울리며 밀려나 있던 문이 천천히 닫히기 시작했다. 완전히 닫힌 그곳은 다시 멀쩡한 벽으로 되돌아와 있었다.

그것을 확인한 후에서야 나는 참고 있던 숨을 천천히 내뱉었다.

쫓아 들어가고 싶은 마음이 간절했지만, 그렇게 되면 반드시 들킬 것이다. 지금은 참는 수밖에 없었다.

나는 불끈 쥔 주먹을 바라보며 마음을 진정시켰다. 다행히 생각보다 쉽게 장치가 있는 위치도 알아냈다. 이제 남은 건 기회를 엿보는 것뿐이었다.

3.

—정말이지. 무모한 건지, 용감한 건지 모르겠군.

낮게 혀를 차는 음성에 고개를 들었다. 어느 샌가 주변이 캄캄하게 물들어 있었다. 한치 앞도 보이지 않는 어둠. 그리고 들려오는 낯익은 목소리. 그것이 뜻하는 바는 단 하나였기에 나는 조금 당황할 수밖에 없었다.

'……이런. 혹시 제가 잠이 든 겁니까?'

—그래, 배짱 좋으신 주인님. 적의 소굴 한복판에서 태연하게 잠이 들다니. 덕분에 '만남'이 예정보다 더 당겨져 버렸어.

그는 여전히 지나칠 정도로 내가 처한 상황을 정확하게 파악하고 있었다.

그러나 나무라는 말투와는 달리 목소리엔 가벼운 웃음기가 스며 있었다. 그래서일까. 위험한 상황이라는 것을 알면서도 그다지 위기감이 느껴지지 않았다.

'예정? 그러고 보니 마지막으로 본 이후 상당히 오랜만에 만나는 것 같군요. 혹시 이것도 정해진 순서가 있는 겁니까?'

—뭐, 비슷하다고 해야 할까. 확실히 아직은 만날 때가 아니었지.

'그런데 어째서…….'

—네가 위험한 상황이니까. 아직 직접 지키진 못하지만, 경고 정도는 해줄 수 있잖아?

'아아, 그때처럼 말이죠.'

나는 언젠가 그에 의해 강제로 깨어났을 때의 기억을 떠올리며 중얼거렸다.

그다지 기분 좋은 경험은 아니었기에 얼굴이 저절로 찌푸려진 상태였다.

'그러고 보니 당신을 다시 만나면 묻고 싶은 것이 있었습니다만.'

—흐음, 여전히 딱딱한 말투로군. 세상에서 자신의 가디언에게 존칭을 쓰는 클로네는 아마 너밖에 없을 거다.

'……역시 가디언이 맞군요.'

머릿속으로 확신한 일이긴 했으나, 막상 그의 입으로 직접 들으니 느낌이 이상했다. 그러자 그는 재미있다는 듯이 웃으며 물었다.

—이미 자각 했으면서도 여전히 실감이 나지 않는 건가?

'그다지 실감을 할 여유가 없어서 말입니다.'

—아아, 그러고 보니 보통의 평범한 클로네와는 다르게 각성 전부터 상당히 리드미컬한 시간을 보내는 것 같더군. 그 쌍둥이들과는 헤어진 모양이지?

'어떻게 그런 걸 전부 알고 있는 겁니까?'

—난 네 감정과 생각을 느낄 수 있으니까. 당연한 것 아닌가?

뻔뻔하게 되묻는 말에 나는 잠시 할 말을 잃었다. 하긴, 그러고 보면 지금도 나는 입 밖으로 말을 내뱉고 있는 상태가 아니었다. 그가 나의 생각을 읽고 답변을 하고 있는 것일 뿐.

그러자 지금까지 아무렇지 않았던 것이 새삼 불쾌하게 느껴지기 시작했다. 마치 그에게 일거수일투족을 감시당하는 기분이었다.

—그래서 내게 묻고 싶었던 게 뭐지? 설마 내가 정말 가디언이 맞는지 확인하려던 건 아닐 테고…….

'……생각을 읽으신다는 분이 그런 건 모르시나 보군요.'

놀리고 있다는 생각에 나도 모르게 냉랭한 반응이 흘러나갔다. 그 순간 가디언이 호탕한 웃음을 터뜨렸다.

—하하! 내가 느낄 수 있는 건 너의 마음속에 강렬하게 남아 있는 감정이나 기억의 단편적인 잔상들뿐이다. 네 모든 생각을 전부 읽을 수 있는 건 아니야.

'네? 하지만 지금 저와 이렇게 대화하고 있잖습니까?'

—그거야 네가 전달하고자 하는 생각만큼은 분명하게 들리니까. 그 정도도 읽지 못해서야 곤란하지.

'……그렇군요.'

—자, 그럼 이제 뭘 묻고 싶었는지 말해 줄 수 있겠나?

집요하게 파고드는 질문에 나는 한숨을 내쉬면서도 선선히 고개를 끄덕였다.

'별건 아니었습니다. 그저…… 당신의 이름을 듣지 못했던 것 같아서요.'

—음? 아아, 내 이름 말인가.

대답하는 그의 목소리엔 조금 놀란 기색이 담겨 있었다. 이어서 그는 혼잣말처럼 중얼거렸다.

—하긴, 슬슬 궁금해할 때가 되긴 했지. 그래, 이제 정말로 얼마 남지 않았군.

'무슨……?'

무언가를 짐작하는 듯한 그의 말투에 나는 살짝 의아해졌다. 마치 내가 이 질문을 하는 것도 정해진 순서에 의해서라는 느낌을 받았기 때문이었다. 하지만 이어지는 그의 대답에 나는 생각을 더 이어나갈 수 없었다.

—……다.

'네?'

—에페스 레티미온. 그게 내 이름이다.

'에페스…… 레티미온.'

두근.

그 순간 이상할 정도로 심장이 크게 흔들렸다. 누군가의 이름이 이렇게 감명 깊게 들린 적이 있었던가.

그가 내뱉은 한마디 한마디가 마치 새겨지는 듯이 가슴속을 파고드는 것 같았다.

—그건 각인이다.

'각인?'

—네가 나를 분명하게 인지했다는 증거지.

착각일까. 일순 그의 목소리가 상당히 가까이서 들린다는 생각이 들었다.

이제껏 그의 목소리는 어디서부터 시작된 것인지 알 수 없을 정도로 불분명했다. 마치 동굴 안에서 울리는 것처럼 정확한 거리를 잴 수가 없었다.

그러나 지금은 달랐다. 바로 위쪽에서 말하는 것처럼 선명하게 들리고 있었던 것이다.

무의식적으로 고개를 든 나는 흠칫 놀라고 말았다. 지금까지 아무것도 보이지 않았던 공간에서 무언가가 꿈틀거리고 있었기 때문이었다.

'뭐지? 눈동자?'

그것은 나의 상반신만한 크기의 거대한 눈이었다. 양 옆으로 드리워진 흰자위와, 가운데 위치한 동공이 주변을 천천히 두리번거리고 있었다.

그 눈동자 색은 섬뜩할 정도로 새카만 검은색이었다. 아니, 검은색이라고 생각한 것은 나의 착각이었다. 다음 순간 갑자기 붉은 빛이 나타나기 시작했으니까.

게다가 그것만이 아니었다. 붉게 번지는 색상 옆으로 또다시 다른 색상이 드러난 것이다. 노란색에서 하늘색, 그리고 초록색의 빛까지. 마치 검은색의 고급 벨벳 천에 다양한 색상의 보석들을 박아둔 느낌이었다.

그래서일까. 기이할 정도로 특이한 이 눈동자에서 나는 시선을 뗄 수가 없었다. 갑자기 나타난 이유도, 정체조차 알 수 없었지만 두려운 느낌은 들지 않았다. 그 눈동자 또한 나를 똑바로 응시하고 있었다.

그때 에페스의 목소리가 귓가에 이어졌다.

—지금 마음의 준비를 해둬, 세이라키아.

'……?'

—시간이, 얼마 남지 않았다.

*　　*　　*

우르릉—

미약하게 흔들리는 바닥의 진동에 나는 흠칫 눈을 떴다. 그사이 꽤 많은 시간이 흘렀는지 어느새 저택 안이 상당히 어두워져 있었다.

뭔가 중요한 이야기를 듣지 못하고 깨어났다는 생각이 들었지만, 지금은 그것에 신경을 쓸 때가 아니었다.

'……문이 열렸어. 누가 나오는 건가?'

나는 바짝 벽에 몸을 기댄 채 빈틈으로 상황을 살폈다. 열려진 벽면 안에서 세 사람이 걸어 나오는 것이 보였다. 바엔과 타론, 그리고 처음 보는 청록색 머리칼의 남자였다.

'저 사람은 누구지?'

나는 들키지 않도록 노력하며 남자의 모습을 자세히 살폈다. 그는 앞은 길고 뒤쪽으로 갈수록 짧아지는 특이한 머리 형식을 하고 있었다.

그의 청록빛 머리색은 언뜻 보면 클로네의 머리색이라 착각할 만큼 닮아 있었으나, 자세히 보면 마치 물감으로 섞어 만든 것처럼 인위적인 느낌이 강했다.

얼굴은 베일 듯이 날카로운 생김새에 메마른 인상이었는데, 그 때문인지 전체적으로 냉소적인 느낌을 풍겼다.

하지만 그런 이미지와는 달리 그는 손에 줄이 달린 원형의 장난감을 쥐고 던졌다 받기를 반복하는 중이었다.

촤르르륵— 앞으로 뻗어나간 장난감이 손으로 되돌아올 때마다 매끄럽게 줄이 감기는 소리가 울려 퍼졌다.

일정하게 반복되는 그것은 마치 정해진 음률을 타고 있는 것 같았다. 그런 그의 옆에서 바엔이 미소를 지으며 무언가를 설명하고 있었다.

"계획은 전부 순조롭습니다. 이제 곧 있으면 실행으로 옮겨도 될 듯합니다."

"흐응, 그 얼간이와 마찰이 생기진 않겠나?"

"그럴 리는 없습니다. 어차피 모를 테니까요."

"그것도 그렇군. 그럼 얼마나 더 기다려야 하는 거지?"

"당장 내일이라도 가능합니다. 처음 몇 번은 실패할 가능성이 있을 것 같습니다만."

"실험체는 얼마든지 있다. 원하는 결과만 얻을 수 있다면 마음대로 해도 좋아."

"감사합니다, 엘리하 님."

'……엘리하! 저 사람이 엘리하인가.'

그의 이름은 이전에도 들은 적이 있다. 분명 마을을 습격했던 마물족이 궁지에 몰렸을 때, 안타깝게 중얼거렸던 자의 이름이었다. 아마도 마물족의 리더 격인 존재임이 틀림없었다.

그때 앞서나가던 그의 걸음이 우뚝 멈춰 섰다. 그 모습에 뒤따르던 바엔이 의아한 표정을 지었다.

"엘리하 님? 왜 그러십니까?"

"……꽃향기가 진동을 하는군."

그 순간 나는 강한 바람을 느끼고 무의식적으로 두 팔을 들어 올렸다. 그러나 그보다 소음이 울려 퍼지는 소리가 더 빨랐다.

쐐애액! 콰아아앙!

“크윽!”

무언가 터지는 듯한 느낌과 온몸을 짓누르는 압박감. 마치 태풍처럼 휘몰아치는 감각에 휘말렸을 땐, 내 몸은 이미 어디론가에 강하게 처박힌 뒤였다.

“에, 엘리하 님?”

“이게 무슨…….”

“쥐새끼가 숨어 있었군.”

당황하는 바엔과 타론의 목소리에 이어 엘리하가 중얼거리는 소리가 들렸다.

설마 이렇게 쉽게 들켜버릴 줄이야.

일어나려고 했지만 온몸의 감각이 말을 듣지 않았다. 지독한 통증에 전신이 전부 마비라도 된 것 같았다. 벽에 부딪힌 등은 마치 불에 덴 것처럼 뜨거웠다.

“쿨럭! 쿨럭!”

곧 울컥하고 뜨거운 무언가가 목구멍에서 솟아올랐다. 무의식적으로 기침을 토하자, 주르륵 붉은 핏덩이가 흘러내렸다. 아무래도 내상을 크게 입은 듯했다.

그 상태에서 나는 간신히 고개를 들었다. 그러자 흐려진 시야 사이로 휑하게 뚫어진 벽면과 부서진 돌들의 잔해가 보였다. 방금 전까지 내가 숨어 있던 곳이었다.

바로 그 한가운데, 엘리하가 서 있었다. 무심하게 응시하고 있는 탁한 회색빛 눈동자에 소름이 돋았다. 그 옆에서 바엔과 타론이 놀란 표정을 짓고 있는 것이 보였다.

"맙소사. 설마 저자는……."

그때 내 모습을 본 타론이 경악하여 중얼거리는 소리가 들렸다. 그에 바엔이 궁금한 표정으로 물었다.

"타론 님. 아는 자입니까?"

"마을에서 놓쳤던 클로네입니다. 황궁에서 저를 방해했던 자 말입니다."

"아, 그 보안부에 숨어 있었던 클로네 말이군요. 어떻게 이곳에……."

그때 저벅거리는 소리가 울리며 엘리하가 가까이 다가오는 것이 보였다. 그는 엎드려져 있는 나를 강제로 일으켜 세우고, 턱을 강하게 잡아 들어올렸다. 그 거친 행동에 저절로 신음이 흘러나왔다.

"큭!"

"흐음, 일족들을 구하러 온 건가? 혼자서 찾아온 용기는 칭찬해 주지. 하지만 이렇게 향기를 풀풀 흘려서야, 숨어 있는 보람은 없지 않겠나?"

'……향기?'

설마, 내게서 향기가 난다는 건가?

이해할 수 없는 이야기에 나는 눈을 크게 떴다. 그런 내 모습에 엘리하의 눈동자에 이채가 맺히는 것이 보였다.

"몰랐나 보군. 하긴, 알았다면 이 상태로 들어왔을 리가 없겠지."

"호오, 그러고 보니 아까부터 좋은 향기가 난다 싶었습니다. 이게 클로네의 향기였었군요?"

질문을 한 사람은 바엔이었다. 그에 엘리하가 고개를 끄덕이며 대답했다.

"아아, 이렇게 진한 향기는 오랜만에 맡아보지만 말이야."

"확실히 그렇네요. 다른 클로네들에게선 이런 향을 맡아본 적이 없었던 것 같습니다만."

"보통은 스스로 갈무리해서 드러나지 않게 하는 편이지. 이 녀석은 그걸 잊은 것 같지만. 스스로는 자신의 향기를 맡지 못하니, 미처 생각하지 못한 것일 테지."

"유감이군요. 모처럼 일족을 구할 사명을 띠고 온 것일 텐데 말입니다. 이런 어처구니없는 실수로 발각이 되다니."

안타깝다는 듯 혀를 차며 중얼거리는 말에 나는 입술을 깨물었다.

그러고 보니 언젠가 사림도 내게서 좋은 향기가 난다고 말한 적이 있었다.

그 당시엔 그저 착각이라 생각하며 넘어갔던 것이 설마 사실이었을 줄이야. 아직 미성년이기에 향기가 날 리가 없다고 생각한 것이 실수였다.

언젠가 나누었던 칼프와의 대화가 떠올랐다.

"향기는 보통 언제부터 나기 시작합니까?"

"글쎄. 아! 아카시아는 각성 전부터 향이 나기 시작한다고 들었어. 지금 왕도 어릴 때부터 향을 풍겼다고 하더군."

'……제기랄.'

결국 또 같은 결론인가.

내내 인정하고 싶지 않았던 것들이 계속해서 강요하는 것처럼 마음을 뒤흔든다. 저릿한 통증과 더불어 정신이 어지럽게 흐트러졌지만 나는 바로 고개를 저었다. 지금은 이런 생각을 할 때가 아니었으니까.

엘리하는 여전히 내 턱을 붙잡은 채 흥미로운 얼굴로 관찰하고 있는 상태였다. 그때 타론이 빙긋 웃으며 입을 열었다.

"그 클로네는 제게 맡겨주시지요, 엘리하 님. 놈의 동족들이 있는 곳에 가둬두겠습니다."

"아아."

'안 돼! 이대로 끌려 들어가면…….'

다가오는 타론의 모습에 나는 마음이 다급해졌다. 그렇지 않아도 곤경에 처한 모두를 난처하게 만들 생각은 없었다. 내 일은 내 선에서 해결해야 했다.

그때 문득, 내 허리춤에 있는 검 손잡이에 시선이 닿았다. 마커티스가 그것을 내게 주면서 했던 말도 동시에 떠올랐다.

'그러고 보니 이건 분명…….'

생각이 미친 순간, 나는 그것을 붙잡고 곧바로 시동어를 외쳤다.

"실드!"

"……!"

슈웃! 콰아아앙!

그 순간 나를 중심으로 반투명한 타원형의 구체가 형성되기 시작했다. 그 구체는 나를 제외한 모든 것을 바깥으로 강하게 밀어내고 있었다.

그에 놀란 표정을 지은 엘리하가 훌쩍 내게서 손을 뗀 채 뒤로 물러났다. 갑작스러운 폭발음에 타론과 바엔 또한 상당히 당황한 기색이었다.

'됐어!'

나는 급히 자리에서 일어나 경계 자세를 취했다. 아직 충격이 가시지 않은 몸이 휘청거렸지만, 처음보다는 한결 나아진 상태였다.

"저건……?"

"호오, 실드 마법입니다. 설마 마법까지 쓸 줄은 몰랐군요. 하지만 이상하네요. 마나의 유동은 느끼지 못했는데."

타론의 질문에 바엔이 이채 어린 눈으로 나를 살펴보며 대답했다. 마법에 유달리 관심을 보이는 것을 보면, 그가 램파스라는 것도 사실인 듯하다. 그와 달리 엘리하의 시선은 처음부터 내가 들고 있던 검에서 떨어지지 않고 있었다.

"마법검이로군."

"예?"

"저 녀석이 들고 있는 검 말이다. 검신에서 마나의 흐름이 느껴진다."

그 말에 바엔은 당혹스러운 표정으로 고개를 저었다.

"그럴 리가요. 마법검으로는 시동어만 외쳐서 마법을 발현하는 것이 불가능합니다."

"드래곤이 만든 것이라면 가능하겠지."

"드, 드래곤 말입니까?"

"현재 이 땅에서 그만한 마법 기술을 지니고 있는 것은 드래곤뿐이니까."

"그렇긴 하지만…… 그들은 인간들의 일에 개입하지 않는다고……."

"클로네는 인간이 아니잖은가?"

그 순간 바엔의 눈빛이 갑자기 달라졌다. 조금 전까지만 해도 단순한 호기심뿐이었던 눈동자가, 지금은 기괴할 정도로 형형하게 빛나기 시작했다.

"그렇군요. 드래곤이 만든 마법검이라……. 이거 정말로 놀라움을 금치 못하겠군요."

나를, 아니 정확히는 내가 쥐고 있는 검을 응시하는 얼굴이 탐욕과 희열로 번들거렸다. 당장이라도 갖고 싶어 온몸이 달은 모습이었다.

"저 마법검은 제게 주십시오, 엘리하 님. 꼭 연구해 보고 싶습니다."

"그러지."

무심히 고개를 끄덕이며 대답한 엘리하는 다음 순간 나를 향해 손을 뻗었다. 그러자 그의 손에 들려 있던 것이 빠르게 내 앞으로 쏘아져 나왔다. 조금 전, 장난감이라 생각했던 바로 그 동그란 물체였다.

좌르르르륵!

콰아앙! 쩌어어억!

"윽!"

물체가 부딪힌 순간, 실드 막 전체를 울리는 진동에 나는 헛숨을 삼켰다.

생각했던 것보다 압력이 너무 강했다. 검도 아니고 단지 손바닥만 한 물체가 어떻게 이런 파괴력을 가질 수 있는지 이해가 되지 않을 정도였다.

한번 실드 막에 부딪힌 물체는 다시금 엘리하의 손으로 회수되었다. 그는 돌아온 물체를 몇 번 공중으로 던졌다 받기를 하더니, 다시 내게 손을 뻗었다.

"또 간다."

"……!"

좌르르르륵! 콰아앙!

이번엔 조금 전보다 주어지는 압력이 더 강했다. 결국 나를 감싸고 있던 막에 균열이 일기 시작했다. 그것은 곧 빠른 속도로 부서져 내렸다.

"큭! 실드!"

당황하길 잠시, 또다시 날아오는 물체를 바라보며 나는 곧장 시동어를 외쳤다. 그러나 이번엔 아예 버티지도 못했다. 생성이 됨과 동시에 물체와 부딪혀 파괴된 것이다.

콰앙! 챙그랑!

마치 유리가 깨지는 것 같은 소리와 함께, 실드의 잔해가 공중에 흩어지기 시작했다.

그로 인한 충격도 컸지만 나는 심호흡을 내뱉어 마음을 진정시켰다. 그리고 곧바로 다시 실드를 생성시켰다. 그러자 엘리하의 얼굴이 찌푸려지는 것이 보였다.

"끈질기군."

"하지만 이제 그것도 마지막입니다. 가엾게도 벌써 한계에 달한 것 같으니까요."

그 말 대로였다. 연이어 무리하게 마법을 실행한 탓일까. 급속도로 빠져나간 기운에 온몸이 탈진한 것처럼 덜덜 떨렸다. 사실대로 말하면 서 있는 것조차 힘든 상태였다.

이미 거칠어진 숨은 턱 끝까지 차올라 있었다. 얼굴을 적신 땀은 흥건해지다 못해 뚝뚝 턱을 따라 흘러내렸다.

"허억, 헉……."

간신히 진정시켰던 속이 뒤집힐 것처럼 꿈틀거렸다. 아마도 다음 공격이 마지막이 될 것이다. 지금의 나로선 이 이상 버텨낼 수 있는 힘이 없었다.

하지만 한참의 시간이 흘러도 이어지는 공격이 없었다. 의아해져서 고개를 들자, 엘리하가 묘한 표정으로 나를 바라보고 있는 것이 보였다. 그 순간 들려오는 질문에 나는 살짝 얼굴을 찌푸렸다.

"왜 가디언을 부르지 않지?"

"……!"

"클로네의 공격력은 본래 가디언이 오 할 이상을 차지할 텐데? 궁지에 몰리는 상황이면서도 부르지 않는 이유가 뭐지? 설마 가디언을 부르지도 못할 만큼 클로네의 힘이 약해진 건 아닐 테고."

아마도 그는 내가 미성년자임을 깨닫지 못한 듯했다. 내가 아무런 대답을 하지 않자, 응시하는 그의 눈동자가 더욱 가늘어졌다.

"혹시 넌……."

바로 그때였다.

"바, 바엔 님!"

갑자기 저택의 정문이 벌컥 열리며 누군가 큰 소리로 뛰어 들어오는 소리가 들렸다. 외각에서 경비를 서는 병사들의 대장인 안토스였다.

"큰일 났습니다! 지금……! 어?"

다급한 얼굴로 다가온 그는 서로 대치하고 서 있는 나와 엘리하를 보고는 당황한 표정을 지었다. 그에 바엔이 미소 지으며 물었다.

"무슨 일입니까, 안토스 대장님? 큰일이라니요?"

"예, 옙! 시, 실은 보안부 녀석들이 다시 찾아왔습니다! 저택 안에서 수상한 폭발음을 들었다면서, 들어오기를 청하고 있는 상태입니다!"

'에드밀!'

그 순간 검을 잡고 있는 손에 나도 모르게 힘이 들어갔다. 에드밀, 그가 돌아온 것이다.

아마도 근처에서 계속 동태를 살피고 있다가, 소음이 들리자 살피기 위해 온 것이 틀림없었다.

"이런, 이런. 반갑지 않은 손님이 또 찾아왔군요. 아마도 목적은 뻔하겠지만 말입니다."

빙긋 미소 지은 바엔이 나를 바라보며 중얼거렸다. 그 모습에 엘리하가 가볍게 고개를 끄덕였다.

"이만 끝내도록 하지."

콰아앙! 쨍그랑!

이번에도 실드는 버티지 못했다.

익숙한 파열음과 함께 나를 감싸고 있던 불투명한 막이 산산조각나기 시작했다. 그 순간 멀찍이 떨어져 있던 엘리하의 신형이 사라졌다.

무심코 눈을 크게 뜬 나는 바로 앞에 나타난 그의 얼굴과 정면으로 마주했다. 희멀건 하다못해 거의 하얗게 보이는 회색빛의 눈동자가 서늘한 빛을 뿜고 있었다.

'빠르다!'

신음을 삼킨 나는 서둘러 시동어를 외치려 했다. 마지막으로 무리가 가더라도 다시 한 번 버텨볼 생각이었다.

"실드……!"

쿠웅—!

그때 갑자기 심장에서 큰 격통이 느껴졌다. 마치 송곳과 같은 날카로운 무언가가 가슴을 꿰뚫은 것 같았다.

"……헉!"

섬뜩한 감각에 무의식적으로 멈칫한 사이, 목에서 강렬한 악력이 느껴졌다. 어느새 다가온 엘리하가 내 목을 틀어쥔 것이다. 그는 그 상태에서 천천히 나를 공중으로 들어올렸다.

"크윽!"

저항하려 했지만 움켜쥔 힘은 꿈쩍도 하지 않았다. 버둥거리면 버둥거릴수록 오히려 더욱 숨을 쉴 수가 없었다.

하지만 그보다 더욱 괴로운 것은 심장에서 시작된 강렬한 통증이었다. 날카롭고 뜨거운 감각이 마치 독이 퍼지는 것처럼, 빠르게 온몸에 번져나가고 있었다. 언젠가 블랙 울프들의 이빨에 물어뜯겼을 때보다 더 아팠다.

두근— 두근— 두근—

심장의 박동이 빨라졌다. 온몸이 불덩이처럼 뜨거운 느낌이었다. 마치 끓는 물속에 들어간 듯이 괴로워서 견딜 수가 없었다. 그 증상만큼은 이전에 겪어왔던 무언가와 비슷했다.

'설마…… 발아가 시작된 건가? 아니, 그럴 리가. 지금까지 발아에서 이런 통증을 느낀 적은…….'

고통은 움직일수록 더욱 커지고 있었다. 마치 온몸으로 저항을 중단하라고 외치고 있는 듯했다.

"크으……."

결국 나는 모든 저항을 멈추고 몸에서 힘을 뺐다. 챙강! 늘어진 손에서 떨어져 나간 장검이 바닥에 굴러 떨어지는 소리가 울렸다.

그 모습에 오히려 당황한 듯, 엘리하가 얼굴을 찌푸리는 것이 보였다.

"벌써 의식을 잃었나? 혼자서 무모하게 들어온 것치고는 지나치게 약하군."

"이런, 죽이시면 안 됩니다, 엘리하 님. 그도 소중한 실험 재료니까요."

"알고 있다."

"저어, 바엔 님. 보안부 놈들이 기다리고 있습니다만."

"아아, 그쪽 일은 내가 알아서 처리를……."

그들의 떠드는 소리가 멀리서 들리는 것처럼 귓가에서 먹먹하게 울렸다. 어느새 흐릿해진 시야는 점차 어둡게 물들어가고 있었다.

환청일까. 어디에선가 웅얼거리는 소리가 들려오는 듯했다. 처음엔 그저 지글거리는 잡음과도 같던 그것은 점차 또렷한 음성으로 변화하고 있었다.

—……그래서 마음의 준비를 하라고 한 거다.

씁쓸함을 담은, 낮고 부드러운 미성.

그건, 틀림없는 가디언의 목소리였다. 항상 차분하기만 하던 평소와는 달리, 현재 말을 걸어오는 그의 목소리엔 초조함이 묻어 있었다.

—그렇게 한계 끝까지 힘을 소비하니, 그렇지 않아도 빠른 진행이 더 빨라질 수밖에. 정말 못 말릴 주인이로군.

'꿈이 아닌데. ……어째서 목소리가 들리는 거지?'

아득한 감각에 멍해져가면서도 나는 속으로 중얼거렸다. 바로 그때였다.

—불러라, 세이라키아.

'무슨……?'

—내 이름을 불러! 어서!

이름을…… 부르라고?

마치 피를 토하는 듯한 외침에 나는 무심코 입을 벌렸다. 그저 본능적으로 그의 요구에 따라야 한다는 생각뿐이었다.

이름. 나의 가디언인 그의 이름.

꿈속에서 알려주었던 그의 이름은 아마도 분명…….

"에……페스……?"

파아앗!

"무, 무슨?"

그 순간 시작점을 알 수 없는 곳에서 강렬한 빛이 터져 나왔다. 그 빛은 점차 커져 나가기 시작하더니, 곧 주변을 잠식시킬 정도로 가득 채웠다. 귓가를 울리는 거대한 폭발음이 울려 퍼진 것은 바로 그 직후였다.

콰아아아앙—!

"크윽!"

"엘리하 님!"

지금까지와는 비교도 할 수 없는 거대한 폭발이었다.

어떻게 된 건지는 알 수 없었다. 그저 갑자기 빛이 터져 나왔다는 것과, 사방으로 강렬한 바람이 불기 시작했다는 것. 그 때문에 나를 잡고 있던 엘리하와 그 동료들이 저만치 날려갔다는 것만이 내가 이해할 수 있는 전부였다.

그가 나를 놓은 반동으로, 내 몸 또한 바닥으로 떨어져 내리고 있었다.

나는 곧 다가올 충격을 예상하며 굳게 눈을 감았다. 그러나 예상과 달리 막상 부딪힌 부분은 생각만큼 딱딱하지도, 아프지도 않았다. 아니, 오히려 푹신한 쿠션에 감싸인 기분이었다.

그런 내 머리 위로 안도하는 듯한 한숨소리가 들려왔다.

"……후우, 아슬아슬 했군."

"……!"

그때서야 나는 내가 사람의 품안에 안겨 있다는 것을 깨달았다.

아마도 떨어지는 순간 누군가가 나를 받아낸 것 같았다. 나는 감고 있던 눈을 뜨고 고개를 들었다.

'……누구?'

가장 먼저 보인 것은 새카만 머리칼이었다. 마치 폭포수처럼 쏟아진 긴 머리칼이, 바람에 따라 아무렇지 않게 흩날리고 있었다.

그 사이로 나를 곧게 내려다보는 남자의 얼굴이 보였다. 처음 보는 사람이었는데도, 이상할 정도로 낯이 익다는 느낌이었다. 그는 나와 눈이 마주치자 빙긋 웃으며 말했다.

"잘했다, 세이라키아. 이제 편하게 자도 돼."

'……뭐?'

편하게 자라니. 그게 대체 무슨 의미지? 되물으려 했으나 목소리가 나오지 않았다. 오히려 주술이라도 걸린 것처럼 눈꺼풀이 점점 무거워지기 시작했다.

억지로 떠보려 했지만 소용이 없었다. 누군가가 내 몸을 일방적으로 조종하고 있는 것 같았다. 그런 내 상태를 잘 알고 있다는 듯, 그가 웃으며 내 머리를 쓰다듬었다.

"무리할 것 없다. 이것도 하나의 순서이니까."

다정한 말투 때문일까. 양쪽으로 강하게 잡아당긴 실처럼 팽팽해져 있던 신경이 한결 느슨해지는 것이 느껴졌다. 그러자 기다렸다는 듯, 수마의 늪이 나를 덮쳐들기 시작했다.

점차 흐리게 변해 가는 시야로 나를 응시하는 깊은 눈동자가 보였다. 그의 머리칼만큼이나 어둡고 새카만 눈동자였다. 그 위로 붉은빛과 푸른빛, 노란빛의 다채로운 색상이 보석처럼 박혀있었다.

'저 눈동자는…… 꿈에서 봤던…….'

그러나 그 순간 이어지는 목소리에 나는 생각을 더 이어나갈 수가 없었다.

"남은 건 내게 맡겨라. 한동안 좋은 꿈꾸길."

그것이 내가 마지막으로 들은 목소리였다.

4.

쿠웅!

처음 진동을 느낀 것은 칼프였다. 벽면에 등을 기댄 채 생각에 잠겨 있던 그는 공간 전체에 퍼지는 미약한 울림을 감지하고 고개를 들었다.

'뭐지? 지진? ……아니, 그건 아니야.'

지진이라 하기엔 울림의 진행이 너무 짧았다. 이건 누군가가 인위적으로 만들어낸 진동이었다.

쿠웅!

그 순간 연이어 또 진동이 울렸다. 그러자 여기저기 쓰러져 잠들어 있던 클로네들이 하나둘씩 부스스 몸을 일으키기 시작했다.

아직 잠들기엔 이른 시각이었지만, 기운이 없는 탓에 요즘 그들은 하루의 대부분을 잠으로 시간을 때우고 있는 상황이었다. 사실 이런 식으로 무언가에 반응을 보이는 것도 상당히 오랜만이라 할 수 있었다.

"으……. 뭐야. 무슨 일 생겼어요?"

"누가 싸우나?"

"글쎄……."

건성으로 대꾸하는 것과는 달리 칼프의 얼굴은 굳어 있었다.

지금 그들이 갇혀 있는 곳은 지하 공간 중에서 가장 최하층에 해당하는 곳이다. 그런 이곳까지 진동이 느껴질 정도라면 위쪽은 상당히 큰 충격을 입었을 것이 틀림없었다.

"호, 혹시 세메이온 님이 오셨다던가?"

"헉! 그, 그런 건가?"

"하긴. 제대로 연락이 닿았다면 세메이온 님이 이곳을 찾아낼 만한 시간이긴 하잖아."

"으으, 정말 그런 거라면 좋겠지만……."

클로네들은 들뜬 표정으로 문을 뚫어져라 바라보기 시작했다. 당장이라도 누군가 문을 열고 들어올 것만 같았다. 하지만 아무리

시간이 흘러도 들어오는 사람은커녕, 다가오는 기척조차 느껴지지 않았다. 진동도 더 이상 울리지 않았다.

"……역시 아니었나."

"젠장, 이 빌어먹을 밀실! 바깥의 상황을 알 수가 없으니, 원."

실망한 표정을 지은 사람들은 투덜거리며 다시 바닥에 드러누웠다. 칼프 역시 한숨을 내쉬며 벽에 뒷머리를 기댔다.

바로 그때였다.

콰아아앙!

"헉!"

"뭐, 뭐야!"

또다시 울리는 소음에 누웠던 사람들이 벌떡 몸을 일으켰다. 이번에 울린 진동은 지금까지와는 전혀 다른 강도였다. 무시하기에는 느낌이 그다지 좋지 않았다.

"정말 무슨 일이 있기는 있나 본데요?"

"뭘 때려 부수는 것 같기도 하고……."

"때려 부숴? 헐……. 설마 우릴 이대로 매장시키는 건 아니겠지?"

"에이, 설마. 마물족 놈들은 몰라도, 그 바엔인가 뭔가 하는 인간은 절대 안 그럴 것 같은데?"

그 말에 모두의 얼굴이 똑같이 일그러졌다. 그가 처음 이곳을 방문했던 때의 기억이 떠올랐기 때문이었다.

마법사라고 했던가. 이곳에 갇힌 며칠 뒤 마물족과 함께 찾아온 바엔이란 이름의 인간은, 처음 들어오자마자 매우 반갑다는 듯 그들을 향해 환하게 미소 지었다. 그러고서 내뱉은 첫 마디가 이랬다.

"이렇게 많은 실험재료들이 있다니. 마법사로서 기쁠 따름입니다. 조만간 하나하나 정성들여 분해해 드리지요. 아 걱정 마세요, 죽이지는 않을 테니까요. 전 산 채로 실험하는 걸 더 좋아하거든요."

그는 묻지도 않은 말을 떠벌리며 앞으로의 연구 계획을 장황히 늘어놓았다. 모두가 클로네의 생체 연구에 관련된, 앞으로 겪어야 할 입장에서는 상당히 끔찍하고 잔인한 실험예시들뿐이었다.

그리고 돌아가기 직전, 그는 그 자리에서 곧장 나이트 세 명의 피를 채취하기까지 했다. 정말이지 지금까지 만나본 인간들 중에서 가장 최악의 인간이었다. 세리지는 눈을 부라리며 말을 내뱉은 이레이를 노려보았다.

"왜 그 인간 이야기는 꺼내고 난리야?"

"윽, 미안. 그때 받은 충격이 상당히 컸었나봐. 싫어도 자꾸 기억나서 나도 미치겠다."

"하긴. 피 진짜 많이도 뽑아가더라. 시란 님은 한동안 피멍이 가시질 않았잖아."

그 말에 시란이 이를 갈며 중얼거렸다.

"두 번 다시 꼴도 보기 싫어. 다음에 들어오면 얼굴을 물어버릴 거야."

복수를 다짐하는 그의 얼굴은 활활 불타오르고 있었다. 트라우마가 꽤 심했는지 평소 어지간한 일은 곧잘 잊어버리는 그답지 않게 과격한 반응이었다. 그에 세리지가 적극 동조하며 고개를 끄덕였다.

"힘내세요, 시란 님. 저도 돕겠습니다."

"저도요."

"전 옆에서 팔 물어뜯을게요."

"그럼 난 다리."

"난 복부를 걷어차 주겠어."

"머리카락을 죄다 뽑아주마."

그들은 약속이라도 한 듯이 사이좋게 하나씩 역할을 나눠가졌다. 그것만 보아도 그들이 받아온 스트레스가 얼마나 큰지 짐작할 수 있었다.

그렇게 얼마 동안 복수에 대한 다짐을 했을까. 한참 동안 떠들던 그들은 곧 이상한 점을 깨달았다. 오랫동안 대화를 나누고 있는데도 전혀 지치는 느낌이 없었던 것이다.

평소엔 조금만 말을 섞어도 금방 기운을 잃기 일쑤였다. 그런데 지금은 오히려 대화를 하면 할수록 탁하던 정신이 맑아지는 기분이었다.

"……저기, 왠지 몸이 가벼워진 것 같지 않아?"

"으음, 그러게. 기분도 상쾌하니 좋은걸. 조금 전까지만 해도 축 늘어지는 것 같았는데."

"혹시 어디서 햇빛이라도 들어오나?"

"바보냐. 이런 지하에서 햇빛은 무슨 햇빛……."

콰앙!

그 순간 들려오는 폭음에 대화를 나누던 사람들이 깜짝 놀란 표정을 지었다. 소음은 바로 옆에 있던 칼프에게서 흘러나왔다. 그가 갑자기 벽면을 주먹으로 내리친 것이다.

“까, 깜짝이야!”

“뭐, 뭐 하신 겁니까, 칼프 님?”

그러나 모두의 주목을 받는 상황에서도 칼프의 시선은 자신의 주먹에서 떨어지지 않고 있었다. 그의 베이지색 눈동자가 믿을 수 없는 현상을 경험한 듯 흔들리고 있었다.

“……힘이 돌아왔어.”

“예?”

“모르겠어? 힘이 돌아왔다고!”

그는 조금 전 자신이 주먹으로 내리쳤던 벽면을 바라보았다. 미세하지만 긴 균열이 뻗어 있는 것이 보였다. 이전의 힘이라면 상상할 수도 없었던 일이었다.

틀림없었다. 비록 일부였으나, 빠르게 소멸되어 가고 있던 힘이 회복된 것이다. 착각이 아니라면 그것은 분명 처음 진동이 울렸던 기점으로부터 시작되고 있었다.

“아스카.”

칼프가 부르는 소리에 아스카가 굳은 얼굴로 고개를 끄덕였다. 아무 말도 없었지만, 그가 전하고자 하는 뜻을 칼프는 분명히 알아들을 수 있었다.

두근 두근—

심장의 박동이 점차 빨라지기 시작했다.

왕이 봉인되면 일족들의 힘도 약해진다. 날이 갈수록 쇠약해지는 힘을 되돌리는 방법은 오직 하나. 잠들어 있는 왕이 봉인에서 깨어나는 것뿐이었다. 그러나 유일하게 예외적으로 일부의 힘이나마 회복이 되는 순간이 있다.

그것은 바로, 각성한 왕의 후계자가 곁에 있을 때였다.

"세이가…… 근처에 있어."

『숲의 종족 클로네』 5권에서 계속